Margret Koers

Hexenschwert

Die Geschichte der Goose Sienken

Historischer Roman

Die Deutsche Bibliothek – CIP-Einheitsaufnahme

Margret Koers
Hexenschwert
Historischer Roman
Rosenhus-Verl., 2010
ISBN 978-3-9806301-7-7

Einbandgestaltung: die vektoristen - Jutta Raue - Meppen
Titelbild: fotolia.com © Dan Race
Satzarbeiten: Anna Katharina Brümmer, Meppen
Druck: KommScout UG, Düsseldorf
Printed in Germany
5. Auflage 2015
ISBN 978-3-9806301-7-7

Danke

Während meiner Recherchen haben viele Menschen von nah und fern meine Begeisterung mit mir geteilt und mit kleinen Hinweisen, Spurensuche, langen Gesprächen und tatkräftiger Hilfe zum Gelingen beigetragen.

Weil jedes Puzzleteil wichtig war, stehen sie an dieser Stelle (alphabetisch geordnet):

Hermann Albers
Horst Heinrich Bechtluft
Christoph Behnes
Anna Katharina Brümmer
Dr. Reinhard Cloppenburg
Dr. Gerd Dethlefs
Ursula und Hermann Esters
Wolfgang Gehrs
Josef Grave
Josef Gravel
Friedrich Hoegen
Regina Holzapfel
Bernd Josef Jansen
Dr. Hermann Kerckhoff
Holger und Silke Koers
Martin Koers,
Liane Lütke-Harmann
Petula Mirtelj
Maria und Ludwig Mühlenstädt
Andreas Müller
Klaus Nenno
Petra Peetz
Irmgard Pelster
Lena Pelzer
Jutta Raue
Heinrich Rehse
Stefanie Ringkamp
Rainer Rottmann
Dr. Nicolas Rügge
Erika und Albert Schulte
Horst Soostmeyer
Heinz-Josef Steinkamp
Dr. Bernd Thier
Ingrid von Trechten
Barbara Varel
Bernhard Wermes
Gisela Wilbertz
Christa Wilbrand
Franz Winter

Meine Mutter hat sich zu ihren Lebzeiten sehr für Goose Sienken interessiert und hätte große Freude an meiner Arbeit gehabt.
Deshalb möchte ich ihr dieses Buch widmen.

Im Zeitraum von 35 Jahren

heirateten in der Kirche St. Clemens zu Wesuwe, deren Grundsteinlegung und Weihe vermutlich schon vor dem Jahre 740 erfolgte, u. a. diese fünf Paare. Ihr Leben war auf unheilvolle Weise miteinander verknüpft und mündete schließlich in einer Katasrophe.

Es waren dies:

01.02.1767	Otto Brink und Anna Gesina Borgmann
05.11.1782	Otto Brink und Susanna Pötker
14.02.1792	Hermann Fenslage und Maria Anna Kamphues
25.09.1798	Hermann Fenslage und Anna Maria Gertrudis Book
09.11.1802	Hermann Fenslage und Anna Gesina Brink

ER STADT

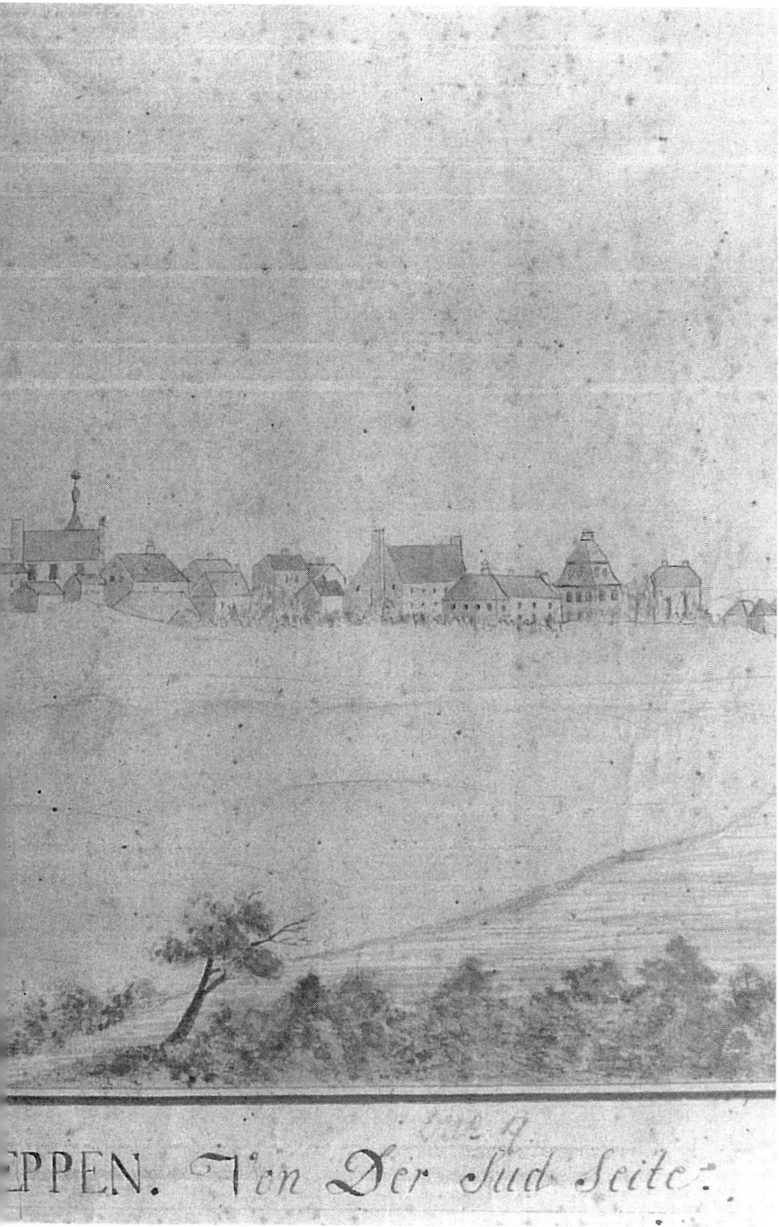

EPPEN. Von Der Sud Seite:

I

17. November 1768
Versen / Meppen

Prolog

Wohl dem, der jetzt Speck, Schinken und Würste im Rauch hängen hatte! Bauer Hermann Esters saß an diesem stürmischen Abend mit seiner Familie beisammen und wärmte sich an der Feuerstelle. Der November war bereits winterlich kalt und die Menschen rückten näher zusammen, um sich gegenseitig zu schützen.

Viele Höfe waren so konstruiert, dass Mensch und Vieh zusammenlebten. Die Ställe schlossen sich an die Wohnküche an und der schwere Geruch der Tiere war allgegenwärtig. An manchen Tagen war es so kalt, dass der Atem der Kühe vor den halbhohen Verschlägen hing.
Zu den Ausdünstungen gesellte sich zu dieser Jahreszeit der Geruch von Kohlgerichten.

Anna Esters blickte zufrieden in die Gesichter ihrer beiden Kinder, die mit schläfrigen Augen vor ihren geleerten Tellern saßen.

„Kommt, meine Engel, ich bringe euch zu Bett. Husch, husch, Hermann, Heinrich…“

Während sie die Türen zu den Alkoven öffnete, nahm sie ein Geräusch wahr und hielt einen Augenblick inne.

„Hast Du das auch gehört, Hermann?“

Aber ihr Mann schüttelte müde den Kopf und ein einsilbiges

„War nur der Wind“ lenkte ihre Aufmerksamkeit wieder auf das Herrichten der Betten und das anschließende Abendgebet.

1

Ein eiskalter Windstoß ließ die kleine Familie erschauern. Der Regen hatte zwar endlich nachgelassen, aber die feuchte Kälte ihrer durchweichten Kleider bewirkte, dass Anna Gesina fröstelte. Sie versuchte erfolglos, ihren fiebernden Säugling zu schützen.

Dicht am Kutschbock, auf dem ihr Mann das alte Pferd lenkte, hatte sie sich in eine Ecke gekauert. Von Zeit zu Zeit wimmerte Johann Gerhard leise, dann ging das Wimmern in ein stetiges Röcheln über.
Anna Gesina weinte Tränen der Verzweiflung. Sie nahm kaum noch wahr, wie ihre Zähne vor Angst und Kälte aufeinanderschlugen und ihr steif gefrorener Körper schmerzte.
„Schneller, schneller! Otto, treib das Pferd an!“
Ihr Atem ging stoßweise und sie verschluckte sich fast beim Sprechen. Sie wusste nicht, ob ihre Worte durchgedrungen waren, denn Otto zeigte keine Reaktion.
„Wir müssen es bis Meppen schaffen. Ohne Arzt ist unser Kind verloren!“

Otto Brink hatte die Schultern hochgezogen, sein kräftiger Rücken wirkte angespannt. Wie Anna Gesina hatte er sich eine Decke übergeworfen, die triefend vor Nässe schwer nach unten zog.
Sie hatten gerade die holprige Versener Dorfstraße verlassen, als Anna Gesina hell aufschrie.
„Johann! Johann, mein Kind, atme! Bitte atme weiter!“
Abrupt stoppte Otto das Pferd und stieß einen unterdrückten Laut des Schmerzes aus.

Seine aufgeregte Stimme vermischte sich mit den Klagerufen seiner Frau, die hysterisch ihren Sohn wiegte.

„Er ist tot.“, brachte sie tonlos hervor. Otto war zu den beiden geeilt, jetzt wich er einen Schritt zurück und verstummte. Seine Beine gaben nach und wankend setzte er sich neben Anna auf den durchnässten Boden.Wenn er später an diesen Augenblick zurückdachte, so war es, als hätte die Zeit stillgestanden. Grausam, unerbittlich und wie aus weiter Ferne hörte er das herzzerreißende Schluchzen seiner Frau. Wie in Trance blickte er um sich, um irgendwo zu dieser späten Stunde noch ein erleuchtetes Fenster zu entdecken. Aber es war stockfinster, und so entschloss er sich, mit zitternden Beinen wieder nach vorne auf den Kutschbock zu klettern.

„Wir müssen weiter, nach Meppen. Vielleicht kann der Doktor uns noch helfen,“ stieß er hervor und wusste doch im gleichen Augenblick, dass er den Wettlauf mit der Zeit verloren hatte. Jetzt sprang seine Frau so heftig auf, dass das alte Fuhrwerk schwankte.

„Verstehst Du nicht, er ist tot! Unser Kind lebt nicht mehr!“

Otto hatte den Wagen wieder in Gang gesetzt und trieb sein Pferd etwas zu heftig an. Aus den Augenwinkeln sah er, wie Anna Gesina sich unsicher festhielt, Johann Gerhard an sich gedrückt, und sich schließlich wieder setzte. Beide sprachen kein Wort mehr, jeder hing seinen Gedanken nach, bemüht, das Schreckliche und Unabänderliche auszublenden. Hin und wieder hörte er sie leise weinen.

Der Weg durch den Ort und die sich anschließenden endlosen Schafweiden waren völlig aufgeweicht und Otto befürchtete mehrmals, im Schlamm steckenzubleiben.
Schließlich passierten sie den Esters-Hof und er nahm durch die kleinen Scheiben der Wohnstube einen schwachen Lichtschein wahr.

Otto spürte, wie sich sein Magen zusammenzog. Er hatte nach seinem Tagewerk keine Zeit mehr gefunden, von der Grütze zu essen, die seine Frau, das jammernde Kind im Arm, in aller Eile zubereitet hatte.
Jetzt blieb ihm kaum noch die Kraft, seinen Wagen auf die Hofeinfahrt zu lenken. Taumelnd sprang er hinunter, schwer stapften seine Schuhe durch die tiefen Rinnsale, die sich gebildet hatten. Er half Anna Gesina, hinabzusteigen, und beide stützten sich gegenseitig auf dem Weg zur schweren Holztür.

Aber ihr verzweifeltes Klopfen war vergeblich. Otto zog seine Frau hinter sich her und sie strebten dem Lichtschein zu und schlugen mit den flachen Händen gegen die Fensterscheiben. Erleichtert sahen sie, wie Hermann Esters aufblickte und ihnen Zeichen gab, dass er sie wahrgenommen hatte. In dem Augenblick, als er die Tür einen Spalt weit öffnete, brach Anna Gesina schluchzend zusammen und das tote Kind entglitt ihren Armen. Otto und Hermann trugen beide hinein an das wärmende Feuer und in aller Eile brachte Anna Esters wollene Decken.
Sie erfasste sofort die Situation und strich der jungen Mutter beruhigend über das Haar. Dann nahm sie grobes Brot und Schmalz aus dem Schrank und stellte beides auf den schweren Eichentisch.

„Nehmt euch, greift zu.“ Aufmunternd nickend zog Hermann strohgefüllte Säcke hervor und bereitete gemeinsam mit seiner Frau ein Nachtlager in sicherer Entfernung zur Feuerstelle.
Aus den Alkoven schauten die Kleinen dem Treiben zu und Anna musste lächeln. Behutsam schob sie die beiden zurück in ihr Bett und zeichnete ihnen mit zwei Fingern ein Kreuz auf die Stirn. Dann schloss sie die Türen und wandte sich wieder ihren späten Gästen zu.
Beide waren in der Zwischenzeit eingeschlafen, tief und schwer atmend, Johann Gerhard leblos zwischen sich liegend. Mit ernster Miene blickte sie in das mitleidige Gesicht ihres Mannes.

2

Noch im Halbschlaf glitten Anna Gesinas Hände über das fremde Strohlager. Sie ertastete Ottos stoppelige Wangen und rieb sich dann die geschlossenen Augen. Jäh riss die Erinnerung sie jetzt aus ihrer Trägheit und sie fuhr entsetzt in die Höhe. Neben ihr lag der kalte Körper ihres Sohnes. Alle Farbe war aus seinem Gesicht gewichen, ein friedlicher Ausdruck lag darin. Anna Gesina wollte schreien, aber ihre Kehle war wie zugeschnürt. Sie nahm weder die ersten Strahlen der Wintersonne wahr und die Geräusche der Milchkühe, noch Anna Esters, die leise den Raum betreten hatte.

Auch Otto war nun aufgewacht und fuhr sich mit beiden Händen durch das Gesicht. Schwerfällig erhob er sich vom Boden, blickte hilflos auf Frau und Kind herab und dann zu Anna Esters. Die Bäuerin dachte an das Naheliegende.

„Eure Kleidung ist jetzt trocken. Kommt, stärkt euch, damit ihr mit neuer Kraft den Heimweg antreten könnt. Das Wetter hat sich beruhigt. Es ist bitterkalt, aber seht, die Sonne scheint." Otto seufzte schwer.

„Wie können wir euch danken? Ihr habt uns ein Nachtlager und Brot gegeben. Wir stehen tief in eurer Schuld."

„Es ist alles gut so", warf jetzt Hermann Esters ein. Er hatte nebenan Platz genommen und begann, sein Morgenmahl einzunehmen.

„Ich hatte zuerst Bedenken, es ist so viel Gesindel unterwegs. Aber ich sah eure Gesichter am Fenster und eure Not. Nun kommt, der Tisch ist gedeckt."

Anna Gesina verließ nur widerstrebend den kleinen Leichnam, gestützt von Otto, der sie fragend ansah.

Stillschweigend aßen sie Roggenbrot und Schinken und tranken aus dem Milchkrug, der von der Magd aus dem Kuhstall gebracht wurde. Danach brachen sie auf.

Anna hatte Johann Gerhard in eine saubere Decke gewickelt und überreichte ihn der unglücklichen Mutter, die stumm neben ihrem Mann auf dem Wagen Platz nahm.

Auf dem Weg nach Hause machten sie in der Nachbarschaft Halt. Otto bat Johannette, die treue Freundin, und deren Mann, bei Anna Gesina zu bleiben. Dann begab er sich auf den Weg, um mit Pfarrer Johannes Rottger Koldehoff alles Nötige für die Beerdigung zu besprechen.

Besorgt sah er, dass der Boden hart gefroren war. Der Totengräber würde sich anstrengen müssen.

3

Im 18. Jahrhundert herrschte in Europa vielerorts Krieg. Zahlreiche Männer verließen ihre Familien, um in teilweise weit entfernten Garnisonen zu dienen und den Frieden zu sichern. Otto hatte sich am Tage, nachdem sein Sohn begraben wurde, wieder auf den Weg nach Teglingen, zu seinem stehenden Heer gemacht.
Als miles, gewöhnlicher Soldat, konnte er nur selten zuhause sein. Gezwungenermaßen wechselte er häufig seinen Aufenthaltsort. Schon in jungen Jahren war er angeheuert worden, sein Sold war kärglich und reichte kaum zum Überleben. Unter den Soldaten herrschten rauhe Gewalt und der Verlust von Anstand und Sitte.

Mit den Jahren war Otto abgestumpft. Seinen aufrechten Charakter, seine Herzenswärme, hatte er jedoch nicht verloren. Oft wähnte seine empfindsame Seele sich einsam unter den rohen Gesellen. Ohne seine Frau, die zu Hause auf ihn wartete, hätte er sich völlig entwurzelt gefühlt.

Die tiefe Trauer um ihr Kind hatte Anna Gesina verstummen lassen. Johannette bemühte sich redlich, aber ihre aufmunternden Worte waren vergeblich. Auch Ehemann Henrich, immer zu Scherzen aufgelegt, war machtlos.

Pfarrer Koldehoff betete oft gemeinsam mit Anna Gesina, aber seine tröstenden Worte erreichten sie nicht. Was nutzte es ihr, wenn er davon sprach, dass Johann Gerhard jetzt ganz nah bei Gottvater weilte? So, wie all die vielen Kinder, die jung starben, so dass fast jede Familie im Dorf von einem Verlust betroffen war.

Hin und wieder besuchten Eltern und Schwiegereltern die Trauernde, aber am liebsten war ihr, wenn Johannette ihr nach getaner Arbeit Gesellschaft leistete. Sie wurde nicht müde in ihrem Beistand. Gemeinsam sammelten sie Schafgarbe, Queckenwurzel, Hirtentäschelkraut, Schlüsselblumen und Veilchen gegen die Schwermut. So bewältigten sie mühsam jeden neuen Tag, oft standen sie gemeinsam am Grab.

Anna Gesina verdingte sich als Magd bei dem Versener Bauern, auf dessen Grundstück sie eine kleine Kate bewohnten. Sie hütete die Schweine, molk die Kühe, half bei der Ernte und ging der Hausherrin von früh bis spät zur Hand. Jeden Abend durfte sie mit den Knechten eine warme Mahlzeit einnehmen. In den ersten Wochen wurde sie bei Tisch noch gehänselt, weil sie die Sprache verloren hatte. Aber nachdem der Bauer ein Machtwort sprach, kehrte Ruhe ein.

Der Frühling brachte ihr neuen Lebensmut. Die silberweißen Kätzchen der Weiden und die duftenden Märzveilchen erfreuten ihr Herz, ebenso wie die kleinen weißen Blüten des Schlehdorns, die zeigten, dass der Winter überwunden war.
In diese aufkeimende Hoffnung hinein traf es sie wie ein Keulenschlag, als an einem Aprilmorgen die Nachricht vom Tode Pfarrer Koldehoffs wie ein Lauffeuer durch das Dorf ging.

Jetzt erst begriff sie, wie groß der Halt war, den er ihr gegeben hatte, und sie trauerte aus tiefster Seele um ihn.
Eine willkommene Abwechslung bot sich unverhofft, als der Bauer ihr, zusammen mit der Lüttmagd, einen Besuch in der alten Garnisonsstadt Meppen ankündigte. Aufgeregt stand sie als erste am Wagen, begrüßte tätschelnd die Pferde und freute sich auf die neuen Eindrücke.

4

Über hundert Jahre war es nun her, dass Bischof Christoph Bernhard von Galen Krieg gegen Holland geführt hatte. Mit den feindlichen Soldaten kam die Pest ins Emsland und breitete sich von Rhede über Heede, Dersum, Walchum und Sustrum rasend schnell aus.
Die Meppener Festung, Haselünne und die Dörfer linksseitig der Ems waren zu dieser Zeit überfüllt mit einquartierten Soldaten.
Wer von der Krankheit verschont blieb, verließ sein Haus und schlug im Freien sein Lager auf oder baute eine provisorische Hütte. Die Kranken blieben in den Häusern zurück, bleich und matt, entstellt durch Beulen am Hals, hinter den Ohren, unter den Armen und an den Beinen.

Schwarze brennende Hitzblattern, heißer Atem, dunkel verfärbte Lippen und rote Augen – der Tod brachte den Einsamen und Verlassenen die ersehnte Erlösung.
Schon bald erreichte die Pest Ober- und Niederlangen, Fullen und den Hümmling. Als die Seuche vor den Toren Meppens stand, flohen viele Menschen in Panik. Jesuitenpater Kaspar Becker spendete unermüdlich die heiligen Sakramente,

seine Mitbrüder pflegten gemeinsam mit Pater Johann Jungblut die Todgeweihten und blieben wundersamerweise selbst verschont.

Die im Sommer eingefahrenen Ernten wurden neben den Hütten gelagert, das Vieh blieb auf der Weide.
In der Pestmesse beteten die Gesunden verzweifelt um Hilfe in dieser ausweglos scheinenden Situation.

Der fürstbischöfliche Leibmedikus, Dr. Bernhard Rottendorf, empfahl von der Kanzel herab Branntwein mit Knoblauch, Walnusskerne mit Wein- oder Bieressig und eine Essenz von Wacholder.
Wer sich infiziert hatte, erhielt schweißtreibende Mittel und heiße Ziegelsteine oder mit Essigtüchern umwickelte Roggenbrotscheiben um den Körper gelegt.
Den entsetzlichen Geschmack im Mund linderten die Jesuiten mit Zitronenscheiben und Johannistrauben.

In Haselünne hatte Johann Brusekorn eine Apotheke gegründet, um den Menschen Heilmittel geben zu können.
Als Bürgermeister und Rat, Richter und Rentmeister und sogar der Statthalter des Bischofs die Stadt verlassen hatten, wurde zu drastischen Mitteln gegriffen.
Der Bischof verfügte, man möge die Infizierten in Baracken bringen. Wer mit Kranken Kontakt hatte, führte einen weißen Stecken mit sich oder trug ein rotes Kreuz auf der Brust. Die Häuser wurden mit einem Strohkranz oder weißem Kreuz gekennzeichnet.
Außer den Patres war nur Ratsherr Jan tom Dreck geblieben und diese erlebten, wie die Pest nun langsam abebbte. Als alles vorüber war, zählte man über 800 Tote in Stadt

und Festung. Sie fanden ihr Grab vor den Toren der Stadt in Oldemeppen, nahe an der Radde.

5

Während Anna Gesina, hinter dem Bauern sitzend, über die Emsbrücke in Meppen einfuhr, war von den schrecklichen Ereignissen des Jahres 1666 nichts mehr zu spüren. Überall herrschte geschäftiges Treiben. Gaukler und ein Bruchschneider standen neben einem schwarz gekleideten Geiger in der Hasestraße. Auf dem Marktplatz boten die Händler ihre Waren feil und übertönten sich dabei lautstark.
Die ungewohnten Gerüche, das Stimmengewirr, der Geschmack der Früchte, die Anna Gesina zum Probieren gereicht wurden, ließen sie glücklich taumelnd durch die Straßen gehen.

Staunend blieb sie vor der Rossmühle am Marktplatz stehen. Witwe Borken, im Halbdunkel kaum wahrnehmbar, schaute gerade nach ihrem Pferd, das Runde um Runde drehte. Hier wurde der Rapssamen ausgepresst und mit einem Wolltuch gefiltert.

Bald schon waren die Körbe, die sie trugen, bis zum Rand gefüllt und der Bauer schickte die Mägde zurück zum Wagen in der Hinterstraße. Hier machte sich unerträglicher Gestank breit. Misthaufen und Jauchegruben, dicht nebeneinander, wechselten sich ab mit Schweinen, die im Dreck suhlten, und allerlei Federvieh. Dazwischen spielten Kinder und Halbwüchsige. Suchend sahen die beiden Frauen sich um.

„Ist der Bauer noch ins Wirtshaus eingekehrt?“ Die Lüttmagd wirkte ängstlich. Anna Gesina zuckte die Schultern. Von Weitem sah sie, aus Richtung Kuhstraße kommend, ein seltsames Paar. Beide waren vielleicht fünfzig oder sechzig Jahre alt, von dunkler Gestalt und in sackartige, armselige Gewänder gehüllt. Unsicher setzte der Mann einen Fuß vor den anderen, geführt von seiner Frau.

Hin und wieder stolperte er, dann lachten die Kinder und die jungen Männer riefen ihm Schimpfworte nach.

„Bradamantor, geh zurück ins Gefängnis! Nimm Frau und Kinder gleich mit!“ Entsetzt sah Anna Gesina, dass der Fremde blind war, und mitleidig streckte sie die Hand aus, als er an ihr vorbeiging.

„Zigeunerpack!“ Die Lüttmagd zitterte vor Angst und kroch auf den Wagen.

Ärgerlich drehte Anna Gesina sich um und ging zurück zum Marktplatz, vorbei an den bunten Ständen bis zum Wirtshaus. Dort fand sie ihren Herrn, schon stark nach Alkohol riechend, im Gespräch mit dem Scherenschleifer.

„Johann Rast aus der Oberpfalz! Was gibt es Neues zu berichten? Ich brauche …,“ an den Fingern der linken Hand zählte er auf, „einen Topf und eine Pfanne, dazu noch eine neue Sichel! Aber mach mir einen guten Preis!

Und hier …,“ er schwenkte einen alten, verbeulten Topf, „den kannst du mir flicken, ich gehe derweil wieder ins Gasthaus!“ Sie blieb alleine im Gewühl zurück, wurde angerempelt und geschoben und fand sich vor dem Rathaus wieder.

Vor den vergitterten Fenstern des Kerkers stand fluchend ein älterer, verwahrloster Mann in einem Narrenkasten und wurde unter lautem Gelächter von den Umstehenden mit Eiern beworfen.

Daneben stand ein starker Pfahl, am Boden befanden sich Eisenringe und oben eine weitere Vorrichtung. Sie ging um das merkwürdige Gebilde herum, betrachtete es ausgiebig und erschrak zu Tode, als ihr jemand auf die Schulter tippte. Der Bauer stand schwankend hinter ihr und lachte lauthals.

„Du interessierst dich für den Pranger? Zigeuner, Diebe und neugierige Weibsbilder …“ Weiter kam er nicht, denn zwei kräftig gebaute Männer packten ihn jetzt am Kragen.

„Werdet ihr von diesem Kerl belästigt?“ Völlig verwirrt schüttelte sie den Kopf und rannte davon, vorbei an dem Vieh, das aufgereiht dastand. Die Holzschuhe klapperten laut auf dem Kopfsteinpflaster und ihre Füße schmerzten.
Nach Hause, nur nach Hause wollte sie! Alles schien plötzlich so bedrohlich und laut. Außer Atem gelangte sie wieder in die Hinterstraße und ließ sich entkräftet auf der Ladefläche des Wagens nieder.
Es dauerte lange, bis der Bauer zurückkehrte, sich wortlos auf den Kutschbock setzte und die Zügel in die Hände nahm.

Verwundert sah Anna Gesina, dass er weder Töpfe, noch Pfanne, noch Sichel bei sich trug. Aber sie traute sich nicht, den mittlerweile volltrunkenen Mann darauf aufmerksam zu machen.
Die Pferde trotteten gemächlich zurück und schienen den Heimweg zu kennen. In der Abenddämmerung lagen nun die weiten Weideflächen vor ihr und am Horizont sah Anna Gesina eine Schafherde zwischen den goldgelb blühenden Ginsterbüschen.
Zur Linken lag in der Ferne der Esters-Hof und sie hielt einen Augenblick den Atem an. Dann dachte sie an Otto und spürte schmerzhaft, wie sehr sie ihn vermisste.

6

Feierlich wurde Pfarrer Bernhard Josef Appeldorn in sein neues Amt im Kirchspiel Wesuwe eingeführt. Weite Gebiete links der Ems, von Versen im Süden bis Steinbild im Norden, waren ihm jetzt anvertraut.
Ihm zu Ehren hatte die Gemeinde das Gotteshaus mit Blumen geschmückt und gab ihrer Freude Ausdruck, so rasch einen neuen Pfarrer zugeteilt bekommen zu haben.

Die Kirche war dem heiligen Clemens geweiht, einem der ersten Päpste, der den Märtyrertod gestorben war. Dicke Mauern aus schweren Gesteinsblöcken und ein starker Holzpfosten, mit dem die Seitentür quer verriegelt war, boten den Gläubigen ein Gefühl des Behütetseins. Der mächtige Turm, 1510 erbaut, um den hölzernen Glockenturm zu ersetzen, trug außen eine Inschrift, von den Handwerkern eingelassen und nur sichtbar für den, der den Kopf hob.

In deme jar unsers hern
da wi screff MIIIII hundert ten
da wart lecht de erste Sten

Anna Gesina hatte in der vordersten Reihe am Quergang Platz genommen. Zu ihren Füßen lag Pfarrer Koldehoff unter einer großen Sandsteinplatte begraben. Wehmütig dachte sie an die Jahre zurück, in denen er sie und Otto vor dem schlichten Holzaltar getraut und Johann Gerhard getauft hatte. Ottos Bruder Hermann und ihr Bruder Bernard waren als Trauzeugen aufgetreten, vor mehr als zwei Jahren, als sie, aus Düneburg kommend, in das Dorf Versen zog. Nun würde sie sich einem neuen Seelsorger anvertrauen müssen.

Aufmerksam lauschte sie seiner Predigt, aber immer wieder schweiften ihre Gedanken ab und sie blickte hinauf zum weiten Tonnengewölbe und betete inbrünstig, alle Sorgen und Ängste in Gottes Hände legend.

Der Sommer ging dahin mit den alltäglichen Arbeiten.
Abends, sobald Anna Gesina ein Licht angezündet hatte, setzte sie sich an ihr Spinnrad. Wenn Johannette bei ihr war und ein Lied anstimmte, leuchteten ihre Augen. Wie gerne hatte sie gesungen, in der Kirche, auf dem Feld und im Stall. Aber die Stimme wollte nicht wiederkehren.

Im August kam Otto mit einer Neuigkeit zurück.
„Die Eheleute Esters haben noch eine Tochter bekommen, Maria Gesina wurde sie getauft. Ich traf sie auf dem Weg nach Hause, diese hilfsbereiten Menschen. Sie lassen dich grüßen."
Die Nachricht freute und stimmte sie gleichzeitig traurig. Wie gerne wäre sie wieder guter Hoffnung gewesen.
Das Jahr 1769 verabschiedete sich mit Herbststürmen und klirrendem Winter und ein neues Jahrzehnt brach an.

7

Die Geborgenheit in Familie und Dorfgemeinschaft, die Zugehörigkeit zum Kirchspiel oder zu Handwerkerzünften, boten den Menschen Schutz und ein soziales Netz.
Jeder hatte eine Aufgabe, durch die er fest in sein System eingebunden war.
Konnten Angehörige bei Hilfsbedürftigkeit nicht einstehen, so spendete die Kirche aus Armenmitteln Kleidung und Geld.

Nicht selten jedoch mussten verarmte Seelen von Hof zu Hof ziehen und um Nahrung betteln. Voraussetzung war eine Genehmigung, ein vom Amt ausgestellter Bettelbrief, der zugelassene Bereiche aufführte.
Vagabundierende waren geächtet und gefürchtet. Schlimmer jedoch traf es das Volk der Zigeuner, heimatlos, verfolgt und immer in Gefahr, für ihre bloße Anwesenheit verhaftet, gequält und hingerichtet zu werden.
Bettelnd zogen sie durch die Lande, suchten nachts Unterschlupf in Schafställen und Scheunen, in Wald und Flur. Die weiten Moorgebiete im Emsland versprachen, für einige Tage untertauchen zu können. Aber die Angst war ständig präsent und so rotteten sich die Menschen zu Horden zusammen, Schutz in der Gemeinschaft Verfolgter suchend.

So mancher Bauer hatte ein weiches Herz mit den in Lumpen gehüllten, dunklen Gestalten und bot freiwillig Unterschlupf und Brot, wohl wissend, dass er sich damit strafbar machte.
Nicht immer wurde ihm diese Großzügigkeit gedankt, häufig fehlten am Morgen Vieh oder Hausrat.
Verweigerte er jedoch seine Gaben, so wurden oft Drohungen und Verwünschungen ausgestoßen und mit roher Gewalt und Feuerwaffen das Geforderte geholt. Bettler, Räuberbanden und Gauner waren an der Tagesordnung.

In den Städten lebten die Menschen geschützter durch die dichte Besiedelung und die Aufsicht der Garnison.
Unter den Bewohnern der weitläufigen Dörfer jedoch wuchs die Angst. So wurde seit dem Jahre 1763 allen Bürgern und Bauern der Besitz eines Gewehres nicht nur nahegelegt, sondern zur Auflage gemacht.

Bettler- und Vagabunden-Jäger durchkämmten ganze Landstriche, durchsuchten Häuser und Ställe und ergriffen Bettler ohne Genehmigung, die mit Stockschlägen bestraft und nicht selten für mehrere Jahre in das Zucht- und Arbeitshaus nach Münster gebracht wurden.

Wer des Diebstahls verdächtigt wurde, blieb bei Wasser und Brot im Gefängnis zu Meppen. Das ehemalige Torhaus der Paulsburg in der Burgstraße war häufig bis zum Bersten mit 40, 50 Ergriffenen gefüllt. Unter menschenunwürdigen Verhältnissen vegetierten sie dort vor sich hin, Junge und Alte, Aussätzige, Sterbende, Schwangere, Neugeborene. Manche durften sich in der Wachstube zusammen mit den Wärtern frei bewegen, andere saßen oder lagen angekettet an den Wänden. Hier, ganz unten angelangt, erstarb jegliche Hoffnung.

8

Anna Gesina hatte schon des Öfteren Zigeunerhorden vorbeiziehen sehen, aber stets stand sie in sicherer Entfernung, so dass sie sich verstecken konnte.
An einem Tag im Mai jedoch stieß sie unerwartet beim Sammeln von Pilzen auf eine Lichtung und blieb fasziniert stehen.
Unbekannte Laute drangen an ihr Ohr und als sie nähertrat, erblickte sie eine Gruppe von Menschen, jung und alt, trotz der erbärmlichen Fetzen, die sie am Leibe trugen, in fröhlicher Stimmung tanzend.
Ihre Haut war dunkel, das Haar schwarz und glänzend in der Abendsonne.

Sie umschlang instinktiv ihren Weidenkorb und drückte ihn fest an sich. So stand sie eine Weile regungslos da, bis plötzlich ein nacktes und verschmutztes kleines Mädchen mit dem Finger in ihre Richtung wies.
Schlagartig verstummte das Stimmengewirr und alle blickten ängstlich in ihre Richtung. Sie wollte fliehen, aber ihre Füße bewegten sich nicht von der Stelle.

Die Eltern hatten ihr von den Zigeunern erzählt, auch, dass sie ihresgleichen zu heiraten pflegten, und das, was sie sah, schien eine Hochzeitsfeier zu sein.
Eine noch fast kindlich wirkende junge Frau stand inmitten der Gruppe und ihr Gegenüber, ein kräftiger Mann in den Dreißigern, hielt ihre Hände. Auf dem Kopf trug sie einen Kranz, gewunden aus grünen Blättern.
Während Anna Gesina weiterhin wie erstarrt dastand, lösten sich einige Frauen aus der Gruppe und bewegten sich lächelnd auf sie zu.
Ihr Herz pochte laut und in ihren Ohren dröhnte das Blut. Aber jetzt sah sie, wie sich ihr viele Hände entgegenstreckten und aus dem verhaltenen Lächeln ein offenes Lachen wurde. Die Älteste trat hervor und zog aus einer Tasche eine kleine Silberdose mit zarter Blumengravur. Mit der linken Hand griff sie in einen Beutel, der an ihrem Hanfgürtel hing und zum Vorschein kamen zwei schlichte Silberreifen.

Anna Gesina verstand sofort, dass die Alte ihre Waren verkaufen wollte, und schüttelte heftig den Kopf. Aber dann langte diese nach ihrer Hand und betrachtete mit ernster Miene die Linien auf der Innenfläche. Sie murmelte unverständliche Worte, dann strich sie über Anna Gesinas Haar, berührte ihre Stirn und sprach leise:

„Gott schütze dich, mein Kind." Gleichzeitig legte sie die Silberdose zu den Pilzen in den Weidenkorb und sah sie bittend, fast flehend an.
Die anderen aus der Gruppe hatten sie nun umringt und der Bräutigam sprach aus, was sie bereits ahnte.

„Bitte, bitte gib uns zu essen. Wir kommen aus Rhede, dort hat man uns verjagt." Und er fügte hinzu:

„Meine Frau hat vor zwei Tagen ein Kind geboren und braucht etwas zur Stärkung." Sie öffnete den Mund, aber kein Wort kam über ihre Lippen. Nie zuvor hatte sie etwas derart Schönes wie diese kleine Dose gesehen und der Wunsch, sie zu besitzen, wurde übermächtig.
Wie in Trance drehte sie sich um und gab den zerlumpten Gestalten durch Kopfnicken zu verstehen, sie sollten ihr folgen. Die Angst war nun vollständig gewichen, eine Unbeschwertheit und Leichtigkeit ergriff ihren Körper und ließ sie behände über den unebenen Waldboden hüpfen.
Eine Silberdose, ein Schatz, so kostbar … Sie würde etwas Essbares finden, um den Hunger dieser heimatlosen Menschen zu stillen.

Schon von Weitem sah sie verwundert, dass die Tür der alten Kate weit offen stand. Sie trat hinein, aber niemand war zu sehen. Vielleicht hatte sie vergessen, die Türe zu schließen, oder Johannette hatte während ihrer Abwesenheit nach ihr schauen wollen.
Sie winkte die hungrigen Menschen hinein, denn draußen war es kühl geworden, und zündete ein Feuer an. Schnell bereitete sie im großen Kessel eine Suppe aus Bohnen und Getreide zu und ihre Augen leuchteten vor Freude, als sie sah, wie glücklich sie ihre Gäste mit dieser kargen Mahlzeit machte.

Für die Kinder holte sie Äpfel, soviel ihre Schürze fassen konnte. Nebenher putzte sie die gesammelten Pilze und legte sie zum Trocknen an einen schattigen Platz hinter der Kate.

Ein lautes Poltern schreckte sie jäh auf. In dem schiefen niedrigen Türrahmen stand Otto, gebückt und die Hände in die Seiten gestützt.

„Was ist das? Ich sehe wohl nicht recht! Hinaus mit euch Gesindel!“

Er trat zur Seite und wies wütend den Weg ins Freie. Hastig griffen die Menschen nach ihren Habseligkeiten und verließen fluchtartig den Raum. Das kleine nackte Mädchen kehrte noch einmal zurück und suchte weinend nach ihrem Apfel. Draußen rief die Mutter jedoch mit großer Angst ihren Namen und so verließ es, unter Ottos strafendem Blick, unverrichteter Dinge das Haus.

Anna Gesina war zurückgewichen und kauerte sich auf einen Stuhl in der hintersten Ecke. So erbost hatte sie Otto noch nie erlebt. Er trat dicht an sie heran, so dass sie seinen Atem spüren konnte.

„Was fällt Dir ein? Du bringst unser Leben in Gefahr und wenn der Vogt davon hört, wird er beim Amt Meldung machen! Auf dem Weg nach Hause habe ich eine Truppe Frohnen und Schützen getroffen. Sie kontrollieren wieder Wege und Straßen, um dieses herrenlose Pack dingfest zu machen!“

Suchend sah er sich um.

„Haben sie dich bedroht? Haben sie uns bestohlen?“ Seine Stimme klang noch immer erregt.

„Sieh mich an, wenn ich mit dir spreche!“

Er hob Anna Gesinas tränenüberströmtes Gesicht mit beiden Händen in die Höhe und bedauerte im gleichen Augenblick, so heftig reagiert zu haben. Sie war der wichtigste Mensch in seinem Leben und er wünschte sich nichts sehnlicher, als wieder so glücklich an ihrer Seite zu sein wie vor Johann Gerhards Tod.

Mit seinen groben Händen zog er sie an sich, spürte ihr Schluchzen, das sie mit Mühe zu unterdrücken versuchte und fuhr nun leiser fort:

„Du weißt doch, wie sie mit Vagabunden umgehen. Sie werden ins Meppener Gefängnis und dann zur Ausstäupung an den Pranger gebracht. Willst du denn, dass man sie bei uns ergreift, dass sie gebrandmarkt werden und der Scharfrichter aus Rheine ihnen die Ohren abschneidet? Die Kinder nehmen sie ihnen auch!"

Sie sah ihn mit schreckgeweiteten Augen an.

„Da machen sie keine Ausnahme bei vagabundierenden Eltern, ganz gleich, ob Zigeuner oder Scherenschleifer oder auch verarmte ehemalige Soldatenfamilien … Gerade heute sah ich wieder abgedankte Soldaten, die bettelnd und als Kesselflicker unterwegs waren mit Frauen und Kindern. Die Armenjäger im Kirchspiel und unsere Bauern-Nachtwächter haben alle Hände voll zu tun." Fast zu sich selbst sprechend fügte er hinzu:

„Unser Trompeter ist ja auch einer aus dem Zigeunervolke, aber ein feiner Kerl. In der letzten Woche kamen wir durch die Geester Mark, auf dem Weg nach Lingen, und da sahen wir wieder einen von diesen Schreckpfählen mit Bildern von Geißelungen und einer Hinrichtung.

Fast hat der Trompeter mir leid getan. Jetzt soll sein Volk schon unterwegs gewarnt werden, auf was sie sich einlassen, wenn sie uns zu nahe kommen."

Er drückte seine geliebte Frau fest an sich, aufgewühlt, traurig und müde. Wie gerne hätte er alles Leid von ihrer Seele genommen.

9

Während Anna Gesina am nächsten Morgen, in Gedanken versunken und mit einigem Abstand hinter Otto hergehend, zum sonntäglichen Gottesdienst in die St. Clemens-Kirche schritt, hörte sie plötzlich ein zischendes Geräusch. Neben ihr bogen sich die Zweige eines Ilexbusches auseinander und sie entdeckte den Anführer der Zigeunergruppe vom Vortag.

„Frau, Frau“, er winkte sie zu sich heran und sie sah, dass er einen Säugling auf dem Arm hielt.

Sein Mund verzog sich zu einem breiten Lachen und, nach links und rechts blickend, trat er nun hervor und legte ihr das Kind in den Arm.

Es war in grobes Leinen gehüllt und schlief satt und zufrieden. Der Anblick ließ ihren Körper zittern und ihre Beine schwach werden. Sie konnte den Blick nicht von dem Bündel Mensch wenden und erst, als der Dunkelhäutige seine Hände danach ausstreckte, versuchte sie ein Lächeln.

Die übrigen Mitglieder der Gruppe traten nun ebenfalls hervor und bedeuteten dem jungen Vater, den Weg zur Kirche einzuschlagen.

In diesem Augenblick wendete Otto sich um und blieb wie erstarrt stehen. Anna Gesina erschrak und lief mit eiligen Schritten auf ihn zu. Aber sie sah an seinem verärgerten Gesicht, dass sie seinen Zorn auf sich gezogen hatte. Heftig nahm er sie bei der Hand und zog sie zur Kirchentüre.

Sie spürte, wie Tränen über ihre Wangen liefen und plötzlich alle Gedanken bei ihrem toten Kind waren. Sie hatte dieses Kind, nach vielen Jahren des vergeblichen Wartens, so sehr herbeigesehnt. In der Kirche blieb ihr keine Zeit mehr, Otto mit Blicken um Versöhnung zu bitten, denn die Orgel setzte lautstark ein.

Die Zigeuner traten jetzt ebenfalls durch die Türe und sie begriff, dass der Säugling getauft werden sollte.
Ein Raunen und Tuscheln ging durch die Kirchenbänke und die Älteren bekreuzigten sich.
Anna Gesina blickte angespannt auf die kleine Gruppe, die sich nun in Richtung Taufstein bewegte und in dessen Nähe niederließ.

Der Gottesdienst verlief unruhig und wurde immer wieder durch Zwischenrufe gestört, so dass Pfarrer Appeldorn mehrmals erbost seine Predigt unterbrach und schließlich damit drohte, die Störenfriede hinauszuwerfen.
Anna Gesina suchte immer wieder, ängstlich und ahnungsvoll, Ottos Blick und streifte seinen Arm, um seine schützende Gegenwart zu spüren.
In dem Augenblick, als die Zigeuner sich erhoben, um das immer noch schlafende Kind taufen zu lassen, brach der Tumult los.

Keifend und Flüche ausstoßend drängten die erbosten Kirchgänger nach hinten, so dass der Pfarrer erschrocken zurückwich und die Hände abwehrend erhob.
Für die Zigeuner blieb der Weg zur Flucht versperrt, sie klammerten sich angstvoll aneinander, mit weit aufgerissenen Augen, ohnmächtig und wie erstarrt.

Die Bauern bildeten nun einen engen Kreis, lärmend und unter Drohgebärden drängten sie weiter vor. Es war ihnen jedoch, als stünde eine unüberwindbare Mauer zwischen ihnen und den zerlumpten Gestalten.

Diesen Augenblick machten sich drei Männer aus dem Dorf zunutze, der Vogt und zwei Frohnen, die tödliche Eskalation erkennend. Sie schoben sich zwischen die Menge, so dass diese zurückwich und sich eine Gasse bildete. Die Bedrängten bewegten sich immer noch nicht, schauten sich jetzt aber unsicher an und drückten ihre weinenden Kinder an sich. Der Täufling war erwacht und schrie aus Leibeskräften. In diese Unruhe hinein begann Pfarrer Appeldorn laut das

„Vater unser" zu beten; in lateinischer Sprache, wie es üblich war. Er hatte die rechte Hand auf sein Herz gelegt, das laut pochend mit jedem Schlag in seinem Brustkorb schmerzte.

Schweißperlen standen auf seiner Stirn, liefen in seine Augen und tropften auf das Messgewand. Nie zuvor hatte er in seiner Kirche etwas derart Abscheuliches erlebt.

Eines war gewiss, er würde mit seiner Gemeinde hart ins Gericht gehen und sie Buße tun lassen.

Otto und Anna Gesina erhoben sich nun, unsicher, ob sie das weitere Geschehen beobachten oder den Heimweg antreten sollten.

In diesem Augenblick brach die alte Zigeunerin zusammen, unvermittelt und lautlos. Ein Aufschrei ging durch die Gruppe und zwei der Männer beugten sich herab und hoben den leblosen, zerbrechlich wirkenden Körper vom Boden auf, um ihn vor die Kirche zu tragen. Die anderen folgten ihnen, ohne sich noch einmal umzublicken.

Zu tief saß der Schmerz, die gute alte Angelina auf diese Weise verloren zu haben.

„Komm mit.“ Ottos Worte klangen heiser. Anna Gesina folgte ihm schwankend und gemeinsam traten sie vor die Türe, wo die Zigeuner sich weinend um ihre Tote geschart hatten.

Aus der Kirche hörten sie laut donnernd die Stimme des Pfarrers:

„Der Herr wird euch strafen! Einigt euch, wer von euch hilft, der Verstorbenen ein würdiges Begräbnis zu bereiten. Ich erwarte heute noch zwei von euch Männern!“

Mit diesen Worten verließ er das Gotteshaus.

Die Gemeinde strömte nun hinaus, ohne die Trauernden zu beachten, und kopfschüttelnd meinte Henrich unter dem Beifall der anderen Männer:

„Da wird er lange suchen müssen! Ich mache es nur, wenn es Branntwein dafür gibt.“

Die anderen pflichteten ihm bei und gingen noch ein Stück des Weges lamentierend nebeneinander her.

„Jetzt hast Du es selbst erlebt und weißt, wovon ich gestern gesprochen habe. Fast jeder hier im Dorf hatte schon…“ und hier deutete Otto in die Richtung der Zigeuner,

„mit denen zu schaffen. Halte dich fern, sonst wird dich auch noch der Zorn der Bauern treffen.“

Anna Gesina nickte, sie hatte Otto verstanden und sah seine Sorge und Liebe. Zu Hause begab sie sich gleich an die Feuerstelle, um das Mittagsmahl zu richten und als sie die Schüssel mit kross gebratenen Fleischstücken auf den blank gescheuerten Tisch stellte, legte Otto seine Arme um ihre Hüften und ein Lächeln umspielte seinen Mund und seine Augen. So lange schon hatte sie sich zurückgezogen.

In der folgenden Nacht konnte und wollte sie wieder seine Frau sein. Das Erlebte, Bedrohliche verwob sich mit der Trauer um Johann Gerhard, mit den Sorgen um das tägliche Brot. Aber größer war die Sehnsucht, Otto nahe zu sein, und sie fürchtete den folgenden Morgen, an dem er sie wieder für lange Zeit verlassen würde.

10

Im Februar des Folgejahres gebar Anna Gesina einen Sohn, den sie, wie ihr erstes Kind, Johann Gerhard nannte. Drei Jahre später kam Hermann Heinrich zur Welt.
Die geduldigen Bemühungen der Nachbarn Johannette und Henrich und das Glück, wieder zwei Buben in den Armen zu halten, ließen sie ruhig und zufrieden werden in ihrer kleinen, überschaubaren Welt.

An einem Sommertag nahm sie zu später Stunde eine kleine Gruppe von Männern wahr, die mit langen Stäben Maß zu nehmen schienen. Ein fein gekleideter Herr gab Anweisungen, das musste Philipp Colson sein.
Otto hatte ihr erzählt, dass ein Ingenieur und Artillerieleutnant aus Münster im Auftrag der Regierung das Land neu vermessen sollte. Sie brauchte sich also nicht zu fürchten.

Wie mühsam, dachte sie, vor Meppen Dünen mit kleinen Waldresten, so weit das Auge reicht. Dann Heide, Hudebüsche und Weideflächen für die Schafe und rund um Wesuwe endlose Wiesen. Auf dem Dorfbrink einige Eichen und Buchen und erst in Dankern und Düneburg wieder Nadelholz.

Schade, dass Otto jetzt nicht zu Hause war, das hätte er sich bestimmt gerne angeschaut.

Aus Meppen kam die Kunde, dass der Armenjäger Jacob Klöne seines Amtes enthoben worden war. Er hatte Bettler aufgegriffen und diese verprügelt, anstatt sie ordnungsgemäß im Gefängnis abzuliefern.

Auch mit Bradamantor und dessen Sohn Henrich hatte er sich angelegt, obwohl dieser seit seiner Eheschließung in der Stadt geduldet war.
So gab es Unschuldige und übles Gesindel, Wilddiebe und solche, die unberechtigt an der Bogelake fischten, und Bedienstete, die eigenmächtig ihre Grenzen überschritten.

Gute fünfzig Jahre wurde jetzt nur noch mit dem Galgen gerichtet. Nördlich des Brambergs auf dem Klinkenberg, wo Heide, Ginster und der Gagelstrauch wuchsen, in der Bauerschaft Nödeke zur Herrschwiese hin und am Hof Oldemeppen nahe der Radde wurden vorher auf vielerlei Art die Menschen vom Leben zum Tode befördert.
Dort, wo sich am Kollhofe eine Abbruchstelle im Wasserlauf befand, richteten in alter Zeit Geistliche bei Verstößen gegen Gottes Gebote. Bis 1360 lebten hier Pröpste auf dem Koldenhove.
An der Contrescarpe schließlich, nahe der Hasebrücke, befand sich der Militärrichtplatz.
Stadtauswärts Richtung Helte betrieb der Abdecker seine Schinderei und zahlte dafür dem Scharfrichter zu Rheine eine jährliche Pacht. Bei Hinrichtungen assistierte er oder führte gar selbst die entscheidenden Handlungen unter Aufsicht aus.

Die Prozedur war immer ähnlich: Der Delinquent wurde in Ketten, mit einem Leinengewand bekleidet, vorgeführt, das Urteil öffentlich verkündet.
Erbarmungslos ergriffen ihn die Knechte, zerrten ihn auf einen Wagen und brachten ihn mit einer Escorte unter voraus-schreitendem Militär zum Richtplatz, wo Amtmann und Droste warteten. Auf dem Weg durch die Stadt begleitete ihn unaufhörlich die Arme-Sünder-Glocke.

Zur Abschreckung flocht man häufig den toten Körper auf ein Rad, das, auf einem langen Pfahl aufgerichtet, schon von Weitem sichtbar war. Diese Zugabe brachte dem Scharfrichter doppelte Vergütung ein, galt sie doch als doppelte Hinrichtung.
Oft wohnten mehrere tausend Menschen dem Spektakel bei. Auf dem Rad oder am Galgen beließ man die Hingerichteten, bis sie verwest waren und herabfielen. Dann war es die Aufgabe des Abdeckers, die sterblichen Überreste zu verscharren.

Anna Gesina verdrängte alles, was ihr an Grausamkeiten zu Ohren kam. Sie beschränkte sich auf ihre täglichen Aufgaben auf dem Hof und erfreute sich an ihren Kindern, die zwischen Feldarbeit und der Versorgung des Viehs heranwuchsen.
Otto war ihr ein aufrichtiger, treuer und liebevoller Ehemann, besorgt um ihr Wohlergehen und trotz der seltenen Besuche ihr Fels in der Brandung.

Dieses stille Glück wurde im Frühjahr des Jahres 1782 überschattet. Es begann mit Hustenanfällen in der Nacht, begleitet von Fieber und Schweißausbrüchen. Johannette kochte Eierschalen mit Zucker und Essig, bis diese sich

aufgelöst hatten, und gab Otto und den Kindern Anweisungen, der Kranken jede Stunde einen Teelöffel voll davon zu geben. Aber ihr Körper verlor zusehends an Kraft und schließlich war sie so schwach, dass sie das Strohlager nicht mehr verlassen konnte. Johannette sah die Angst und die stumme Bitte in den Augen der Schwerkranken.
Unter Tränen versprach sie, die Kinder in ihre Obhut zu nehmen. Dankbar ließ Anna Gesina sich zurücksinken und berührte ein letztes Mal die Wange der Freundin. Sie starb an einem sonnigen Tag im Juli im Beisein von Otto, Johann, Hermann und Pfarrer Appeldorn, der ein geweihtes Kreuz auf ihre Brust gelegt hatte.
In der Hand hielt sie, fest umschlossen, eine kleine silberne Dose mit zarter Blumengravur.

11

In tiefer Trauer versunken, verbrachte Otto die nächsten Monate bei seinem Heer. Dann erreichte ihn, überbracht von einem der umherziehenden Scherenschleifer, die Nachricht, dass Henrich gestorben war.

Zurück in Versen musste er sich der Tatsache stellen, dass Johannette nun nicht mehr für seine Kinder sorgen konnte und er gezwungen war, eine neue Mutter und Ehefrau zu suchen.

Bei der Totenmesse für Henrich saßen Albert und Thekla Pötker aus Dankern neben ihm in der Kirchenbank. Vor der Türe des wuchtigen Kirchturmes trafen sich die Trauergäste, um Johannette zu kondolieren und gemeinsam den allseits beliebt gewesenen Ehemann zu begraben.

Albert ergriff zuerst das Wort:

„Otto, ihr braucht wieder eine Frau an eurer Seite.“ Thekla nickte eifrig zustimmend und Albert fuhr fort „Meine Susanna ist ein tüchtiges Weib. Mit ihren fünfundzwanzig Jahren alt genug, euren Söhnen die Mutter zu ersetzen.“ Jetzt zwinkerte er vielsagend.

„Aber sicher noch jung genug, euch noch viele Kinder zu schenken.“

Otto horchte auf, er erinnerte sich vage an frühere Kirchgänge und an ein kleines blondes Mädchen.

„Mutter, ich habe gerade Johannette gesprochen. Sie fragte mich, ob ich am Michaelistag, wenn meine Stellung beendet ist, zu ihr kommen kann“. Susanna Pötker umarmte ungestüm ihre Mutter und bemerkte erst dann Otto Brink, der amüsiert die Szene beobachtete. Albert schob sie näher in die Richtung des Witwers.

„Kind, was meinst du, Otto braucht dich noch viel mehr. Du kannst dich an ihn und seine verstorbene Frau erinnern? Er hat zwei Söhne, acht und elf Jahre alt, die brauchen wieder eine Mutter.“

Schamhaft senke Susanna die Augen und trat einen Schritt zurück. Mit einem Schulterklopfen verabschiedete sich Albert.

„Wir sprechen noch einmal darüber, komm doch in den nächsten Tagen auf einen Kaffee zu uns nach Dankern.“ Thekla lächelte wohlwollend.

Susannas Bild vermischte sich mit dem Anna Gesinas. Er musste in die Zukunft schauen. Die Gedanken an eine neue Ehe ließen ihn nicht mehr los.

Die Eltern Pötker versuchten unterdessen, ihrer Tochter die Vorzüge Ottos zu beschreiben.

„Du wirst es gut bei ihm haben," war sich Thekla sicher. „Denke doch nur an deinen Vater. Seine erste Frau starb nach nur vier Jahren und es war ein Glück, dass unsere Familien uns zusammenbrachten."

Susanna zögerte, hatte sie doch erst vor Kurzem den Mann verloren, der mit ihr eine Familie gründen wollte.

Aber sie nickte gehorsam, denn sie wusste, dass der Vater keinen Widerspruch duldete.

Am folgenden Sonntag brach Otto nach Dankern auf, um Johann Pötker offiziell um die Hand seiner Tochter zu bitten und die Vermählung zu planen. Er wollte noch im November vor den Traualtar treten und seine Kinder wieder zu sich holen.

Susanna willigte stillschweigend ein und gemeinsam bestellten sie bei Pfarrer Appeldorn das Aufgebot.

12

Es war kalt geworden. Früh am Tage, noch im Halbdunkel, schnürte Otto sein Bündel und machte sich wieder auf zu seinem Lager. Rauhreif lag auf den Wiesen kurz hinter Versen. Die Spinnweben zwischen einzelnen Heckenzweigen waren mit winzigen, weißen Kristallen übersät.

In dem weiten Dünengelände vor Meppen, durchsetzt mit Heideflächen, hatte Obervogt Nankemann aus Lathen drei Jahre zuvor, 1779, Kiefernsamen aufbringen lassen. Weite Teile des wüsten Emslandes waren bereits von kleinen Bäumen bedeckt, um den Flugsand einzudämmen.

Mancherorts leisteten die Bauern Widerstand und kochten das Saatgut, damit es nicht aufging. Dort, wo die Tannenkämpen nicht eingefriedet waren, ließen sie ihre Schafe weiden, die mit ihren Hufen das Gelände schädigten und die jungen Pflanzen verbissen.

Otto hatte seine Schuhe mit Kohlblättern ausgelegt, einige wunde Stellen an den Füßen machten ihm zu schaffen. Er war froh, als er den Kirchturm zu Meppen im Morgendunst wahrnehmen konnte, und schritt nun, an der Ems entlang, zügiger voran.

Die Brücke über den Fluss war in den letzten Jahrzehnten immer wieder ausgebessert worden. Momentan machte sie einen guten Eindruck auf ihn. Die Bleiche, wo im Sommer reges Treiben der Leinweber herrschte, lag still zu seiner Rechten.
Auch in der Stadt war noch niemand auf den Beinen, so dass er unbehelligt am Bürgergasthaus vorbeischritt, wo Arme, Alte, Gebrechliche und Waisen aufgenommen wurden.
So gelangte er unbemerkt bis an die Propsteikirche.

Da die Türen verschlossen waren, ließ er sich auf den Stufen davor nieder und wartete auf den Küster.
Ganz versunken in die Vorfreude auf Susanna saß er wohl eine halbe Stunde dort und hatte gar nicht bemerkt, dass der Küster bereits die ersten Besucher der Frühmesse einließ.
Es war Otto ein Anliegen, Gott zu danken, der sich seiner Wege angenommen hatte. Susanna schien ihm wie eine göttliche Fügung und er freute sich, sie bald heimführen zu können.

In ihrem Blick war nichts Kindliches mehr, sie war eine schöne junge Frau mit weichen Gesichtszügen und rosigen Wangen. Er war sich dessen bewusst, dass er Anna Gesina in dankbarer Erinnerung behalten würde. Sie war ein Teil von ihm, sein Zuhause gewesen.
Tief atmete er durch und betrat den aus mächtigen Sandsteinquadern errichteten dreischiffigen Hallenbau.

Im vorigen Jahrhundert hatte ein Blitzschlag den stattlichen Westturm, der weithin sichtbar gewesen war, zerstört. Das Dach und Chorgewölbe stürzten ein, vieles wurde ein Raub der Flammen. Einst war die Kirche reich ausgeschmückt gewesen. Kirchherr Johannes Smedes gab allen, die dazu beigetragen hatten, durch den befreundeten Kardinal Revericus einen Ablass.
Nach dem Brand mussten kostbare Gefäße und kirchlicher Silberschmuck für den Wiederaufbau veräußert werden.
Der Turm wurde in kleinerer Form wieder errichtet.

Über dem Chordach brachte man die Figur einer Henne an, ein Zeichen, dass dieses Gotteshaus die Mutter mehrerer Kirchen im Emsland darstellte.
Die beim Feuer zerstörten Glocken wurden durch drei neue ersetzt, gegossen in der Christinenschanze der Stadtbefestigung. Die erste Glocke war dem Weltenheiland geweiht, die zweite erhielt die Gravur des Gebetes „Unter deinen Schutz und Schirm“ und die dritte war den Patronen Vitus und Margaretha gewidmet. Zwanzig Jahre später, 1663, stiftete Hermann Matthias Freiherr von Velen, Statthalter im Emsland, eine vierte Glocke, „Matthias“ genannt. Sie forderte mit ihrer Inschrift zum Lob des Herrn auf:

Laudate Dominum cymbalis
benesonantibus, laudate eum in
cymbalis jubilationis

Als jetzt die Glocken hell erklangen, schossen Otto Tränen der Freude in die Augen. Das Leben, sein Leben, hatte eine neue Wendung bekommen. Er zündete eine Kerze an für die Menschen, die er liebte, und schritt beherzt an der bronzenen Grabplatte der Familie Morrien neben dem Josephsaltar vorbei, Richtung Ausgang, um sich vor der Pietá zu verneigen. Zögernd nahm er eine kleine Münze, dann steckte er sie entschlossen in den Armen-Opferstock.

Er ging weiter zur Nordseite, wo sich im älteren romanischen Teil des Kirchengebäudes ein Prozessionstor befunden hatte. Die zwei noch sichtbaren Portale waren zugemauert worden. Reich verzierte Säulen und Pfeiler deuteten von der ehemaligen Pracht.
Otto blickte zur Kreuzigungsgruppe und verbeugte sich wieder. „Beeldensnyder“, hatte man den Steinmetz Joist Wordemann aus Münster genannt.

Die mittlerweile aufgegangene Sonne mahnte Otto zur Eile. Dort, wo früher die Markporte gestanden hatte, an der Kuhstraße, erblickte er bereits die weiten Weiden der Nödeker Mersch. Zur Ems hin wuchsen Wacholder, Stechpalmen, Erlen und Eichen.
Unter den Eichen hatte er im Sommer und Herbst oft Schweine beobachtet. Die Mast brachte dem Stadtsäckel eine ordentliche Pacht ein. Viele Bäume waren in den letzten Jahren gefällt worden, das schwere Holz eignete sich vorzüglich für Ausbesserungsarbeiten an der Emsbrücke.

Bei der Belagerung der Festung im 7-jährigen Krieg hatten die Franzosen außerdem Brennholz für ihre Wachtfeuer gebraucht. Otto sah, dass an einigen Stellen wieder aufgeforstet worden war.

Die Markstiege, lange Zeit nur den Schwefingern, Varlohern und Geestern vorbehalten, befand sich in einem schlechten Zustand. Seine Füße schmerzten und er hoffte, dass der Kohl seine Wirkung nicht verfehlte. Nachdem er den Elsen, so genannt wegen der dort wachsenden Erlen, passiert hatte, sah er zur Linken andeutungsweise den großen Hemberg, wo der Volksmund die mächtige Burg der Gräfin Jutta von Vechta-Ravensberg vermutete. Aber das war fünfhundert Jahre her, für Otto ein unermesslich langer Zeitraum.
Zwischen zwei Hügeln waren noch Spuren des alten Haselaufs Richtung Ems erkennbar, aber Wasser floss hier schon lange nicht mehr.

Am Heidebrüksgen kam ihm Jacob Klöne entgegen und es entwickelte sich ein kurzes Gespräch. Der ehemalige Armenjäger hatte sich in der Baracke an der Hinterstraße als Kesselflicker niedergelassen, um Frau und Kinder nach seiner unehrenhaften Entlassung ernähren zu können. Otto verabschiedete sich eilig.
Er war nun an das fischreiche Gewässer der Bogelake und die Goesewisken gelangt. Vor fünf Jahren war die Kuhweide Richtung Ems vergrößert worden und das Weidegeld floss in die Kämmereikasse. Alle Bewohner, die ein Bürgerhaus besaßen und somit städtische Steuern zahlten, waren berechtigt, ihr Vieh dorthin zu treiben. Gegen eine entsprechende Abgabe durften auch Nichtbürger die „Weeden“ nutzen.

Otto schüttelte unbewusst den Kopf. Als Soldat hatte er andere Sorgen. Eilig strebte er auf dem alten Heerweg seinen Kameraden zu. Schon bald würde er zurückkehren nach Versen, er lächelte bei dem Gedanken.

II

24. September 1784
Ahlen bei Kluse

1

Schwerfällig erhob sich die alte Marie aus ihrem Ohrensessel und ordnete dabei umständlich ihre Kleider. Dann stützte sie sich mit beiden Händen auf dem Tisch ab, der ächzend nachgab. Die Anwesenden erhoben zeitgleich ihre Köpfe und blickten in ihr missmutiges, von unterdrücktem Schmerz gekennzeichnetes Gesicht. Das feuchte Wetter machte ihren müden Gliedern zu schaffen und die schwere körperliche Arbeit auf dem Hof hatte über die Jahrzehnte ihren Rücken gekrümmt.

Energisch trat sie nun neben den gedeckten Tisch und wandte sich laut rufend in Richtung Küche.

„Adelheid, wo bleibst du denn? Wir warten auf den Tee."

„Ach lass gut sein, Marie", wandte jetzt Otto Brink ein.

„Wir sind noch gestärkt vom Mittagessen. Susanna hat Reibekuchen gebacken, bevor wir uns auf den Weg gemacht haben." Seine Frau pflichtete ihm bei und hob beruhigend die Arme, bevor sie wieder fest ihren starken Leib umspannte.

„Nein Schwager, ich bin sehr erbost, Adelheid macht mir schon eine Weile Kummer." Marie hatte schlurfend die Küchentür erreicht und stieß sie energisch und schwer atmend auf.

„Hab ich es mir doch gedacht, meine Magd sitzt am Tisch und träumt, während der Wasserkessel pfeift." Erschrocken sprang Adelheid auf und ihr hölzerner Schemel fiel scheppernd zur Seite.

Gleichmäßig trommelnde Regentropfen gegen die kleinen Fensterscheiben hatten sie schläfrig gemacht.

Der rußgeschwärzte Raum mit der niedrigen Balkendecke wurde durch die prasselnde Feuerstelle nur spärlich erleuchtet. Adelheid eilte wortlos zum Wandschrank und holte mit beiden Händen zitternd die große wertvolle, handbemalte Porzellankanne heraus. Jetzt nur kein falsches Wort sagen! Die Herrin hatte schon mehrfach damit gedroht, sie wieder nach Hause zu schicken.

Nach Hause … Wo war das? Ihre Eltern waren auf dem großen Hof am Ortsrand in Stellung gewesen und im letzten Jahr kurz hintereinander an der Schwindsucht gestorben.
Für das „Balg“, wie sie dort nur genannt wurde, war nun kein Platz mehr vorhanden. Sie war froh und dankbar, bei Marie Unterschlupf und eine warme Mahlzeit am Tage gefunden zu haben. Aber ihr Herz war schwer und die Gedanken in ihrem Kopf schwirrten umher und ließen sie nicht zur Ruhe kommen.
Die älteren Geschwister waren vor langer Zeit fortgezogen und der Kontakt zu ihnen völlig abgebrochen. Adelheid empfand eine große innere Leere und Einsamkeit.

Marie murmelte ärgerlich vor sich hin, drehte sich dann aber abrupt um und wandte sich wieder ihren Gästen zu, die sich bereits angeregt unterhielten. Gerade heute wollte sie einen guten Eindruck hinterlassen.
Pfarrer Leonhard Nadorf war gekommen, um nach mehreren Monaten wieder einmal Visite zu halten. Er liebte es, an Maries Tisch zu sitzen und in Erinnerungen zu schwelgen.
Erleichtert sah die Gastgeberin nun Adelheid in die gute Stube treten, in der linken Hand eine große Mettwurst, in der rechten die silberne Teekanne. Stuten und Butter standen bereits auf dem langen, schweren Tisch.

Wohlwollend reichte Marie Pfarrer Nadorf den Kandiszucker und forderte ihn auf, sich mit der Zange ein großes Stück herauszubrechen.

„Hier, nehmt euch auch Sahne.“ Marie stützte sich auf die Stuhllehnen, Meter für Meter, bis sie ihren Sessel wieder erreicht hatte. Dabei streifte ihr Blick Susanna, die still und bleich am Tisch saß und von Zeit zu Zeit verstohlen zu ihrem Mann blickte.

„Unvernünftig“, dachte Marie, „das Kind kann doch täglich kommen.“ Die Fahrt mit dem Pferdefuhrwerk über holprige Wege und Straßen hätte Wehen auslösen können. Aber Otto Brink hatte sich in den Kopf gesetzt, den lange geplanten Besuch durchzuführen, um im Dorf zwei neue Ferkel zu erwerben und die Verwandte und den Soldaten Lambert zu treffen.

Jetzt wandte er sich an Johannes und Trude, Maries Nachbarn, die sich gerade zu ihnen gesetzt hatten. Doch bevor er den Mund öffnen konnte, um das gute Geschäft, das Johannes ihm vorgeschlagen hatte, zu besprechen, erhob Trude sich, um eine schwere, irdene Form mit Napfkuchen lautstark zu stürzen.

Erschrocken schaute Otto zu ihr empor und sah, wie sie mit gesenktem Kopf Susanna anblickte. Einen Moment zu lange, wie ihm schien, und beunruhigt registrierte er, dass es plötzlich merkwürdig still im Raum wurde.

Ein lautes Flügelschlagen vor dem offenen Fenster schreckte ihn erneut auf. Trudes großer schwarzer Rabe hatte sich dort niedergelassen und gleichzeitig erhellte sich ihr Gesicht und er vernahm ein Flüstern.

„Jacob, mein Jacob.“ Der Vogel erhob sich und landete geschickt auf ihrer Schulter.

Marie war dieses Schauspiel sichtlich peinlich und sie blickte hocherfreut zur Türe, als jetzt Brigitta Arens und Lambert Niemann in die Stube traten und die anderen abgelenkt waren. Nach der Begrüßung richtete sie das Wort an Pfarrer Nadorf.

„Die Ems führt bedenklich Hochwasser, hoffentlich steigt es nicht wieder bis in die Steinbilder Kirche. Jetzt ist es schon über hundert Jahre her, dass die verheerende Flut unter Pastor Wilkens so große Schäden anrichtete. Aber ich bin jedes Mal in Sorge."

Die anderen nickten beipflichtend, auch sie hatten den bedrohlichen Wasserstand wahrgenommen.

„Pfarrer Hermann Fuest hat damals alles wieder gerichtet. Er hieß nicht umsonst Timmerherm!" Leonhard Nadorf strahlte über das ganze Gesicht.

„Deshalb wird er auch in Ehren gehalten", pflichtete Marie bei.

„Ja, er hat wirklich segensreich gewirkt mit seiner großen Baulust. Dann sind die Bilder in der Kirche illuminiert worden und an die Mauer wurde gen Norden das Vesperbild der Schmerzhaften Muttergottes Maria aus Eiche gesetzt. An der Südseite die große Kreuztragung, auf dem Chor das Kreuz und das schöne Muttergottesbild auf dem Altar … neue Türen, neue Ziegel auf Turm und Kirchendach, innen wurde alles gestrichen." Pfarrer Nadorf geriet ins Schwärmen und blickte in die Runde.

„Wir sollten eine Kollekte für Ausbesserungsarbeiten durchführen, seit der großen Sanierung sind schließlich fast 60 Jahre ins Land gegangen!"

Lambert lenkte geschickt ab:

„Euer Vorgänger, Johann Theodor Homann, war auch ein großartiger Pfarrer und ein guter Prediger. Zweimal predigte er unter Fürstbischof Clemens August zu Clemenswerth."

Brigitta nickte: „Man sagt ihm ein gutes Verhältnis zu den Jesuiten-Patres in Meppen nach. Er war beliebt im ganzen Kirchspiel.“
Marie dachte wieder an das steigende Hochwasser und erinnerte an das große Fährunglück auf der Ems unter Pfarrer Homann, bei dem 1754, am Fest Pauli Bekehrung, 23 Kirchgänger beim Übersetzen ihr Leben lassen mussten. Im Totenverzeichnis stand geschrieben, dass sie das Hochamt besucht und einige Wochen vorher beim Weihnachtsfest die heiligen Sakramente empfangen hatten. Zur Erinnerung an dieses tragische Schicksal wurde seither den Ertrunkenen an der Fronleichnamsprozession mit einer fünften Station an der Ems gedacht.
Otto folgte aufmerksam den Erzählungen. Es blieb ihm nicht verborgen, dass Trude, der man das zweite Gesicht nachsagte, immer wieder verstohlen zu seiner Frau blickte.
In diesem Moment stöhnte Susanna laut auf.

2

Eilig rannte Adelheid hinaus, um frisches Wasser und Laken zu holen. Währenddessen hoben Brigitta und Trude, die erfahren war in der Geburtshilfe, Susanna aus dem Stuhl und trugen sie in den Nebenraum. Otto folgte ihnen zögernd, um gleich wieder umzukehren.
Trude durchwühlte ihre Rocktaschen, dann hielt sie triumphierend eine kleine Salbendose in der Hand. Im Sommer hatte sie jeden Morgen Hexenkräuter gesammelt.
Am Montag und Dienstag Mondkraut und Eisenkraut, am Mittwoch und Donnerstag Godeskraut und Donnerbart, am Freitag und Sonnabend Liebfrauenhaar und Sonnenwende.

Sonntags pflückte sie Binsenkraut, Tollkraut und Sturmhut. Sie sprach mit den Pflanzen, bevor sie diese brach, und achtete sorgsam auf die richtige Tageszeit, so wie Mutter und Großmutter es schon beherzigten.

Bei der Zubereitung der Salbe befolgte sie die überlieferten Rituale, damit diese ihre Wirkung nicht verfehlte.
Mit dem Zeigefinger tunkte sie nun tief in das Gefäß und strich dann damit über Susannas Schläfen und Handgelenke. Dann fuhr sie geschickt unter deren Rock, um dort ebenfalls Salbe einzubringen und um das Stadium der Geburt zu prüfen. Susanna wand sich hin und her, mit den Händen krallte sie sich am Laken fest, hob immer wieder den Kopf, um ihn dann sofort sinken zu lassen. Allmählich wurde sie ruhiger, die Salbe schien zu wirken.

Otto stand im Türrahmen, aber Marie, die ebenfalls einen Blick auf das Geschehen werfen wollte, drängte ihn zurück.

„Ich weiß, ich weiß, du sorgst dich sehr um deine Frau. Aber sie ist gesund und stark und vergiss nicht, Trude ist bei ihr und weiß genau, was zu tun ist.“
Bleich kehrte Otto an den Kaffeetisch zurück, Lambert klopfte ihm verständnisvoll auf die Schulter und Pfarrer Nadorf nickte ihm aufmunternd zu.

„Mit Gottes Hilfe, Otto Brink, werden die Frauen das schaffen!“ Unterdrückte Schmerzensschreie waren jetzt wieder zu hören.

„Wie heißt es schon in der Heiligen Schrift: Viel Mühsal bereite ich dir, sooft du schwanger wirst, sprach Gott der Herr zur Frau. Unter Schmerzen sollst du deine Kinder bekommen.“ Der Pfarrer blickte ernst in die Gesichter der Anwesenden.

Er war ein frommer Mann, eng verbunden mit der von den Jesuiten gegründeten Schönstattbewegung zu Ehren Mariens. Seit Jahren gehörte er der Bruderschaft vom guten Tode an, auch Sodalität Agonia Christi genannt, 1771 von katholischen Klerikern und Laien ins Leben gerufen.

„Ist denn schon euer Geschäft unter Dach und Fach?“

„Zwei Ferkel“, Johannes fuhr sich durch die Haare, „ich denke noch einmal darüber nach.“

Unbemerkt war der Knecht eingetreten und setzte sich, erschöpft von der Arbeit auf dem Feld, zu den anderen. Er blickte unsicher in die Gesichter der Anwesenden.

„Es ist alles in Ordnung, Wilm, es gibt nur eine überraschende Geburt im Hause.“

Marie war ebenfalls wieder in die Stube getreten und deutete an, dass sie zwar wenig davon verstehe, die Prozedur aber nach ihrer Meinung noch einige Stunden dauern könne.

„Nun gut, dann wird es morgen sicher eine Taufe geben in St. Georg. Das Kind scheint ja zu früh zu kommen. Da weiß man nie … Macht euch schon mal Gedanken, wer als Pate auftritt.“ Der Pfarrer erhob sich und verabschiedete sich mit einem Segen.

„Komm morgen früh ins Pfarrhaus Otto, dann sehen wir weiter.“

Lambert schob lautstark seinen Stuhl zurück.

„Ich möchte dem Kind ein guter Pate sein…“ weiter kam er nicht, denn Brigitta trat ein und fiel ihm ins Wort.

„Nehmt ihr mich ebenfalls? Ich habe eine gute Nachricht, es ist ein gesundes, kräftiges Mädchen.“

Wilm klopfte sich auf die Schenkel und sah Marie fragend an.

„Ja, hol schon Bier und Korn für alle!“ Otto stürmte hinaus, voller Freude und Erleichterung, und fand seine Frau erschöpft und verschwitzt in Adelheids Armen vor. Er strich ihr liebevoll die feuchten Haarsträhnen aus der Stirn, dann blickte er staunend auf das kleine Menschenkind, das an ihrer Brust lag. Trude entfernte sich leise und ging in die Nebenkammer, um einen Besen zu holen. Unbemerkt trat sie damit vor die Türe und fegte die Schwelle, um die bösen Geister zu vertreiben. Im Dorf war man sich einig, dass sie sich damit nachts in die Lüfte schwingen konnte.

„Unsinn“, murmelte sie, „die sollen froh sein, dass ich ihnen mit meinen Mixturen helfen kann.“

Ihre Großmutter hatte noch viele Anfeindungen über sich ergehen lassen müssen und erzählte zu Lebzeiten oft von den weisen Frauen, die auf dem Scheiterhaufen verbrannt wurden. Als Kind hatte Trude sich gefürchtet, aber je älter sie wurde, desto überzeugter vertrat sie ihre Heilkunst.
Auch heute hatte sie wieder einer Gebärenden die schweren Stunden erleichtern können.

Der Mond stand rund und hell am Himmel, als sich die Gäste, trunken vom Alkohol, auf den Weg durch das schlafende Dorf nach Hause machten.

3

Beim ersten Hahnenschrei war Marie bereits hellwach. Sie streckte die Glieder und schob das schwere Federbett zur Seite. Die Aufregung des letzten Tages war noch zu spüren, aber gleichzeitig machte sich Freude breit über die gelungene

Geburt und erwartungsvoll erhob sie sich, um nach der jungen Mutter zu schauen.
Adelheid war neben Susanna auf dem Strohlager eingeschlafen, das Kind lag ruhig zwischen ihnen. Otto dagegen war nirgends zu erblicken. Marie schlich humpelnd in den Nebenraum, holte den großen Waschkrug und füllte ihn draußen mit kühlem Brunnenwasser.

Der Pumpenschwengel ließ sich nur mühsam bewegen und quietschte laut und durchdringend. Wilm würde sich darum kümmern müssen. Gedankenverloren richtete sie sich auf und blickte über die Maisfelder. Leichte Nebelschwaden kündigten das nahende Ende des Sommers an.

Marie liebte dieses diffuse Licht am frühen Morgen und lächelte. Erinnerungen an ihren verstorbenen Mann tauchten auf, an das gute Leben an seiner Seite. Nie war zwischen ihnen ein böses Wort gefallen, nie hatte sie Hunger leiden müssen wie so viele Nachbarn und Verwandte. Die Ehe war kinderlos geblieben, der einzige Wermutstropfen während ihres langen Lebens.
Erst ihr zunehmend schlechter Gesundheitszustand, die geschwollenen und schmerzenden Beine, das schwache Herz, die Atemnot nach jeder kleinen Anstrengung, hatten sie ungeduldig und verbittert werden lassen.
Aber in tiefster Seele fühlte sie immer noch wie ein junges Mädchen, voller Sehnsucht nach Leben.

Scheppernd fiel die Außentür ins Schloss und Marie blickte, jäh aus den Träumen gerissen, verwundert um sich. Adelheid stand gähnend im Türrahmen, streckte sich und kam lachend auf sie zu.

„So ein hübsches Mädchen! Und die Mutter ist sehr glücklich. Ich werde den Tisch für die beiden richten." Kaum hatte sie die Worte ausgesprochen, senkte sie den Blick, erschrocken über ihren Übermut. Sie griff entschlossen nach dem schweren Wasserkrug und trug ihn, Marie vorausgehend, ins Haus.

Die Prozedur des Waschens kostete jedes Mal Überwindung. Aber das eiskalte Wasser weckte ihre Lebensgeister und half ihr, die schwere Arbeit in Haus und Hof zu bewältigen.

Danach betraten sie gemeinsam den Raum, in dem die erschöpfte Susanna auf dem Strohlager ruhte. Das kleine Mädchen lag an ihrer Brust und blickte mit wachen Augen um sich.

„Wir nennen Sie Anna Gesina, so wie meine verstorbene Frau hieß." Otto tauchte nun aus dem Dunkel des rückwärtigen Stalles auf und berührte vorsichtig den Kopf seines neugeborenen Kindes.

„Wo sind eigentlich Johann Gerhard und Hermann Heinrich? Kümmert sich Johannette um deine Jungen?" Marie fielen plötzlich die Kinder aus Ottos erster Ehe ein, aber dieser beruhigte sie.

„Ja, gestern haben wir sie zur Nachbarin gebracht, sie haben sicher bei ihr geschlafen. Aber wir sollten gleich nach der Taufe den Heimweg antreten. Susanna kann sich zu Hause erholen, in ein paar Tagen muss sie wieder an die Arbeit. Johannette und die Kinder werden ihr schon helfen. Ich mache mich morgen auf, Richtung Teglingen, dort liegt momentan wieder unsere Kompanie."

4

Den Schweden war gegen Ende des 30-jährigen Krieges keine Zeit mehr geblieben, die Mühle des Freiherrn von Dincklage zu zerstören. Seit über 130 Jahren nun stand sie in Ahlen. Nach Kriegsende wurde sie im Volk „Schwedenmühle" genannt und grüßte schon von Weitem die kleine Gruppe, die sich mit dem Boot auf den Weg zur Kirche in Steinbild gemacht hatte.
In alter Zeit waren weite Teile des Ortes Überschwemmungsgebiet gewesen, als die Ems noch einem anderen Verlauf folgte.

„Stenebele", eine Anhöhe von Steinen, gab dem Ort seinen Namen. Im Jahre 1304 wurde das Gotteshaus zum ersten Mal urkundlich erwähnt, aber als Eigenkirche war es viel älter, wie Mauerreste in den westlichen Jochen belegten.

Der einschiffige, gotische Ziegelbau war im Westen mit einem quadratischen Turm und an der Nordseite mit einem Anbau für die Sakristei versehen. Seit 1512 der Chorraum an das Kirchenschiff angesetzt wurde, gab es keine äußeren Veränderungen mehr.

Als Susanna mit ihrem Kind, dicht gefolgt von Otto, Marie, Lambert und Brigitta, durch die Kirchentüre im Turm trat, fielen gerade die Strahlen der Morgensonne durch das große Fenster über dem Portal.
Das Taufbecken aus dem 13. Jahrhundert, kunstvoll aus Bentheimer Sandstein geschaffen, ruhte auf vier Löwenköpfen und war nun in helles Licht getaucht.
Ein gutes Omen, dachte Otto, aber gleichzeitig fiel ihm Trudes merkwürdiges Verhalten ein.

Er blickte zu seiner Frau und sah, dass sie vor Schwäche kaum stehen konnte. Brigitta hatte ebenfalls bemerkt, dass Susanna gestützt werden musste. So fasste sie mit dem linken Arm um deren Hüfte und mit dem rechten unter den Täufling.

Feierlich spendete der Pfarrer das Sakrament der Taufe und legte den Paten ihre Pflicht ans Herz, das Kind im rechten Glauben zu begleiten.
Er hatte gerade die letzten Worte gesprochen, als Susanna strauchelte und mit Mühe eine Kirchenbank erreichte. Sie schloss für einen Moment die Augen, spürte aber bald, wie ihr Herz wieder ruhiger schlug.

Während Otto ihre Hand hielt, waren die anderen noch im Gespräch und sie nutzte die Zeit, um ihre Blicke durch das Kirchenschiff wandern zu lassen.
Die Fenster des Altarraumes leuchteten in vielen Farben und setzten Lichtpunkte, die von den Kerzenleuchtern auf den Tabernakel wanderten.

„Heiliger Georg“, betete sie leise, „du bist der Schutzpatron dieser Kirche. Nimm mein Kind, Otto und mich unter deine Obhut.“ Sie drückte dabei unmerklich Ottos Hand.
Marie ließ sich jetzt neben ihr nieder und nahm ihr das Kind aus den Armen. Erleichtert und dankbar wies Susanna zum Chor.

„Wer hat ein Anrecht auf diese Kirchenstühle?“

„Sie sind für die Burg Ahlen reserviert. Anna Theresia von Velen und ihr zweiter Mann Clemens August von Landsberg zu Erwitte erscheinen oft zum Gottesdienst. Der Pfarrer bekommt jedes Jahr eine Martinsgans und 1/2 Vierup Roggen von ihnen.“

Marie reichte Gesina wieder zurück, denn ihre Arme wurden schwer.

„Kommt, Susanna und Otto, wir sollten noch zur Madonna der Fahrensleute beten. Damit stand sie auf und wies in die Richtung der Sandsteinmadonna, die Schutzheilige der Schiffer und Fischer. Einst stand sie in einer Nische des südlichen Langschiffes und war für die Vorbeifahrenden vom Wasser aus sichtbar.

Der Sandstein stammte aus den Baumbergen im Münsterland und war mit einem dicken Anstrich versehen.

Die Kleidung fiel mit üppigen Faltendrapierungen um den gedrungen wirkenden Körper.

Das Haupt der Figur war leicht zur Seite geneigt und auf dem reich gelockten Haar saß eine schwere Krone mit in Blattform zulaufenden Zacken.

Gerührt bemerkte Susanna, dass die Gottesmutter mit der Rechten die Hand ihres Kindes hielt und sie reichte Gesina ihren Zeigefinger, die ihn sofort fest umschloss.

„Sieh mal, Marie, das Täubchen in der Linken sieht aus, als wolle es gleich davonfliegen, und das Jesuskind greift danach."

Marie stand andächtig im Gebet versunken und Susanna schaute sich nach Otto um, der zum Aufbruch winkte.

Auf dem Heimweg wies Lambert in Richtung des Rittersitzes Gut Osterwedde, südlich von Steinbild, der inmitten der Sümpfe des Camper Bruchs lag.

„Nur einen Steinwurf entfernt liegt Gut Campe. Dort steht eine Ulme, von der man sagt, sie sei wohl 800 Jahre alt." Brigitta kannte die Ulme, seit sie als Kind auf dem Gut gespielt hatte.

Lambert gab nun Neuigkeiten über den Besitzer zum Besten. Oberstleutnant August Eberhard von Dincklage hatte hochdekoriert im 7-jährigen Krieg gekämpft, nachdem er eine Ausbildung als Page beim Kurfürsten in Kassel absolviert hatte. Vor acht Jahren war er mit dem hessischen Corps im Dienste Englands nach Amerika gegangen und mit neuen naturwissenschaftlichen Erkenntnissen heimgekehrt.
Der Krieg spielte sich hauptsächlich zwischen England und Frankreich auf dem Boden des Heiligen Römischen Reiches, auf den Weltmeeren und in den Übersee-Kolonien ab und sollte die koloniale Vormachtstellung entscheiden.

Beeindruckt lauschten die anderen. In Ahlen führte der Fußweg vorbei an der Wasserburg mit dem Wappen derer von Ahlden. Maries Haus lag schon in Sichtweite, Susanna atmete auf.

5

„Adelheid, du träumst schon wieder! Gib unserem Besuch noch von der Rinderleber, er muss Kräfte sammeln für die Arbeit in unserer Gemeinde.“ Und an den Pfarrer gewandt:
„Sie schmeckt vorzüglich, Adelheid hat sie vor dem Braten drei Stunden in Buttermilch eingeweicht.“
Marie stubste ihre Magd leicht an. Heute war sie guter Dinge, ein weiteres Kind Gottes war getauft worden und von der Erbsünde befreit.
Pfarrer Nadorf schien es bei seinem Besuch am Tage vorher gefallen zu haben, denn nach der Taufe hatte er sich erneut bei Marie eingefunden.

Susanna wirkte müde und war erleichtert, als Otto endlich den Schweinehandel hinter sich gebracht hatte und zum Aufbruch drängte. Ein langer, beschwerlicher Weg lag vor ihnen und sie wünschte sich sehnlichst nach Hause.

Die kleine Unterkunft in Versen, die Nachbarn, vor allem Johannette, waren ihr ans Herz gewachsen.
Seit geraumer Zeit stand dieser ein neuer Mann zur Seite, Conrad, ebenfalls verwitwet. Susanna wusste, dass sie mit Anna Gesina sehr eng verbunden gewesen war. Aber niemals sprach sie darüber oder ließ sich etwas anmerken.
So war es ihr leicht gefallen, von Altharen-Düneburg Abschied zu nehmen. Auch Anna Gesinas früherer Arbeitgeber, der Hofbesitzer, schien mit ihren Leistungen zufrieden. Er hatte sie ohne Federlesens übernommen und ließ ihr bei ihrem Tagewerk freie Hand.
Sie nahm sich vor, in einigen Tagen wieder auf dem Feld zu helfen. Das Neugeborene würde sie schnüren und auf dem Rücken tragen.

„Adelheid!“ Marie fuhr hoch, denn Wilm war hinter die Magd getreten und umarmte sie mit seinen starken Armen. Diese gluckste vor Freude, dann blickte sie verschämt zu Marie und Pfarrer Nadorf. Der fing sogleich an zu scherzen, wie es seine Art war.

Wilm machte jetzt keinen Hehl mehr aus seiner Zuneigung.
„Herr Pfarrer, wir gehören zusammen. Adelheid ist die richtige Frau für mich.“ Dabei kniff er ihr in die Seite, so dass sie lachend aufsprang.
Marie schüttelte den Kopf, aber sie erinnerte sich noch gut an ihre Zeit als Braut und eine leichte Wehmut erfasste sie.

„Kommt, wir helfen euch, es ist schon spät“, mahnte sie mit einem Blick auf die Wanduhr, die gerade fünf mal schlug. Das laute, ungewohnte Geräusch hatte Gesina geweckt und ein zaghaftes Weinen war die Folge. Susanna wiegte ihr Kind unbeholfen und etwas ängstlich. Dann legte sie es instinktiv an die Brust und ein warmes, wohliges Gefühl durchströmte sie.

Otto und Wilm schafften gemeinsam Stroh auf den Wagen und Marie reichte eine Decke nach oben, um für Mutter und Kind eine Lagerstätte zu schaffen. Adelheid schickte sich an, Susanna beim Aufsteigen zu helfen. Diese hatte ihr Kind fest an sich gedrückt und ließ sich vorsichtig nieder.
Die beiden Ferkel band Otto mit einem Seil am Seitensteg fest. Susanna seufzte tief, sie fühlte eine merkwürdige Stimmung aufsteigen, Glück und Trauer zugleich. Tränen rannen über ihre Wangen und sie liebkoste das schlafende Kind.

„Auf geht´s“, Otto schwang sich auf den Kutschbock. „Marie, wir sehen uns im nächsten Jahr wieder! Danke für deine Gastfreundschaft, meine Gute!“
Schnalzend trieb er das Pferd an und für einen Augenblick dachte er an seinen ersten Sohn. So tief saß sein Schmerz und holte ihn doch immer wieder ein. Beklommen drehte er sich um und betrachtete kurz Susanna und Gesina. Sein Blick fiel auf das Nachbarhaus und auf Trude, die mit versteinertem Blick, halbverdeckt vom Gartentor, dem Wagen nachschaute. Auf ihrer Schulter saß reglos der schwarze Rabe und bevor Otto den Kopf wieder abwandte, bekreuzigte sie sich.

6

Geduckt lag die kleine Kate in der Abendsonne. Leise weckte Otto Frau und Kind. Die ereignisreichen letzten Tage waren für alle anstrengend gewesen. Er brachte die beiden fürsorglich zu Bett, setzte sich dann vor die Türe und genoss die kühle Luft.

Jetzt spürte er auch wieder seine wunden Füße. An den Zehen hatten sich zusätzlich schmerzhafte Hühneraugen gebildet. Er zerquetschte einige Hauswurzblätter und träufelte den Pflanzensaft darauf. Dann legte er ein zerdrücktes Blatt darüber und fixierte das Ganze mit einer Binde.
Seine Angewohnheit, Kohlblätter in die Schuhe zu legen, hatte Schlimmeres verhütet, aber er würde es weiterhin beobachten müssen. Langsam humpelte er zum Wagen, um die beiden Ferkel zu entladen und in den Stall zu bringen.
Johannette hatte am späten Abend noch die erleuchteten Fenster bemerkt, aber erst am nächsten Morgen machte sie sich auf den Weg, um sich zu erkundigen, wie es Susanna in Ahlen gefallen hatte. Ein wenig war sie in Sorge gewesen, weil die Rückkehr sich verzögert hatte, aber es würde einen Grund dafür geben.

Johann Gerhard und Hermann Heinrich waren in den letzten beiden Jahren groß geworden und ähnelten ihrem Vater Otto immer mehr. Sie hatten die letzten Nächte bei ihr verbracht und sich sehr gefreut, denn sie liebten ihre ehemalige Ziehmutter. Das Verhältnis zu Susanna hatte sich gut entwickelt, aber sie vermissten ihre verstorbene Mutter und besuchten oft ihr Grab neben der Wesuweer Kirche. Erwartungsvoll gingen sie zu dritt hinüber.

Wie groß war die Überraschung, als sie Susanna mit Gesina auf dem Arm vorfanden. Johannette lief entzückt zu den beiden und konnte sich gar nicht beruhigen.

„Wie ist das möglich? Du hattest doch noch zwei Wochen Zeit bis zur Niederkunft. Komm, zeig mir dein Kind. Oh, es ist so zart.“ Sie wusste, dass die junge Mutter große Angst vor der Geburt hatte, und besorgt fragte sie nach Einzelheiten. Susanna erzählte bereitwillig, wie die erfahrene Trude ihr beigestanden hatte und dass ihr Kind schon getauft sei.

„Jetzt brauche ich sicher oft deinen Rat. Ich fühle mich so müde und mein Kopf ist ganz heiß. Liegt das an der Anstrengung?“

Johannette nahm Gesina auf den Arm und legte sie vorsichtig in die Wiege. Schon beim Eintreten war ihr aufgefallen, dass Susannas Gesicht unnatürlich fiebrig glänzte.
Die Jungen standen staunend an der Wiege und wagten kaum, zu atmen, während Johannette fragte, ob es Probleme beim Stillen gäbe.

„Nein, es hat sofort gesaugt. Aber meine Brust schmerzt sehr.“ Die vorsichtige Untersuchung ergab, dass sich kleine Schrunden gebildet und entzündet hatten.

„Beschreib mir die Schmerzen. Sind sie klopfend und bohrend?“ Susanna nickte.

„Dann schreiten wir sofort ein, bevor sich eine Geschwulst bildet. Ich werde kühlende Umschläge bereiten, du musst den ganzen Tag damit fortfahren und sie wechseln, wenn sie warm werden. Du darfst dein Kind weiter stillen, aber wenn sich eine Verhärtung bildet, gehen wir zu warmen Umschlägen über. Eine Ganzabreibung und Brustdampfbäder werden dir auch gut tun, ebenso Klistiere und ein kleines Glas Wein.“

Während Susanna versorgt wurde, trat Otto verwundert ein.

„Eine Vorsichtsmaßnahme, du kannst beruhigt zu deinem Heer gehen."

„Dieses Mal kommt Lambert vorbei und nimmt mich auf seinem Wagen mit. Dann kann er auch sein Patenkind wiedersehen", antwortete Otto, seine schmerzenden Füße betrachtend. „Ich bin in vier Wochen wieder zu Hause."

Johannette griff nach dem Waschkrug und holte kaltes Wasser und einen Leinenlappen. Dann forderte sie die Fiebernde auf, ihr Hemd auszuziehen. Beherzt tauchte sie nun den Lappen ein und fuhr damit von der rechten Hand über den Arm bis zur Achselhöhle. Susanna protestierte und schüttelte sich, aber sie ließ sich nicht beirren und rieb nacheinander auch über den linken Arm, Hals, Brust und Bauch.
Danach streifte sie die Wollsocken ab und den Leinenrock herunter.

„Du brauchst dich nicht genieren! Ich wasche jetzt noch vom Fußrücken bis zum Gesäß und dann die Fußsohlen. Wenn die Luft dich getrocknet hat, decke ich dich warm zu."
Nach dieser Prozedur und einem Glas Wein schlief Susanna rasch ein und Johannette wickelte den Säugling und legte ihn leise zurück in die Wiege, bevor sie ging.

Unter der Hilfsbereitschaft und Fürsorge war die junge Mutter schnell wieder gesund geworden. Aber manchmal weinte sie grundlos, um am nächsten Tag wieder fröhlich ihre Arbeit zu verrichten. Sie sah nirgends eine Erklärung dafür, denn sie hatte bei Otto ihr Glück gefunden.

7

Im Oktober gingen die beiden Frauen gemeinsam zur Rosenkranzandacht. Gesina war immer mit dabei, nah an Susannas Körper, auf dem Rücken oder vor der Brust gebunden.

In der Kirche trafen sie Albert und Thekla Pötker, die erfreut sahen, wie gut ihr Enkelkind sich entwickelte.
Vorne im Altarraum saßen die Kinder der Bauern, links in den Bänken die Frauen und rechts die Männer.

Susanna war eine gottesfürchtige, junge Frau. In der Frühe sprach sie ihr Morgengebet und am Abend ein langes Tischgebet nach dem Essen.
Alle vier Wochen beichtete sie bei Pfarrer Appeldorn und ging am folgenden Sonntag nüchtern zur heiligen Kommunion in die Frühmesse.
Wenn sie unterwegs an einem Wegekreuz vorbeikam, machte sie ein Kreuzzeichen und betete für das Wohlergehen ihres Mannes und der Kinder.

Der Weinmond hatte einen schönen Altweibersommer mit sich gebracht. Langsam jedoch machte sich der Übergang vom Sommer zum Winter bemerkbar.

„Kommt schon im Oktober die Feldmaus ins Dorf, so kümmere dich eifrig um Brennholz und Torf."
Der Bauer liebte Sprüche wie diese. Susanna wusste, was zu tun war und hackte eifrig Holz. Einen Teil davon durfte sie vor ihrer Behausung aufstapeln und die Jungen halfen eifrig dabei mit.

Ein besonderer Tag war für sie das Fest des heiligen Franziskus, den sie sehr verehrte, denn ihr gefiel seine Geschichte. Gerne erzählte sie den Kindern von seiner Geburt als Sohn eines reichen Kaufmanns in Assisi und seinen Jahren als junger Müßiggänger.
Reisen und ausgelassene Feste waren sein Lebensinhalt, bis er ernsthaft erkrankte. Während er ans Bett gefesselt war, hatte er Zeit zum Nachdenken und erkannte die Leere und Sinnlosigkeit seines bisherigen Weges.
Von da an richtete er sein Leben auf Jesus aus, verkaufte alles, was er besaß, und zog, in eine Kutte aus Sackleinen gekleidet, Buße predigend barfuß durch das Land. Er kümmerte sich um Mittellose und Kranke und erbettelte Nahrung und Geld für deren Versorgung.
Viele Gleichgesinnte schlossen sich an und so wurden später der Franziskaner- und Kapuzinerorden gegründet, ohne Prunk und Privilegien.

Susanna gefiel besonders die Legende, die besagte, dass er mit Blumen und Tieren sprechen konnte, als deren Patron er galt. Für sie selbst gab es nicht Schöneres, als in der Natur zu sein.

Johann Gerhard und Hermann Heinrich lauschten nach der Arbeit auf dem Hof immer ergriffen und wollten mehr von Susannas Geschichten hören. Und so saß sie oft noch lange an deren Bett, Gesina im Arm, und vergaß die Zeit.

Vor den ersten Nachtfrösten musste Susanna das Gemüse, das noch nicht abgeerntet war, einholen. Im Mistbeet säte sie Spinat aus und stülpte Gläser darüber und auf die umgegrabenen Beete brachte sie eine Mulchschicht auf.

Bis zum Monatsende waren alle im Dorf mit der Zuckerrübenernte beschäftigt, Futtermais wurde gehäckselt und Wintergerste angebaut.

Im November wurden im Garten Lauch und Weißkohl und auf den Feldern Flachs und die letzten Rüben geerntet.
Am Fest Sankt Martin brachten Johannette und Conrad Pfefferkuchen für die Kinder und die beiden gelobten, wie es Sitte war, artig und fleißig zu sein.
Gleich danach begann wieder die Schulzeit und zur Freude der Eltern machten die Jungen einen guten Eindruck auf den Lehrer.
Zur Zeit der Wintersonnwende blieb es mild, aber danach brach mit aller Macht der Winter ein.
Der Schulweg nach Wesuwe wurde immer beschwerlicher und Otto holte sich bei seinen langen Fußmärschen in diesem Jahr die ersten Frostbeulen, so dass er zu Hause immer wieder Heublumenbäder machen musste.

Aber die Jahreszeit brachte auch schöne Momente: Eine unberührte Schneedecke auf Wiesen und Wegen am Morgen und schwere Schneehauben auf den alten Eichen, Eiszapfen an den Weiden und Eisblumen an den kleinen Fensterscheiben. Susannas Tagesablauf war nun vom Flachsspinnen und dem Stricken von wollenen Socken geprägt.

Gesina lernte das Laufen und die ersten Worte. Jedes Mal, wenn Otto heimkehrte, staunte er über die Forstschritte, die sein kleines Mädchen gemacht hatte.
Er war nun in die Jahre gekommen und dachte darüber nach, sein Söldnerleben an den Nagel zu hängen.

Einerseits fehlte ihm die Kraft, weiterhin Tag für Tag auf den Beinen zu sein, andererseits bereitete ihm die Versorgung seiner Familie Kummer.
Da bot sich unerwartet die Möglichkeit, in Wesuwe-Geeste ein Lehngut zu übernehmen.
Susanna willigte traurig ein, denn sie hatte sich in Versen sehr wohlgefühlt und sah dem Abschied schweren Herzens entgegen.

Die Blütezeit des Lehnswesens lag weit zurück im Mittelalter. Das Wort „Lehen" stammte von „Leihen" und bedeutete für Otto, einen Bauernhof zu bewirtschaften und seinem Lehnsmann dafür den Zehnten an Feldfrüchten und Jungtieren zu überlassen.
Die jahrhundertealte Gefolgschaftstradition stellte in der Hierarchie ganz oben den bischöflichen Landesherrn in Münster dar. Dann folgten der Lehnsmann, der wiederum seinem Herrn dienstpflichtig war, und am unteren Ende der sozialen Rangordnung der Lehnsbauer.

„Der Bauer ist an Ochsen statt, nur dass er keine Hörner hat", pflegte Otto zu sagen, um seiner Frau die Aussicht auf eine Zukunft als freier Bauer schmackhaft zu machen.
In den Dörfern ringsum gab es nämlich noch viele Eigenhörige, die von ihrem Grundherrn als Leibeigene betrachtet wurden. Nur wenige hatten sich für viel Geld freikaufen können.

Susanna blieb zurückhaltend, denn sie sah auf sich zukommen, den größten Teil der Arbeit leisten zu müssen. Obwohl Otto ihre Bedenken nicht zerstreuen konnte, begann sie folgsam, ihre Habseligkeiten in Holzkisten zu verstauen.

Milchkrug und Näpfe, Besteck, Töpfe und die gusseiserne Pfanne packte sie sorgsam zwischen Bettwäsche und Leinentücher. Zum Schluss stellte sie sich auf die Zehenspitzen, um mit der Hand noch einmal die hintersten Winkel abzutasten. Verwundert holte sie einen kleinen Gegenstand hervor und ging damit an das Fenster, um ihn genauer betrachten zu können. Er schien aus reinem Silber zu sein und auf dem Deckel waren Blumen und feine Linien eingraviert. Sie würde Otto danach fragen, wenn er aus dem Stall käme.

Vorsichtig nahm sie einige Blüten vom letzten Sommer, die sie zwischen Papier gepresst hatte, und legte sie in die Dose. Immer noch erfreut über diesen unerwarteten Fund, wanderte dieser zu anderen Utensilien in den Nähkorb und wurde von ihr vergessen.

8

Der Umzug nach Wesuwe-Geest ging reibungslos vonstatten, die Nachbarn halfen beim Ausladen und vor lauter Arbeit vergaß Susanna bald ihr Heimweh. Der Weg zur Kirche war jetzt nicht mehr weit und auch die Schule war schnell erreichbar.
Otto trat kurz darauf aus dem Soldatendienst aus und war mit großem Eifer und Stolz der neue Bauer auf dem Hof.
Susanna verspürte in letzter Zeit immer öfter morgens eine quälende Übelkeit und bald schon spannte ihr Rock und sie wusste, dass sich ein weiteres Kind ankündigte.
Im Februar wurde ein Sohn geboren und sie nannten ihn Hermann Albert und stellten den Namen des Großvaters, Johann, voraus.

Zwei Tage nach der Entbindung wurde auf dem Hof ein Schwein geschlachtet. Obwohl Susanna noch geschwächt war, ging sie Otto zur Hand und war von früh bis spät mit dem Zerteilen und der Zubereitung von Wurst beschäftigt. Zusammen mit den Nachbarsfrauen wurde gesalzen und gepökelt und Schinken und Wurst in den Rauch gehängt.
Am Abend gab es als Dank für alle Wurstebrot und Susanna und Otto saßen glücklich inmitten ihrer Kinderschar und den Helfern am reich gedeckten Tisch. Über Wochen gab es nun täglich Rotwurst und Leberwurst.

Es wurde Frühjahr und Otto fuhr Mist und Jauche aus. Wie seine Vorfahren beackerte er die am nächsten liegenden Flächen besonders intensiv und so war in Hofnähe wertvoller Eschboden mit mächtigen Humusschichten entstanden.
Das Leeren der Ställe, die mit Mist gefüllt waren, strengte ihn über die Maßen an. Als er einsah, dass sie es alleine nicht schaffen würden, holte er Heuerleute aus dem Dorf zu Hilfe, die den Dung mit Forken auf den Feldern ausbreiteten und den schweren Boden mit dem Pflug wendeten.

Anschließend kam die Zeit der Heuernte. Das grüne Gras wurde mit der Sense geschnitten und wenige Tage später zum Trocknen gewendet. Nachdem Susanna es mehrfach geharkt hatte, brachte er es fuderweise auf den Heuboden.
Der zweite Grasschnitt, die Gramme, diente als spärliches Heu für das Jungvieh.

Ein arbeitsreicher Sommer folgte. Schwere Gewitter richteten immer wieder Schäden auf den Feldern an und der alte Apfelbaum im Garten wurde vom Blitz getroffen.

Otto entfernte mit einem scharfen Messer die zerfaserten Stellen und strich ein Kalk-Lehm-Gemisch darüber.
Es gefiel Susanna, Otto in ihrer Nähe zu wissen, und bewundernd schaute sie ihm oft über die Schulter.

Ein Jahr später, im September 1788, wurde Johann Albert geboren. Gesina, nun vier Jahre alt, blieb jedoch Ottos Lieblingskind und war immer an seiner Seite.
Im Stall, auf dem Feld und am Abendbrottisch stellte sie beharrlich Fragen. Wenn der Vater nicht gleich antwortete, zupfte sie ungeduldig an seinem Ärmel. Ihre unbeschwerte Lebensfreude und kindliche Neugier verschönte ihm so manche arbeitsreiche Stunde.

III

20. November 1788
Wesuwe-Geest

1

An einem kalten Tag im November 1788 kehrte Gesina weinend alleine aus dem Stall zurück. Susanna befürchtete Schlimmes und eilte hinaus. Sie fand Otto zwischen den Schweinen liegend vor, er war tot.

Untröstlich blieb die kleine Familie zurück und Susanna wusste nicht, wie sie alleine fünf Kinder ernähren sollte. Der November brachte starken Nebel, so dass sie die verbliebenen Tiere auf der Weide kaum erkennen konnte, wenn sie zur Kirche ging. Sonntags traf sie regelmäßig Johannette und Conrad, die versuchten, ihr Mut zu machen.

„Du kannst es schaffen, wenn du einen Knecht einstellst und alle mit anpacken. Gesina ist jetzt alt genug, um am Herde zu stehen und die Mahlzeiten zu bereiten."
Conrad meinte es gut, aber Susanna war sich nicht sicher, ob sie ihrem kleinen Mädchen, das jetzt oft weinte und nachts nach dem Vater rief, schon so viel aufbürden durfte.

Zum Überlegen blieb ihr keine Zeit. Morgens um sechs musste das Vieh gefüttert werden. Melken, ausmisten, Stroh einstreuen waren Arbeiten, die von den Jungen bewerkstelligt wurden. Das zweite Melken übernahm sie dann wieder. Wenn eine Kuh frisch abgekalbt hatte, war auch ein drittes Mal nötig. Sie fand einen Knecht, der den Winter über das Vieh versorgte, Futtervorräte heranschaffte und die Stallungen sauber hielt.

Um bei Kräften zu bleiben, bereitete sie allabendlich für sich und ihren Helfer Eierbier zu. Dazu benötigte sie zwei Eier, einen halben Liter Bier, reichlich Zucker, eine Prise Zimt und

geriebene Zitronenschale. Bis kurz vor dem Kochen rührte sie fortwährend, um es dann rasch vom Feuer zu nehmen.
Der Knecht war ein guter Esser. Bald waren die Vorräte, die im Wiemen hingen, aufgebraucht und Susanna geriet in Panik. Sie sah nur einen Ausweg: Der Hof musste abgestoßen und eine neue Bleibe gesucht werden. Johann Gerhard und Hermann Heinrich gingen nach Dörpen in Stellung.
Sie fand in Wesuwe eine Kammer für sich und Gesina, zur Verfügung gestellt von der Kirche. Küche und Waschkammer teilten sie sich mit anderen Bedürftigen. Mildtätige Bauern aus dem Dorf brachten Erdäpfel und Getreide und hin und wieder ein Hühnchen oder Wild, das sie erlegt hatten.

2

Sobald das Wetter es zuließ, beschloss Susanna, sich auf den Weg nach Ahlen zu machen und Marie um Hilfe zu bitten. Sie brauchte den ganzen Tag, bis sie die Verwandte erreichte. Die Kleinen trug sie links und rechts auf den Hüften, Gesina hielt sich an ihrem Rockzipfel fest.

Marie bot sich ein Bild des Jammers. Die einst so hübsche, dralle Susanna war zerzaust und abgemagert. Ihre Kinder saßen mit glanzlosen Augen neben ihr auf der Bank.

„Es ist so entsetzlich, wir leben im Armenhaus und sind auf Almosen angewiesen. In der letzten Woche wollte ich im Krämerladen Gemüse kaufen, aber mein Geld reichte nicht und man hat mich als Gesindel beschimpft und hinausgeworfen“, klagte sie. „Warum hat Otto uns verlassen? Er war doch noch zu jung zum Sterben.“
Marie nickte bedächtig.

„Weißt du eigentlich, dass fast auf den Tag genau sein erstes Kind starb? Das hat er nie verwunden, er hatte es ganz tief in seiner Seele vergraben. Genauso wie Anna Gesinas Tod."

Susanna hatte, wie alle Menschen zu jener Zeit, ihren Blickwinkel auf das Jenseits gerichtet, auf die Zeit nach dem irdischen Leben. In diesem kurzen Augenblick vergaß sie ihren Schmerz und spürte, dass Otto nicht alleine war dort oben. Dann blickte sie jedoch in die kleinen, schmalen Gesichter ihrer Kinder und begann zu weinen.

„Ihr könnt euch erst einmal satt essen und hier schlafen. Ich kann dir auch ein wenig Geld geben. Aber wenn es aufgebraucht ist, musst du dir in Meppen einen Bettelschein besorgen. Aber sei auf der Hut, lass dich niemals mit den umherziehenden Vagabunden ein."

Adelheid und Wilm traten in die Stube, sie waren zwischenzeitlich von Pfarrer Nadorf getraut worden. Mitfühlend umarmten sie Susanna.

„Was denkst du, Marie, ich muss doch ohnehin in Meppen Besorgungen machen. Soll ich Susanna und die Kinder morgen mitnehmen?"

„Eine gute Idee! Du kannst sie dann vor dem Amt absetzen und ihnen den Weg weisen."

Bei Sonnenaufgang wurde es lebhaft in Maries Haus. Sie stand bereits am Feuer und kochte Blüten und Blätter von weißen Taubnesseln, um ihre Krampfadern damit zu behandeln. Susanna bemerkte, wie hinfällig die alte Frau geworden war, und verabschiedete sich tränenreich.

„Es ist schon gut, mein Kind! Ich denke, dass meine Zeit bald gekommen ist und der Herrgott mich zu sich holen wird. Ich hatte ein gutes Leben, aber jetzt bin ich müde."

Susanna umarmte sie immer wieder und ging dann mit langsamen Schritten auf den Hof.
Gesina war ihr vorausgeeilt und lief lachend auf die Pferde zu, die Wilm gerade ins Geschirr legte.
In diesem Augenblick öffnete sich das Gartentor und Trude schickte sich an, Marie einen Besuch abzustatten.
Als sie das Kind sah, stutzte sie. Susanna winkte ihr zu, denn sie hatte die heilkundige Alte in guter Erinnerung. Aber diese reagierte nicht darauf, sondern wandte sich grußlos zum Gehen.
Marie hatte die Szene beobachtet und tröstete Susanna.

„Mach dir nichts daraus, manchmal ist sie etwas merkwürdig. Sie sieht Dinge … mehr, als wir alle zusammen. Und dann ist sie nicht ansprechbar."
Susanna zuckte die Schultern.

„Wie schade, denkst du, sie möchte nichts mehr mit mir zu tun haben? Jetzt, wo ich nur noch eine armselige Witwe bin?"

„Nein, ganz sicher nicht! Trude ist ein herzensguter Mensch. Du weißt doch noch, wie hilfsbereit sie war. Lass sie einfach gehen. Beim nächsten Mal hat sie sich bestimmt beruhigt."
Ein lautes Schnauben und Scharren kam jetzt aus Richtung des Pferdes und die Frauen stürzten sich auf Gesina, die erschrocken zurückgewichen war.

„Da warst du wohl zu übermütig! Komm, gib mir deine Hand, ich helfe dir, auf den Wagen zu steigen!" Gesina liefen Tränen über die Wangen, aber sie nickte tapfer und stieg mit Susanna, Albert und Hermann auf.
Der Weg durch die Ortschaften war voller Schlaglöcher und Gestein. Susanna hatte sich mit ihren Kindern auf den Wagenboden gelegt, aber es holperte so heftig, dass sie sich bald wieder aufsetzten.

„Ist es noch weit bis Meppen, Wilm?"

Der Knecht lachte, „wir haben gerade einmal Haren passiert, das habt ihr verschlafen. Möchtest Du ein Schinkenbrot?“ Er griff in seinen Beutel und warf, ohne eine Antwort abzuwarten, ein Päckchen nach hinten.
Susanna fing es geschickt auf und teilte es mit Gesina. Langsam kauen, ganz langsam, dachte sie. Ihr Magen war es nicht mehr gewöhnt, viel zu essen, und er drückte noch von dem, was Marie aufgetischt hatte.
Bald erreichten sie Wesuwe, den Ort, in dem sie lebten, und sie duckte sich, denn niemand sollte sie sehen und anschließend dumme Fragen stellen.
Wilm hielt an, um das Wegegeld zu bezahlen, und ein graubärtiger Mann, den sie noch nie gesehen hatte, nahm das Geldstück entgegen und schaute neugierig in den Wagen.
Sie kroch noch tiefer in die Ecke und zog Gesina näher zu sich. Dann schliefen sie ein und erwachten erst wieder durch den Lärm in den Meppener Straßen.

3

Anno 1482 hatte Bischof Heinrich von Münster verfügt, dass in der Stadt Meppen an jedem Mittwoch ein Markttag abgehalten werden sollte. Die Bauern nahmen sich zusätzlich das Recht, an Sonn- und Feiertagen ihre Waren feilzubieten.
An den Markttagen beherrschte ein buntes Völkchen die Straßen. Bereits am Vortage ab zehn Uhr reisten die Händler an und brachten ihr Vieh in die Stadt. Neben Ochsen, Rindern, Pferden und Schweinen wurden Getreide, Käse, Öl, Fisch und die Dinge des täglichen Lebens angeboten.
Die Leinweber legten ihre Tuche aus und zwischen Säften und Wein, Gemüse und Obst spielten Musikanten auf.

Donnerstags um zehn Uhr hatten alle Beschicker den Marktplatz wieder zu räumen.
Mit der bischöflichen Verordnung änderte sich auch die Verwendung des Brückengeldes. Fortan durfte die Stadt nur noch die Hälfte der Einnahmen behalten, die andere Hälfte erhielt der Bischof. Im Gegenzug erklärte er sich bereit, bei Bedarf mitzuhelfen, wenn die Brücke instand gesetzt werden musste.
Neben Zoll- und Wegegeldern nahm die Stadt Gebühren für die Bleiche, Stadtwaage, Schweineweide und Braupfanne ein. Dazu kamen Pachtgelder für Grund und Boden, das Bürgergeld von Zugezogenen, Zehntgeld aus Oldemeppen und das Brückenkorn von den Bewohnern der umliegenden Ortschaften.
Am Mittwoch vor dem Maitage und am letzten Mittwoch vor Pfingsten wurde ein Viehmarkt abgehalten.

Meppen war der Mittelpunkt des münsterschen Emslandes und lag strategisch günstig an der Hasemündung in die Ems. Hier befand sich auch der alte Übergang des Weges von Münster nach Friesland vom rechten auf das linke Emsufer.
Von 1374 bis 1751 stand innerhalb der Stadtbefestigung die Paulsburg und von hier aus wurden, gerne an Flussschleifen und in der Nähe alter Ansiedlungen, die Rittersitze erbaut.
Dabei handelte es sich im Mittelalter um größere Bauernhöfe in schlichter Bauweise, umgeben von Gräften. Nur Fenster und Türen waren großzügiger gestaltet.
Eine Ausnahme bildeten Dankern, das schlossartig mit barockem Einfluss erbaut wurde, und Gut Altenkamp mit seinen imposanten Gartenanlagen.
In Haselünne gab es alleine zwanzig Burgmannshöfe als städtische Adelssitze.

Auch auf dem Nagelshof lebten Adelige, dazu gehörte als ländlicher Rittersitz das Haus Bergham.

4

Während Wilm Susanna und Gesina vor dem Amtshaus absetzte und gut zuredete, ahnte diese nicht, dass vor ihrer Geburt hinter dem Gebäude die Paulsburg gestanden hatte.
Ein sechs bis acht Meter breiter Graben, über den eine Zugbrücke führte, umgab die Burg. Zur Straße hin, quer zum Amtshaus, schloss sich das Torhaus an und beherbergte das Gefängnis. Rund um die Tür war noch ein großer Torbogen erkennbar.
Über Jahrhunderte waren die Bischöfe zu Münster mit ihrem Gefolge hier eingekehrt, um danach weiterzuziehen zur Jagd auf dem Hümmling. Viele der Kirchenmänner entstammten Adelsgeschlechtern.

Wenn der Landesfürst in Meppen weilte, lebte er auf der Burg. Auch die Amtswohnung des Drosten befand sich hier. Der morastige Baugrund bewirkte, trotz der stützenden Pfahlroste, dass im Laufe der Zeit Teile des Mauerwerks versanken.
Während das Fundament aus Findlingssteinen bestand, waren darüber Ziegelsteine aus Ostfriesland verbaut worden.
Auch die Dachziegel wurden von dort geholt und aus Bentheim der Sandstein für Fenster und Türen. Bis zum 17. Jahrhundert verwendete man Kalk aus Muscheln.
In den Räumen des Fürsten standen eiserne Öfen, in den übrigen die üblichen Herdfeuer. Decken waren eingezogen und die Wände verputzt.

Nach dem Abbruch wurde links vom Amtshaus, nach hinten versetzt, auf dem Grundstück das Zeughaus errichtet.

In diesem Bereich hatte Johann Frye mit seinen Söhnen Johann Heinrich und Peter Ludwig eine florierende Seifensiederei aufgebaut. Für die Rohmaterialien Hanföl und Pottasche reisten sie bis nach Russland. Aus England wurde Tran und aus Ostfriesland Rüböl geliefert.
Allein für die Fassherstellung waren in der Küferei bis zu neun Arbeiter beschäftigt, in der Siederei waren es vierzig.
An der Emsstraße hatte er ein Packhaus errichtet. Von dort konnte er mit eigenen Schiffen, die er selbst bauen ließ, die Fässer transportieren.

Susanna blickte sich nach allen Seiten um. Zur Rechten konnte sie zwischen den Häusern das Markttreiben sehen. Für einen Augenblick geriet sie in Versuchung, den unangenehmen Gang als Bittstellerin aufzuschieben und sich erst einmal an den zahlreichen Sinneseindrücken zu berauschen.
Aber Wilm schien ihr Ansinnen zu erraten und drängte sie zur Eingangstüre.

„Es wird schon nicht so schwer sein, diesen Weg zu gehen. Wenn du einen Bettelschein bekommen hast, kannst du in deinem Bezirk von Tür zu Tür gehen. Bedenke doch, du hast deine Kinder, die Hunger leiden.“
Susanna schluckte.

„Bleibst du am Wagen stehen? Die Kleinen schlafen noch. Ich werde sehen, was ich dort drinnen erreiche.“
Der Knecht willigte ein.

„Aber danach habe ich zu tun, bitte spute dich. Marie kann ungemütlich werden, wenn ich zu spät nach Hause komme.“
Sie nickte und trat dann zögernd ein.

Drinnen war es kühl und es roch modrig. Unsicher ging sie den Flur entlang und bog um eine Ecke. Auf langen Bänken saßen dort Frauen und Kinder mit traurigen Augen, verbitterte alte Männer und stumpf vor sich hin brütende Greise.
Gesina drängte sich ganz dicht an ihre Mutter und flüsterte leise:

„Wollen wir wieder gehen? Ich habe solche Angst."
Aber Susanna antwortete nicht, sondern setzte sich neben einen jungen Mann im grauen, schmutzstarrenden Kittel.

Neugierig blickte er sie von der Seite an, so dass sie den Kopf zur Seite drehte und die Wand musterte.
Aber der Fremde ließ nicht locker und stieß sie mit dem Ellbogen in die Seite.

„Du bist doch … ja sicher, du bist es, Otto Brinks Frau!"
Susanna blickte ihm jetzt ins Gesicht, aber sie erinnerte sich nicht, ihm jemals begegnet zu sein.

„Gestatten, Bontekoh!" Er hielt ihr die rechte, mit einer blutgetränkten Binde umwickelte Hand hin und lächelte zahnlos. Susanna ergriff sie zögernd und sah ihn fragend an.

„Bon-te-koh, Schwiegersohn von Fernand Wendeln, aus der berühmten und berüchtigten Vagabundenfamilie. Ich war Soldat, wie Otto. Aber jetzt habe ich mich an der Hand verletzt und es will nicht heilen. Da können sie mich nicht mehr gebrauchen." Er machte eine ärgerliche Handbewegung, dann lachte er lauthals. „Dann gehe ich eben betteln, was soll´s. Sag, wie geht es Otto?"

„Papa ist tot." Gesina sprach kaum hörbar, aber der fremde Mann blickte jetzt in ihre Richtung.

„Was ist passiert? Und wer bist du? Etwa das kleine Mädchen, von dem er immer erzählt hat?"

Gesina verkroch sich auf dem Schoß der Mutter und diese erzählte von Ottos plötzlichem Tod und ihrem Leben in Armut.
Sie wunderte sich selbst, wie schnell sie Vertrauen gefasst hatte. Aber dieser Mensch schien genauso verloren wie sie. Trotzdem strahlte er etwas aus, das sie zunächst nicht benennen konnte. Während sie miteinander sprachen, rief der Amtmann mit lauter Stimme einen nach dem anderen zu sich. Susanna vergaß die Zeit und blickte erstaunt auf, als Wilm mit ihren Kindern auf den Armen vor ihr stand.

„Es tut mir leid, ich kann nicht mehr warten, Susanna. Ich weiß sonst nicht, wie ich alles bewerkstelligen soll."

„Aber Du nimmst mich doch mit heute Abend?"

Mit einem Achselzucken wandte er sich zum Gehen und rief ihr zu, ohne sich noch einmal umzudrehen:

„Komm an die Emsbrücke, wenn die Marktbeschicker beginnen einzupacken!"

Der junge Mann wurde aufgerufen, aber er ließ Susanna und ihren Kindern den Vortritt.
Beschämt betrat sie die kleine Amtsstube. Durch die Fenster konnte sie in den ehemaligen Burggarten mit der Seifenfabrik und in den Hinterhof des Gefängnisses blicken.
Dahinter lag der Gegenwall, die Contrescarpe, bepflanzt mit jungen Eichen. Sie sollte die Stadt vor eindringendem Wasser schützen.

Vor nicht langer Zeit hatte der Hasefluss hinter der Jesuitenresidenz den Wall durchbrochen und vom Amtshaus bis zum ehemaligen Hasetor die Stadt unter Wasser gesetzt. Die Bewohner am Markt schützten ihre Häuser damals durch Mistdämme.

In der Hinterstraße musste das Vieh aus den Ställen auf die höhergelegenen Weiden getrieben werden. Auch an der Radde hatte es Überschwemmungen gegeben und Schäden an der Herrenmühle angerichtet.

„Junge Frau, draußen warten noch andere Leute auf ihren Schein!“ Susanna erschrak, dann sammelte sie ihre Gedanken und trug ihr Anliegen vor. Sorgsam füllte ihr Gegenüber ein Formular aus und reichte es über den Tisch.

„So, das war´s! Aber halte dich an deine Bezirke, lass dich nicht anderswo erwischen. Nicht von den Armenjägern und auch nicht von den anderen Bettlern. Die verstehen keinen Spaß!“ Grußlos schickte er sie mit einer Handbewegung hinaus.

Bontekoh war nun an der Reihe und auf dem Flur kreuzten sich ihre Wege.

„Pass gut auf dich auf. Irgendwo sehen wir uns sicher mal wieder.“ Er streichelte kurz über Gesinas Kopf, dann war er im Amtszimmer verschwunden. Susanna verstaute den Bettelbrief in ihrer Rocktasche und atmete tief durch. Jetzt wusste sie, was sie so fasziniert hatte. Es war sein unerschütterlicher Überlebenswille.

„Wir schaffen das, Gesina, ganz bestimmt. Und wir werden gleich damit beginnen, für uns selbst zu sorgen.“
Mit den Kindern ging sie Richtung Marktplatz. Dabei schaute sie links in die Burgstraße, wo ein Kaufmann vor seinem Haus einen Anbau, einen Gadem, mit einer hölzernen, klappbaren Schaulade errichtet hatte. Gegenüber am Baufall in der Biegung, wo früher Wagen- und Viehhaus der Burg gestanden hatten, erfrischten sie sich mit kühlem Wasser.

Gesina zog sie an ihrem Rockzipfel zu den Ständen rund um den Marktbrunnen und staunend betrachteten sie die Köstlichkeiten. Spierlinge, kleine Seefische, duftendes grobes Brot, frische Feigen und gebrannte Heringe, Fässchen mit Neunaugen und Haselünner Bier, Rosinen, Muscheln, Zwiebeln, Stockfisch, auch Fische aus der Bogelake waren dabei und gegenüber Talg, Seife und Stoffe.
Susanna stellte sich fest entschlossen neben das Butterfass und schluckte mehrmals. Dann setzte sie die Kleinen auf den Boden, nahm ihren Bettelbrief aus der Tasche und hielt ihn vor ihre Brust. Die rechte Hand streckte sie zögernd aus. Sie verdrängte, dass sie hier gar nicht betteln durfte.
Es brauchte all ihren Mut, die Vorbeigehenden anzuschauen. Wie erstaunt war sie, als die erste Münze in ihre Hand gelegt wurde. Dann warf jemand einen Mariengroschen vor ihre Füße und Gesina hob ihn freudestrahlend auf.
Von Stunde zu Stunde füllte sich ihre Tasche. Die Händler reichten ihr Essbares, das sich nicht mehr verkaufen ließ, und begannen, ihre Siebensachen in bereitstehenden Kisten zu verpacken.
Susanna erschrak, denn Wilm fiel ihr ein, und sie weckte die Kleinen, die auf dem Pflaster aus dicken Kieselsteinen eingeschlafen waren.

„Gesina, hilf mir, nimm deinen Bruder an die Hand." Eilig liefen sie in Richtung Emsbrücke, aber schon von Weitem sah sie, dass dort niemand mehr auf sie wartete. Ratlos schaute sie sich um. Es war ein warmer Frühlingsabend und sie beschloss, zum Markt zurückzukehren.
Sie tranken Wasser vom Brunnen, dann setzten sie sich auf die Stufen vor dem Schmiedekrug, in der Hoffnung, dass dort noch etwas für sie abfiele.

Vor den Fenstern waren kleine Tische aufgestellt worden, an denen sich nun einige wohlgekleidete Herren niederließen.
Aus den Gesprächen entnahm sie, dass einer der Gäste Richter Wilhelm Jacob Helter war. Ein feiner Mann, dachte sie, mit einer wohlklingenden Stimme. Sie reckte sich ein wenig, als sie hörte, dass zwei Jahre zuvor zu Pfingsten vierzehn Pfund Butter an die Armen verteilt worden waren. Vierzehn Pfund! Ein Pfund kostete 7 Stüber! Wie reich musste die Stadt sein … Überhaupt schien sich rückblickend alles um das Jahr 1787 zu drehen.

Jetzt erhob ein bärtiger Mann die Stimme und erwähnte die Verleihung der Bürgerrechte an den Richter, wegen großer Verdienste um Meppen. Mit einer eigens dafür angefertigten Urkunde hatte man ihn geehrt. Ein anderer lobte in höchsten Tönen das sich anschließende Fest für auserwählte Gäste.
Einige Kinder in zerlumpter Kleidung zogen vorbei und sangen aus voller Kehle. Dabei streckten sie den Entgegenkommenden bittend ihre Hände entgegen.
Lärmend trat jetzt eine Gruppe von Seifensiedern, Acker- und Fuhrleuten und Tagelöhnern hinzu und verteilte sich an den übrigen Tischen. Einer der besser gekleideten Herren war wohl gerade als Neubürger aufgenommen worden und machte seinem Unmut lautstark Luft.

„20 Reichsthaler habe ich in die Stadtkasse eingezahlt, doch damit nicht genug, ich musste auch noch einen Bürgen stellen.“

„Vergiss den Noteimer zur Brandbekämpfung vom Fassbinder Timpe nicht“, pflichtete ihm ein anderer bei.

„Das ist das kleinere Übel gewesen, für meine Kammer zahle ich auch noch vier Reichsthaler im Jahr!“

Die Inhaber der Weinhandlung Poll & Kerckhoff traten aus der Gasthaustür und stießen Susanna zur Seite.

„Was tust du hier, Weib? Hast du kein Zuhause? Dann geh in eines der Armenhäuser." Jurist Dr. Nicolaus Poll wies Richtung Domhof.

„Dort ist das Gertrudenhospital der Kirche. Oder bitte im städtischen Bürgergasthaus um Einlass!" Er schüttelte ärgerlich den Kopf. Als Bürgermeister, Compagnon in der Weinhandlung, Besitzer einer Weberei und einer Bleiche in der Orde war ihm dieses Gesindel auf den Straßen zuwider.

Betreten erhob sie sich und zog ihre Kinder nah an ihren Körper. Hier würde sie nicht bleiben können. Vielleicht sollte sie es tatsächlich in einem der genannten Häuser versuchen. Gemeinsam gingen sie über den Marktplatz, wo ihnen eine Horde Zimmerleute aus Tirol lachend und ausgelassen entgegenkam. Zinngießer Jacob Vincke und der Barbier schlossen gerade ihre Türen.

Der ledige Apotheker Johann Bernard Appeldorn trat vor sein Haus, dort, wo früher der adelige Berndt van dem Berge gelebt hatte, und unterhielt sich mit Schmiedemeister Henrich Schulte. Dieser wollte im Amtshaus Webstühle aufstellen lassen, aber die Stadt hatte sein Ersuchen abgelehnt. Die Sicherheit schien in Gefahr, da nebenan die Gefangenen lebten.

In der Tabakfabrik Jungk war noch ein Arbeiter mit dem Zerschneiden von Tabakballen beschäftigt. Der herbe Geruch wehte herüber und Gesina rümpfte die Nase.

Die Kleinen waren völlig übermüdet und begannen zu weinen. Susanna blieb erschöpft stehen.

„Wisst ihr, Kinder, an der Ems stehen Weidenbüsche. Dort werden wir schlafen."

Gesina blickte ängstlich zu ihr auf, trottete dann aber folgsam hinterher. Sie folgten dem Wassertocht, einem kleinen Wasserlauf, der zwischen den Häusern die Stadt in Viertel, Klüfte genannt, teilte.
Als sie jetzt in die Hinterstraße einbogen, fanden sie zahlreiche Ackerbürgerhäuser vor.

An der Ecke standen einige Zigeuner und boten Korbwaren und Silberschmuck an. Sie sind genauso heimatlos wie ich, dachte Susanna, aber gleich danach war sie froh, am nächsten Tag wieder ihre bescheidene Kammer in Wesuwe aufsuchen zu können.
Den Zigeunern blieb nur der nächste Schafstall. Bettler, Scherenschleifer und Vagabunden fanden keine Aufnahme in ordentlichen Wirtshäusern, denn kein Kaufmann hätte mit ihnen unter einem Dach logieren mögen.
Von den Kanzeln wurden entsprechende Anweisungen gegeben und zusätzlich im Intelligenzblatt verkündet. Ohnehin brauchten Reisende einen Pass, in dem ihr Ziel, Grund und Dauer eingetragen waren.

Susanna ging an den Misthaufen und Jauchegruben vorbei. Die Bemühungen, Abhilfe zu schaffen, waren vergeblich geblieben. Dabei war es durchaus gefährlich, das Kind des Glasers Jacob Pomm hatte hier dreijährig sein Leben lassen müssen. Aber hin und wieder wurde die Straße nach massiven Protesten gereinigt.

Gesina blieb bei einigen kleinen Ferkeln stehen. Der Besitzer warf seinen Schweinen gerade ein paar Erdäpfel und Möhren vor, am liebsten hätte sie sich etwas davon genommen.

„Komm, beeile dich, es wird dunkel.“ Susanna schritt schneller voran, die Jungen auf den Armen bereiteten ihr höllische Schmerzen und sie fühlte sich, als würde sie jeden Augenblick zusammenbrechen. Gesina drehte sich gedankenverloren zur Mutter und erschrak, als sie mit einem Zigeuner zusammenstieß und in dessen tote Augen sah. Für einen Augenblick war sie wie gelähmt, dann lief sie eilig zur Mutter.

„Hier Gesina, du musst Albert tragen, wir haben es bald geschafft.“ Von dort, zwischen den Gärten entlang, nahmen sie eine Abkürzung Richtung Ems.

Sie kletterten über den Wall und sahen hinter der Bleichwiese schon die Weidenbüsche, die ihnen heute Nacht ein Dach bieten sollten.

5

„Mutter, wo sind wir?“ Verwundert rieb Gesina sich die Augen. Dicht neben ihr zog träge der Fluss dahin, an einigen Stellen bildeten sich kleine Strudel.

Hermann und Albert hatten sich von den beiden entfernt und eilig sprang sie auf, weil sie befürchtete, dass sie ins Wasser fielen. Susanna hatte die Gefahr jetzt ebenfalls erkannt und eilte hinzu.

Erleichtert nahm sie ihre drei Kinder in die Arme und durchwühlte gleich darauf ihre Taschen, bis sie etwas Essbares vom gestrigen Tage gefunden hatte. Dann stillte sie die Jungen und reinigte sie mit Wasser aus der Ems. In der Ferne sah sie, wie die ersten Pünten getreidelt wurden, um gleich danach entladen zu werden. Einige Fuhrknechte standen schon bereit, um die Waren in Empfang zu nehmen.

„Wir sollten uns gleich auf den Weg machen. Vielleicht finden wir einen Fuhrmann, der auch nach Wesuwe unterwegs ist.“ Sie hatten Glück, gleich hinter der Emsbrücke, auf Schultes Damm, hielt ein Gefährt aus dem Heimatdorf. Von hier aus konnte man die zackenförmige Anlage des Gegenwalls erkennen.
Sie krochen zwischen die sich dort befindlichen Kisten und Fässer und ließen Meppen hinter sich zurück.

Im Jahre 1633 war die Festung durch die schwedische Besatzungsmacht und zwischen 1650 und 1678 durch Fürstbischof Christoph Bernhard van Galen weiter ausgebaut worden. Der Ausbau hatte den Bürgern Gärten und Ackerland genommen und sorgte für Proteste.
Nach dem 30-jährigen Krieg waren die Wälle vier Meter hoch und bis zu dreizehn Meter breit. Vorspringende Bastionen erlaubten, Angreifer seitwärts unter Beschuss zu nehmen. Fünf Ravelins waren erbaut worden und nach außen hin der Gegenwall. Fünf Kompanien, zusammen 253 Mann, sowie 94 Mann aus der Garnison waren zu dieser Zeit eingesetzt. Damit waren die Soldaten mit ihren Familien so zahlreich vertreten wie die katholische Bevölkerung.
Am schlimmsten traf es die Bürger, dass selbst in Friedenszeiten Hunderte bei ihnen ein Quartier suchten und daher kaum ein Haus ohne Soldaten war. Viele verloren deshalb die Lust, sich in Meppen niederzulassen. Wiederholt hielt die Rote Ruhr Einzug in die Stadt, zuletzt 1757, ein Jahr nach Beginn des 7-jährigen Krieges, als mehrmals französische Truppen durchmarschierten.
Bürgermeister Fullen hatte Sorge, dass sich die Seuche, wie schon 1672, ausbreiten würde. Die Bürgerhäuser waren überfüllt mit Kranken, im Zeughaus lagen alleine 200 Soldaten.

Die Bewohner litten sehr, denn sie waren mit der Verpflegung derselben stark überfordert. Unmut machte sich breit, wenn auch noch Branntwein gefordert wurde, kostete doch eine Kanne 12 Stüber.
Das Regiment Bentheim und zwei Bataillione, zusammen 1.600 Mann, zogen durch die Stadt. Zwei Jahre später waren es 4.000 Mann und 2.000 Pferde der Bataillione Adam und von Donell, die große Schäden an der Pflasterung anrichteten.

Im Frühjahr 1761 wurden unter Ingenieur Schneller die Festungswerke erneut verstärkt. Die zum Niederstift gehörenden Gerichte Aschendorf, Haselünne, Haren, Hümmling und Lathen mussten Arbeiter oder Material und Verpflegung stellen.
Im Mai wurden alle Zimmerleute zur Festungsarbeit nach Meppen beordert, im Juli wiederum einhundert Schubkarren verlangt. Dreißig arbeitstüchtige Leute sollten im August von jedem Gericht geschickt werden, Kinder und alte Menschen blieben jedoch davor bewahrt. Gegen Monatsende verlangte man noch einmal jeweils fünf Arbeiter, die zwanzig Planken mitzubringen hatten. Aber alle Mühe war vergeblich.

Am 30. September 1761 begann die Belagerung durch die französischen Truppen, zunächst erfolgte ein Scheinangriff auf das Hasetor. Die Soldaten lagen im Süden und Osten vor der Stadt, von dort begann die Kanonade am 2. Oktober.
Am nächsten Tag ging morgens um sieben Uhr das Haus des Buchbinders Marquering am Markt in Flammen auf. Durch die gelagerten Erntevorräte fand das Feuer gute Nahrung. Mit seinem Haus brannten nacheinander fünfundvierzig Gebäude und vier Scheunen an der Kuhstraße, Hinterstraße und am Markt.

Am Domhof sah der Italiener und Glaser Jacob Pomm, wie eine brennende Bombe in den Stall des Nachbarn fiel, und er trug sie eilig auf seinen Armen zu einer Jauchegrube, wo er sie glücklich versenken konnte. Aber auch Helden wie er konnten die Franzosen nicht aufhalten.

Mittags um 13 Uhr erkannte Kommandant von Düsse die Ausweglosigkeit und ließ durch einen Adjutanten die Festung an die Franzosen übergeben.
Nach dem Brand waren nur noch 118 Häuser bewohnbar, 40.000 Reichsthaler betrug der Schaden. Durch die Kanonade verloren zahlreiche Familien ihre Haus- und Handwerksgeräte, die eingefahrene Ernte und einige auch ihr Vieh.
Außerhalb der Stadt nahmen die französischen Soldaten fünfhundert Schafe und elf Pferde mit. Die Schafe schlachteten sie an Ort und Stelle.
Allen betroffenen Einwohnern wurde daraufhin bescheinigt, dass sie bis zum Jahre 1800 von den Schatzungen befreit waren.

Es war als großes Glück anzusehen, dass es keine Menschenverluste gegeben hatte. In Meppen ging das Leben weiter, es gab Heiraten und Geburten während und kurz nach der Kanonade und einige Frauen fanden ihren zukünftigen Ehemann in der französischen Legion.

Nachdem die Franzosen abgezogen waren, wurde deutlich, dass die Festung sich nicht bewährt hatte. Am 19. Mai 1762 kam ein Ingenieur und Leutnant aus Münster „mit gemessenem Befehl zur völligen Schleifung der Festung“.

Wieder waren die Gerichte verpflichtet, Arbeitskräfte zu stellen. Im Mai waren es 100, ab Juni jeweils 200 Mann, die morgens ab fünf Uhr Wälle und Gräben einebneten. Nur der Gegenwall blieb als Damm gegen Ems und Hase bestehen. Nach der Schleifung wurden die Gebäude der Festung verkauft:
Die Baraque im Sack, das Laboratorium am Neuen Tor sowie Rüstkammer und Magazin jenseits der Hinterstraße, das ehemalige Zeughaus neben der Pfarrkirche bei der Schwarzen Schanze, die verbliebenen Gebäude der Burg, die Commandanten-Wohnung und das Pulverhäuschen am Wall.
Nun konnten auch wieder Gärten hinter den Häusern angelegt werden und die Meppener bauten ihre Stadt erneut auf.

Im Februar 1779 traf sie jedoch mit der schlimmsten Viehseuche, an die sie sich erinnern konnten, ein erneuter Schicksalsschlag. Zuerst erkrankten die Kühe des Propstes, dann griff die Seuche rasend schnell um sich.
Katzen, Hunde, Schweine, Hühner und Tauben wurden eingesperrt oder totgeschlagen. Das verendete Vieh brachte man zur Burgriede und vergrub es dort. Schließlich wurde die Stadt völlig abgesperrt, nur die Geistlichen waren davon ausgenommen und der Müller von der Herrenmühle durfte Brot und Korn liefern. Im Februar des Folgejahres entschloss man sich, das Vieh zur Ader zu lassen.
Zusätzlich wurde den Tieren eine Mixtur aus Nitrum crudum, Teufelsdreck, Peruanischer Fieberrinde, Campher und Brandtwein eingeflößt.
Erst nach schweren Verlusten waren die Bürger wieder Herr der Lage geworden.

6

Susanna bemerkte bei ihrem Aufenthalt in Meppen nichts von der wechselvollen Geschichte und den Katastrophen der letzten Jahrzehnte. Sie sah nur die Fülle an Waren, die Lebendigkeit und die vielen Möglichkeiten, die sich im Verhältnis zu ihrem Dorf den Menschen boten.
Zu Hause in Wesuwe berichtete sie ausführlich von ihren Eindrücken aus der Stadt Meppen und erwähnte die schönen und fruchtbaren Gärten, die Sänger, Taschenspieler, Mägde, Soldaten, herrenlosen Knechte und feinen Herrschaften. Ihren neu erworbenen Bettelbrief verschwieg sie zunächst aus lauter Scham. Die anderen würden früh genug merken, dass sie demnächst von einem Bauern zum nächsten ziehen und auf dem Dorfplatz betteln würde.

In den nächsten Wochen starben in Susannas Umfeld mehrere Bewohner des Dorfes. Nur für denjenigen gab es ein Begräbnis in geweihter Erde, der Ostern seiner Pflicht zur Beichte nachgekommen war und die Kommunion empfangen hatte.
Die Menschen waren überwiegend sehr gläubig und besuchten häufig die Kirche. Dort beteten sie für persönliche Anliegen und baten um Verschonung vor Hungersnöten, Frost, Krankheit, Dürre und Brandkatastrophen.
Sie bemühten sich, Gott gefällig zu sein, fasteten, führten Prozessionen durch und hielten Bußandachten.

Während des folgenden Sommers zog der Scherenschleifer über die Dörfer und brachte von unterwegs allerlei Neuigkeiten mit. Die Bauern bedankten sich für die vielfältigen Informationen mit Naturalien.

Auf diese Weise erfuhr Susanna auch, dass Marie gestorben war, und sie betete, zusammen mit Pfarrer Appeldorn, inbrünstig für ihr Seelenheil.

Gesina liebte, wie ihre Mutter, den Umgang mit Blumen und Kräutern und so legten sie gemeinsam eine kleine Ecke im Garten des Grundstückes an. Sie hegte und pflegte alles, was dort wuchs.
In der freien Natur pflückte sie im Sommer Blumensträuße, um die Mutter zu erfreuen.
Vor die Eingangstüre wurden die blau-violetten Blüten des Gundermanns gehängt, um das Haus vor Blitzeinschlag zu schützen. Einige Blütenblätter hob sie auf, um Wunden an den Füßen zu heilen, denn die Wege, die sie zurücklegen musste, waren lang und beschwerlich.

Sie liebte es, von Schmetterlingen, Bienen und Hummeln umgeben zu sein.
Gesinas Lieblingsblume war die reinweiß blühende Zaunwinde an Hecken und Büschen. Eine Legende besagte, dass die Gottesmutter einem vorbeifahrenden Fuhrmann aus der trichterförmigen Blüte einen Trunk angeboten hatte.
„Muttergottesgläschen, Kind, so werden sie genannt. Sie sind so rein und zart wie du", pflegte Susanna zu sagen.

Albert, Hermann und Gesina begleiteten ihre Mutter oft auf ihren langen Fußmärschen. Susanna merkte sehr bald, dass die Bauern großzügiger waren, wenn sie die hungrigen Kinder sahen.
Die Einnahmen waren aber bei Weitem nicht so hoch wie in Meppen, wo sie einst illegal um Almosen gebeten hatte.

Das Leben gestaltete sich von Jahr zu Jahr mühseliger. Ein Funke Hoffnung kam auf, als einer der Bauern aus der Nachbarschaft der Familie eine Unterkunft bot. Als Gegenleistung für die winzige Kammer halfen alle, auch die Kleinen, morgens vor den Bettelzügen auf dem Hof mit.

Seit geraumer Zeit schon klagte Susanna über Schmerzen in der Brust. Sie stiegen hoch bis zum Hals und strahlten aus in Arm und Rücken. Mehr noch ängstigte sie sich vor der Atemnot, die ihr immer dann zu schaffen machte, wenn der Tag zu lang und die Sorge am größten war.
Die Herrin auf dem Hof steckte ihr manchmal ein Glas Bienenhonig zu, damit sie ihr Herz stärken konnte.
Aber wenn sie wegschaute, naschten die Kinder davon. Besonders Gesina tauchte gerne ihren Finger in die klebrige Masse, um schuldbewusst und verlegen zu lächeln, wenn die Mutter sie ertappt hatte. Susanna konnte es ihr nicht übel nehmen, war doch ihr Mädchen eine folgsame Tochter und gute Vertraute geworden. Sie war immer fröhlich und auch in den schwersten Stunden in sich ruhend und voller Teilnahme.

7

Während in Wesuwe der Jahresablauf geprägt war von der Sorge um das tägliche Brot, plagten sich im nahen Bersede Margaretha und Hermann Fenslage mit ihrem Sohn Herm, der im ganzen Umkreis als Taugenichts verschrien war. Er hatte zwar Fertigkeiten als Schuster und Zimmermann erworben, aber am liebsten lag er seinen Eltern auf der Tasche und schlug sich mit Gelegenheitsarbeiten, Betrügereien und kleinen Diebstählen durch.

Seine Geschwister Wessel, Thekla, Gebina und Gerhard waren wohlgeraten. Besonders Wessel, der acht Jahre ältere Bruder, benannt nach dem Großvater, und seine Frau Laide Hüser, lebten in bescheidenen, aber geordneten Verhältnissen in Deldorf. Gerade war nach der dreijährigen Margaretha das zweite Kind Bernard geboren.
Herms Schwester Thekla versuchte vergeblich, im Hause den Familienfrieden wiederherzustellen, aber mit ihren elf Jahren war sie völlig überfordert und geriet immer wieder zwischen die Fronten. Gebina hatte schon vor Jahren eine Stellung als Magd angenommen und kam nur noch selten nach Hause. Auch Gerhard vermied es, in die endlosen Streitereien hineingezogen zu werden, und blieb auf dem Hof, auf dem er sich verdingte.

„Herm, Herm, wo hast du dich wieder herumgetrieben?" Margaretha Fenslage packte ihren Sohn mit der Linken hart am Kinn und drehte und wendete sein Gesicht. „Scharlach haben Kinder, aber nicht gestandene Männer, wie du einer sein möchtest!"
Herm stieß seine Mutter ärgerlich beiseite und verließ unter Flüchen den Raum. Sein Kreuz schmerzte, als wolle es zerbrechen. Außer dem hässlichen Ausschlag an Bauch und Oberschenkeln hatten sich, mit trübem Eiter gefüllt, Pusteln an Gesicht und Händen ausgebreitet. Seine Augen brannten fiebrig und er fror entsetzlich bis auf die Knochen.
Er kroch auf sein Strohlager und zog mit letzter Kraft die schwere, gewebte Decke hoch bis über seinen roten, wirren Haarschopf.
So lag er Stunde um Stunde und rief im Fieberwahn nach Mutter und Vater. Thekla, die kleine Schwester, ertrug dieses Bild des Jammers nicht länger und fuhr die Eltern an:

„Wollt ihr Herm verrecken lassen? Er ist dem Tode näher als dem Leben! Ich werde Maria holen!“

„Untersteh dich, Kind, und hüte deine Zunge! Dein Bruder ist ein Nichtsnutz, der will sich nicht helfen lassen! Du hast doch gesehen, wie er mit Mutter umspringt!“

Hermann Fenslage, äußerlich das Ebenbild seinen Sohnes, schielend und rothaarig, von blasser Hautfarbe, war ein gutmütiger Mensch. Aber Herm hatte es zu weit getrieben. Seine Braut Maria, die Witwe des alten Kamphues, war siebenundzwanzig Jahre älter als sein Sohn. Siebenundzwanzig Jahre! Die Menschen im Dorf zerrissen sich die Mäuler und Pfarrer Appeldorn hatte ihnen ernsthaft ins Gewissen geredet. Was trieb Herm in die Arme dieser alten Frau? Wenn ihn jemand darauf ansprach, erntete er nur ein hämisches Lachen. Alle wussten, dass Marias verstorbener Mann ein beträchtliches Vermögen hinterlassen hatte. Das sah Herm wieder ähnlich, der Alten den Kopf zu verdrehen und dann …

Niemand sprach es aus, aber alle dachten das Gleiche.

Thekla, noch unbedarft, verstand die ganze Aufregung nicht. Sie fühlte sich wohl in Marias Haus, es wurde immer reichlich aufgetischt und Maria konnte so lustig mit den Augen zwinkern. Jetzt hielt sie es nicht länger aus in der Kate der Eltern und in einem unbewachten Augenblick schlüpfte sie aus der Tür und lehnte sie nur leicht an, um nicht entdeckt zu werden.

An diesem eisigen Februarabend schlug ihr ein heftiger Regenschauer entgegen. Unbeirrt lief sie den Feldweg entlang, dann nahm sie die Abkürzung über die Wiesen.

Der Fußweg von Bersede nach Wesuwe-Geest war weit, deshalb war sie, gegen den Regen ankämpfend, völlig erschöpft, als sie bei Maria eintraf.

„Ich glaube, Herm stirbt. Er ist krank!“, keuchte sie atemlos. „Du musst ihm helfen, Vater und Mutter sind böse mit ihm!“
Maria erschrak, aber sie blieb besonnen und fragte das Kind nach den Beschwerden. Ihr Gesicht verfinsterte sich.

„Das hört sich nach Variola an. Pocken, Blattern …“ Eilig faltete sie große Leinentücher zurecht und legte Holunder, Ringelblumen und Tausendgüldenkraut für fiebersenkenden Tee in einen Korb. Dann warf sie sich eine wollene Jacke über und lief, zusammen mit Thekla, auf schnellstem Wege zum Hause der Fenslages.
Margaretha und Hermann waren wenig erfreut, ließen sie aber anstandshalber ein und wiesen ihr wortlos den Weg in die Upkammer.
Herm war nicht ansprechbar und so versorgte sie ihn, nachdem sie sich ein Tuch vor den Mund gebunden hatte. Thekla stand währenddessen vor der Türe, doch die Ansteckungsgefahr war zu groß und so verwehrte sie ihr den Einlass.

Zwei lange Tage und Nächte saß sie an seinem Bett, nur unterbrochen von kurzen Augenblicken, in denen ihr die Augen zufielen. Margaretha Fenslage brachte ihr am zweiten Tag Milch und eine kräftigende Suppe, denn sie war beeindruckt, wie aufopferungsvoll Maria ihren Sohn pflegte. In der folgenden Nacht schlief sie auf ihrem eigenen Hof, aber am nächsten Morgen machte sie sich schon früh wieder auf den Weg zu ihrem Verlobten.
Erst am dritten Tag konnte sie Herm ein wenig Brühe von Markknochen einflößen und von da an ging es ihm langsam besser. Das Fieber hatte ihn zwar stark geschwächt, aber er machte bereits wieder abfällige Bemerkungen über die Eltern.

„Herm, willst du nicht schon jetzt zu mir ziehen? In meinem Haus soll es dir an nichts mangeln. Wir haben dann auch mehr Zeit, uns Gedanken über die Hochzeit zu machen. Hier ist es doch für alle Seiten unerträglich geworden.“

Er drehte seinen Kopf missmutig zur Seite.

„Ach, weißt Du, ich gehe erst mal zu Wessel nach Deldorf. Der kann momentan Hilfe gebrauchen.“

Maria konnte ihre Enttäuschung nicht verbergen.

In gewisser Weise war sie auch ärgerlich, denn nachdem ihr Mann gestorben war, mangelte es ihr zwar nicht an Geld, aber an allen Ecken und Enden fehlte seine Arbeitskraft.

Herm hatte monatelang auf sie eingeredet und wollte den Hof wieder auf Vordermann bringen. Aber er machte zur Bedingung, dass sie seine Frau würde. Pfarrer Appeldorn hatte entsetzt und ungläubig reagiert, so dass Herm schließlich wütend das Pfarrhaus verlassen hatte.

Wenn sie es recht bedachte, war der Altersunterschied einfach zu groß. Und ihr Bräutigam war wahrlich keine Schönheit. Haare, Bart, Augenbrauen und Wimpern rot, die Augen tiefliegend und triefend und jetzt auch noch die entstellenden Pocken, die tiefe Krater in sein Gesicht graben würden. Aber er konnte unterhaltsam und charmant sein und es schmeichelte ihr, wie er sie umwarb.

„Hilf mir mal, ich möchte an die frische Luft.“ Herm stützte die Ellenbogen auf, aber sein linker Arm rutschte zur Seite. Von Geburt an stand dieser seitlich etwas ab, infolge einer Lähmung. Maria schlug die Decke zurück und schob zunächst seine Beine von der Lagerstätte. Ein starker, durchdringender Geruch stieg ihr in die Nase. Sie hatte Herm täglich gewaschen, aber das Fieber ließ ihn kräftig schwitzen und die eiternden Flächen in seinem Gesicht rochen nach Verwesung. Mit einem Ruck zog sie den Oberkörper nach und für einen Moment stand er auf wackeligen Beinen vor ihr. Dann sackte er unvermittelt zusammen und sie wollte ihm erneut helfen. Fluchend fuhr er sie an, sie solle sich zum Teufel scheren. Maria wich einen Schritt zurück und spürte, wie ihr die Tränen in die Augen stiegen. So unwirsch kannte sie ihn nicht und für einen kurzen Moment hatte sie das Gefühl, sie müsse sich auf der Stelle umdrehen und gehen.

Aber da griff er nach ihrer Hand und befahl im barschen Ton:

„Los, hilf mir auf! Und dann hole mir etwas Gescheites zum Essen, bringe auch Bier mit!"

Sie wagte nicht zu widersprechen und holte aus der Küche der Fenslages ein Stück Wildbraten.

„Bier ist nicht im Hause, Herm, es tut mir leid."

Er brummte schlecht gelaunt vor sich hin und sie beschloss nun endgültig, nach Hause zu gehen. Margaretha und Hermann blickten ihr ungläubig nach.

„Wie hält sie es freiwillig mit ihm aus? Er wird ihr das Leben zur Hölle machen." Margaretha konnte es nicht begreifen, aber ihr sollte es recht sein, wenn er nur in absehbarer Zeit ihr Haus verlassen würde.

Herm erholte sich langsam, aber sobald er wieder auf den Beinen war, packte er sein Bündel und zog zu seinem Bruder Wessel. Laide war nicht sehr glücklich über diesen Zuwachs, obwohl Herm zu ihrer Überraschung friedlich vor sich hin arbeitete. Es war ein Glück, dass er das Zimmerhandwerk beherrschte. Nebenbei konnte er Wessels Schuhe flicken, das gute lederne Paar, das nur zu besonderen Anlässen getragen wurde. Laide sehnte trotzdem den Tag herbei, an dem er Maria heiraten würde.

8

Lehrer Heinrich Bippen war in diesem Winter bereits sieben Jahre im Schuldienst tätig. Wenn es seine Zeit zuließ, bildete er sich durch Schulungen in Münster fort und war so vielen Hilfslehrern seiner Zeit überlegen. Es gab keine Anstalten, in denen Lehrer ausgebildet werden konnten, und so waren die meisten Kräfte schlecht vorbereitet.
Der Unterricht bestand im Lesen und Auswendiglernen des Katechismus. Schreiben wurde nur selten geübt und Rechnen spielte kaum eine Rolle.
Der Lohn war kümmerlich und wurde überwiegend von den Eltern der Schüler bestritten. Aus Kirchspielmitteln erfolgte eine Zulage, außerdem waren Lehrer von bürgerlichen Lasten wie Schatzungen und Kriegsbeschwerungen befreit.
So mancher stockte sein Gehalt auf, indem er auf Hochzeiten aufspielte. Oder er wurde als begehrter Bauernsekretär und Ortsschreiber tätig, da er zu den wenigen gehörte, die des Lesens und Schreibens kundig waren.

Jahrhundertelang war das Schulwesen vernachlässigt worden und es sollte noch bis 1803 dauern, dass ein geregelter Schulbetrieb angestrebt wurde.
Die zaghafte Umsetzung machte deutlich, dass die Bildung des Volkes kein bedeutsames Anliegen darstellte. Geistlichen oblag die Schulaufsicht, sie sorgten für den Erhalt der Schulen und kümmerten sich um Neugründungen. Zu ihren Aufgaben gehörten auch wöchentliche Visiten und ein jährlicher Bericht an den Bischof.
Auf dem Lande war der Winter dem Schulbesuch vorbehalten, denn auf den Höfen wurde vom Frühjahr bis zum Herbst jede Hand gebraucht.

Heinrich Bippen war den Sommer über bei Bauern in Holland tätig gewesen. Nach der schweren körperlichen Arbeit freute er sich auf die ruhige, besinnliche Jahreszeit und seine neuen Schüler.
Am Tag vor dem Schulbeginn begleitete ihn sein achtjähriger Sohn Joseph, um den Raum zu inspizieren. Der Fußboden aus Lehm war angenehm kühl, aber die kleinen Fenster ließen nur wenig Licht und Luft herein und so öffnete er die Eingangstüre, so weit es ging.
In der Mitte stapelte Joseph derweil einige Torfstücke für die Feuerstelle.

„Hoffentlich bringen die neuen Kinder genug Torf mit, Vater." Lehrer Bippen lachte über den Eifer seines Sohnes.

„Du kannst ihnen ja morgen erklären, wie es bei uns zugeht. Komm, rücke die Bänke noch zurecht, damit alle etwas sehen können. Die kleinen Kinder setzen sich dann auf die Holzschuhe der Großen."
Zufrieden schaute er sich um. Er hatte erst kürzlich ein besonderes Lob erhalten, als der Schulreformator Overberg, der Bewegung in die Lehrerausbildung brachte, eine Visite bei ihm durchführte.
Schnell sprach sich diese Auszeichnung herum und die Bauern brachten ihm große Ehrfurcht und Respekt entgegen.
Heinrich Bippen entsprach in jeder Beziehung einem vorbildlichen Lehrer, denn weder Trunk- noch Streitsucht konnte man ihm nachsagen. Auch die Bedingung, keine Gaststätte zu führen, erfüllte er und sein Lebenswandel war tadellos.

„Lass uns gehen, Joseph. Du kannst mir noch helfen, den Altar herzurichten. Der Taufstein muss auch noch vorbereitet werden." Mit diesen Arbeiten klang der Tag aus und eine regnerische Nacht senkte sich über das Emsland.

9

„Mutter, ich bin so aufgeregt! Joseph, Bernadette und Elisabeth kenne ich ja schon. Aber die anderen Kinder … werden sie lieb zu mir sein?“ Susanna beruhigte ihre Tochter und half ihr, einen sauberen Kittel anzuziehen.

„Natürlich, Gesina, geh du aber mit gutem Beispiel voran. Sei vor allem aufmerksam, damit du das Lesen lernst. Ich wünschte, man hätte es mir beigebracht.“ Sie reichte ihr die wollenen Socken und den zerschlissenen Mantel. Gesina schlüpfte in ihre Holzschuhe, die neben der Haustüre standen, und wandte sich noch einmal um.

„Was ist, wenn die großen Kinder mich ärgern?“ Susanna strich ihr über das helle, feine Haar und stülpte ihr die Mütze über den Kopf, so dass nur noch das kleine, pausbäckige Gesicht herausschaute.

„Keine Sorge, mein Kind, warum sollten sie dich ärgern?“ Sie reichte ihr einen Katechismus, den sie beim Auszug nach Ottos Tod mitgenommen hatte und sorgsam verwahrte.

„Aber Mutter …!“ Weiter kam sie nicht, denn diese schob sie liebevoll durch die Türe.

„Spute dich und sei höflich gegenüber dem Lehrer! Schiebe das Kirchenbuch unter deinen Mantel. Wenn du zurückkommst, werden Johann Gerhard und Hermann Heinrich hier sein. Sie möchten uns einen Besuch abstatten.“

Am Tag nach Allerheiligen begann in allen Schulen der Unterricht. Gesina brauchte nur wenige Schritte, um die kleine, aus Fachwerk erbaute Kate zu erreichen, in der sich der Schulraum befand. Aber als sie dort eintraf, waren ihre frisch gewaschenen Socken und der Mantel durchnässt und verschmutzt. Schlimmer traf es die Schüler aus den umliegenden Orten, die an diesem Morgen weite Wege hatten zurücklegen müssen. Einige weinten und setzten sich zitternd ganz nah an das Feuer, das Joseph kurz zuvor entzündet hatte.

Er begrüßte Gesina und fragte gleich nach ihrem Torfstück.

„Es tut mir leid, aber ich kann dir keinen Torf geben. Wir haben nichts und das, was im Verschlag liegt, gehört uns nicht. Du weißt doch, wie sind auf die Bettelei angewiesen.“ Joseph wendete sich den anderen Kindern zu, um die feucht gewordenen Torfstücke einzusammeln und Gesina rief ihm noch nach:

„Mutter sagte, das Schulgeld brauchen wir deshalb auch nicht zahlen. Dein Vater weiß das aber schon lange!“ Sie suchte sich einen Platz neben Elisabeth. Bernadette saß auf der anderen Seite des Feuers und sie winkten sich ausgelassen zu.

Plötzlich verstummten alle und standen rasch auf. Der Lehrer war eingetreten und trug einige Kirchenbücher auf seinen Armen. Nicht alle Schüler waren im Besitz von Büchern und so drückte er ihnen diese in die Hand. Jetzt hatte er Gesina entdeckt und sein strenger Blick erhellte sich. Sie war ihm bereits aufgefallen, wenn er im Dorf unterwegs war. Ein kluges Köpfchen, dachte er, hilfsbereit und immer freundlich.

„Holt eure Holzkästen hervor und übt euren Namen,“ sprach er jetzt die älteren Schüler an und diese legten die kleinen Kästen auf ihre Knie und waren sofort in ihr Tun vertieft.

„Nun zu euch, ihr Kleinen, wir singen ein Lied.“ Er stimmte „Großer Gott, wir loben dich“ an und mitten im schönsten Gesange trat Pfarrer Appeldorn ein und lächelte wohlwollend. Alle sprangen sofort auf.

Er setzte sich auf einen bereitstehenden Stuhl und lauschte andächtig, als die Kinder neu ansetzten.
So blieb er eine gute Stunde und beobachtete die ersten Leseversuche der Neulinge. Mehrere teilten sich dabei einen Katechismus und er überlegte, ob er nicht aus Kirchengeldern den Erwerb einiger zusätzlicher Exemplare bestreiten könnte.

Gesina schaute sich immer wieder um, denn sie wollte zu Hause berichten, wen sie in der Schule angetroffen hatte. Dabei blieb ihr Blick in der letzten Reihe hängen. Ein hochgewachsener Junge saß dort und war ganz in seine Aufgabe versunken. Sie fühlte eine merkwürdige Vertrautheit aufsteigen, wusste aber gleichzeitig, dass sie ihn noch nie gesehen hatte.

„Gesina, schau nach vorne!“ Bedrohlich nahe stand Lehrer Bippen vor ihr und sie erschrak. Hoffentlich würde er der Mutter nicht erzählen, dass sie unaufmerksam gewesen war. Sie wagte nicht mehr, von ihrem Buch aufzuschauen. Aber als der Lehrer eine Pause verkündete, eilte sie aufgeregt mit den anderen nach draußen. Elisabeth und Bernadette waren mit den Neulingen in ein Gespräch vertieft. Sie gesellte sich dazu, hielt aber beständig Ausschau nach dem Jungen. Dann entdeckte sie ihn unerwartet neben der alten Eiche stehend und ihre Blicke trafen sich. Gesina wurde in diesem Augenblick heiß und kalt zugleich.

Der Vormittag verlief ganz im Sinne von Heinrich Bippen. Aber heute war er in Eile, denn Pfarrer Appeldorn hatte ihm, bevor er ging, noch einige Anweisungen gegeben. Seine Aufgaben als Küster der Gemeinde waren vielfältig, gingen ihm jedoch leicht von der Hand. Aber als Vermögensverwalter musste er Abgaben einfordern und in dieser Sache gab es oft

Streit. An diesem Tag stand noch eine unangenehme Unterredung an und er beendete den Unterricht daher früher als geplant und machte sich auf den Heimweg.

Der Regen hatte nachgelassen, so dass Gesina halbwegs trockenen Fußes vorankam. An einigen Stellen war der Boden hart gefroren und die Holzschuhe erschwerten das Gehen. Unterwegs entdeckte sie einen Schlehdornbusch. Die glänzend schwarzen Früchte waren nach einigen Frostnächten besonders köstlich und so reckte sie sich, um einige davon zu pflücken.
Der Geschmack war säuerlich und süß zugleich und sie beschloss, für die Mutter und die beiden großen Brüder eine Handvoll mitzunehmen. Bei dem Versuch, von hinten an den Busch zu gelangen, verfing sie sich jedoch in den Zweigen und fiel stolpernd auf den harten Boden.
Ein heftiger Schmerz durchfuhr ihre Schulter und sie versuchte aufzustehen, aber die glatten Schuhe ließen sie immer wieder ausrutschen. Leise rief sie um Hilfe, aber weit und breit war niemand zu sehen.
So lag sie eine lange Zeit dort und weinte still vor sich hin.

Johann und Hermann Brink saßen frierend auf dem Ackerwagen. Sie waren froh, dass ein Bauer sie unterwegs aufgelesen und mitgenommen hatte, denn zu Fuß wären sie noch einige Stunden unterwegs gewesen. Am Ortseingang von Wesuwe sprangen sie ab und bedankten sich.
Die Wohnstätte der Stiefmutter erreichten sie über eine schmale Zuwegung. Kurz davor blieb Johann stehen.
„Da ruft doch jemand um Hilfe." Hermann horchte auf, „Ja, ich habe es auch gehört. Wir sollten nachschauen, es klang wie eine Kinderstimme."

Suchend blickten sie um sich, dann entdeckten sie am Wegesrand, halb verdeckt von kahlem Gebüsch, Gesinas kleine Gestalt.

„Schwester, was tust du hier?“ Johann wollte sie aufheben, aber sie schrie vor Schmerz. „Wir tragen dich gemeinsam, versuche, dich etwas aufzurichten.“ Als sie für einen Moment auf den Beinen stand, bückte Johann sich noch einmal.

„Ist das unser Katechismus? Warst du heute in der Schule?“ Gesina nickte, dann sah sie, dass der Einband zerrissen war, und weinte noch heftiger. Die Brüder trugen sie, beruhigend auf sie einredend, nach Hause und legten sie auf das Strohlager.

Susanna eilte herbei und tröstete ihr Kind. Dabei versuchte sie, den Arm zu untersuchen.

„Gebrochen ist sicher nichts, aber hier“, sie deutete auf die Schulter, „ich werde dir einen Kohlwickel anlegen. Das hat schon deinem Vater geholfen.“ Gesina deutete wortlos auf den Katechismus.

„Das können wir jetzt nicht mehr ändern, vielleicht kann ich es später ausbessern.“

Nachdem Gesina versorgt war, setzten sich alle um den Tisch mit der dampfenden Schüssel und sprachen ein Gebet. Die Jungen erzählten von ihren Erlebnissen des letzten Jahres und ermunterten dann ihre Schwester, von ihrem ersten Schultag zu berichten. Je mehr Gesina erzählte, desto strahlender leuchteten ihre Augen.

„Und … hat dich jemand geärgert?“ Susanna blickte sie fragend an. „Nein, alle haben brav dem Lehrer zugehört. Pfarrer Appeldorn war auch da. Wir haben Lieder gesungen

und schon ein wenig gelesen.“ Ungläubig lachten die Jungen.
„Macht euch ruhig lustig,“ warf sie jetzt ein, „wenn ihr das nächste Mal kommt, kann ich euch bestimmt etwas aus dem Katechismus vorlesen.“

Hermann wandte sich an seine Mutter.
„Kommst du zurecht? Habt ihr genug zu essen?“ Susanna schluckte. „Mal haben wir mehr, mal weniger. Ich bin jeden Tag unterwegs, aber heute bleibe ich zu Hause, wir haben uns so lange nicht gesehen. Es ist auch beschwerlich, im Winter unterwegs zu sein.“ Hermann fragte weiter. „Wie geht es deinem Herzen? Macht es dir noch so zu schaffen?“ Sie nickte betrübt.
„Lasst uns von etwas anderem sprechen. Sagt, habt ihr schon ein nettes Mädchen kennengelernt?“ Die jungen Männer sahen sich kurz an und lächelten dann verschmitzt.
„Das ist noch nicht spruchreif, aber wer weiß, vielleicht im nächsten Jahr …“

Schon lange hatte Susanna sich nicht mehr so wohlgefühlt, wie an diesem Tage, umgeben von ihren Kindern. Noch lange saßen sie beisammen und verabschiedeten sich erst am nächsten Tag wieder, um danach auf ihre Höfe zurückzukehren.

10

Gesina trug in den folgenden Wochen einen dicken Verband um die Schulter und in der Schule fragten alle neugierig nach ihrem Missgeschick. Auch der Junge aus der hintersten Reihe, er hieß Christian, erkundigte sich und sie konnte vor lauter Herzklopfen kaum antworten.

Im Unterricht machte sich bald bemerkbar, dass Susanna sie zur Frömmigkeit erzogen hatte. Aber vieles, was Lehrer und Pfarrer vortrugen, klang mahnend und drohend und manches machte ihr Angst.
Besonders als Pfarrer Appeldorn erzählte, dass Gottes Zorn alle träfe, wenn ein einzelner sündigte, war sie sehr betroffen. Er sprach von Völlerei und Trunkenheit, Neid, Zorn, Hochmut und Streit und sie nahm sich seine Worte sehr zu Herzen.

An einem Tag im Dezember, kurz nach dem Weihnachtsfest, fragte Christian sie, ob sie Freunde sein könnten. Glückselig willigte sie ein und erzählte zu Hause gleich ihrer Mutter davon.

„In welchem Dorf lebt er denn? Und wie alt ist er?“ Sie freute sich, ihr Kind so fröhlich zu sehen, und war voller Dankbarkeit über die gute Entwicklung in der Schule.
Gesina überlegte kurz.

„Er wohnt in Versen und ich glaube, er ist 4 Jahre älter als ich. Möchtest du ihn kennenlernen?“
Susanna schämte sich für ihre armselige Unterkunft und es kostete sie große Überwindung, aber dann stimmte sie einem Besuch zu. Von da an war Christan nach der Schule oft zu Gast. Er brachte Mettwürste, Schinken und Eier vom Hof seiner Eltern mit und sie war glücklich, Gesina in seiner Gesellschaft zu sehen.
Auch Joseph schaute oft vorbei und sie übten miteinander den Umgang mit Zahlen.Dann hörte Susanna nur das Kratzen auf der Schiefertafel. Gesina gefiel sein Name besonders gut und sie verriet ihm, dass sie später, wenn sie ein eigenes Kind hätte, dieses auch Joseph nennen wolle.

In den folgenden Monaten lernten die neuen Schüler, zu buchstabieren und kleine Abschnitte zu lesen. Die schwächeren Schüler aber schafften es nicht einmal, ihren Namen zu schreiben. Der Pfarrer schaute oft herein und stand dem Lehrer als Berater zur Seite. Im März reiste Heinrich Bippen wieder zu einer Fortbildung nach Münster. Für einige Tage wurde ein Heuermannssohn aus Haren als Vertretung nach Wesuwe beordert, der vorlas und sich auf das Auswendiglernen von Kirchenliedern konzentrierte.

Am 3. Mai endete die Schulzeit mit dem Fest der Apostel Philippus und Jakobus. Gesina nahm traurig von Christian Abschied und selbst die blühenden Wiesen und ihr kleiner Garten konnten sie nicht trösten.

IV

14. Februar 1792
Wesuwe-Geest

1

„Maria, sollen unsere Gäste verdursten?“ Herm hielt ungeduldig nach seiner Braut Ausschau.
Die Hochzeitsgesellschaft amüsierte sich prächtig, denn selten konnten sie vor einem so reich gedeckten Tisch sitzen. Die Magd hatte gebacken und guten Kaffee gekocht. Es gab Schaumbiersuppe, Braten vom Rind, warme in Butter gebratene Crammetsvögel, Erdäpfel und Salzbohnen, dazu eingelegte Früchte.
Margaretha und Heinrich Fenslage hatten sich nach langen Überlegungen doch entschlossen, der Trauung beizuwohnen. Pfarrer Appeldorn fand schöne Worte, obwohl alle Anwesenden seine Einstellung zu dieser Ehe kannten.
Wessel, Thekla und Gebina waren gekommen, um ihrem Bruder zu gratulieren. Die Trauzeugen und Nachbarn ließen es sich ebenfalls nicht nehmen, war doch in ihren Augen ein Scheitern der Ehe vorprogrammiert und sie wollten das Drama von Anfang an miterleben.

Nur knapp zwei Jahre war Maria verheiratet gewesen, als ihr erster Mann Johann Kamphues starb und ihr ein stattliches Kapital hinterließ. Zwölf lange Jahre hatte sie gut gewirtschaftet und das Vermögen vermehrt.
Kein Mitglied aus ihrer Familie, außer ihrem Bruder, war heute erschienen, zu groß war der Ärger darüber, dass ein dahergelaufener Erbschleicher ihnen einen Strich durch die Rechnung machte.
Maria hatte ihr Haar sorgfältig gescheitelt und im Nacken zu einem Knoten gebunden. Das feine schwarze Kleid, das sie vor dem Altar getragen hatte, legte sie zurück in ihre Truhe und wählte für die Feier etwas Bequemeres.

Heute war der Tag des heiligen Valentin. Sie hoffte inständig, dass ein Leben an Herms Seite ihre Einsamkeit beenden würde. Mit einem Lächeln brachte sie den Gästen vom guten Wein.

2

In Hebelermeer war vier Jahre zuvor eine von vierzehn neuen Moorkolonien gegründet worden und viele Bauern trugen sich mit dem Gedanken, dort eine neue Existenz aufzubauen. Am großen Moorkolk hatte man zwölf Plaatzen abgesteckt. Aber das Gebiet lag im tiefsten und feuchtesten Hochmoor der ganzen Umgehung. Das größte Problem war jedoch, dass es keine Zuwegung gab, und daher war es bislang bei Überlegungen geblieben.
Im Dorf mehrten sich jedoch die Interessenten und auch Herm sprach hin und wieder davon. Maria war der Gedanke zuwider. Sie hatte vierzehn Jahre in Wesuwe-Geest gelebt, nachdem sie zu dem Witwer Wilhelm Kamphues gezogen war, und ein gutes Einvernehmen mit den Nachbarn gehabt. Wilhelm … sie vermisste ihn immer noch so sehr. Ein starker, aufrechter Mann war er gewesen. Ganz anders als Herm, der schon bald nach der Eheschließung sein wahres Gesicht zeigte. Er trieb sich im Wirtshaus herum und spendierte Runden für seine Kumpane. Manchmal blieb er nächtelang fort und im Dorf wurde gemunkelt, dass er sich mit anderen Frauen vergnügte. Maria brauchte eine Weile, bis sie den Mut hatte, ihn zur Rede zu stellen.

„Herm, ich habe genug gesehen und gehört! Du wirfst mein Geld mit beiden Händen zum Fenster hinaus, das lasse ich nicht mehr zu …“

Weiter kam sie nicht, denn Herm packte sie mit eisernem Griff am Hals.

„Sei still, Weib, oder ich drehe dir die Luft ab. Was deines war, ist jetzt auch meines, und ich gebe davon aus, soviel ich will!“ Maria wand sich in Todesangst und versuchte, ihren wütenden Mann mit den Füßen von sich zu stoßen. Im letzten Augenblick, als sie schon blau anlief, ließ er sie mit einem verächtlichen Blick los. In Panik lief sie aus dem Haus, ohne nach links und rechts zu schauen. Erst in Wesuwe, vor dem Anwesen des Pfarrers, blieb sie atemlos stehen. Er trat gerade aus der Türe, als er sie entdeckte und betroffen fragte, was passiert sei.

„Nie wieder gehe ich zurück zu diesem Untier“, brachte sie schluchzend hervor. „Komm erst mal herein.“ Pfarrer Appeldorn legte fürsorglich seinen Arm um ihre Schultern und sie erzählte stockend von ihrem ganzen Unglück.

„Du hast es doch vorher gewusst, Maria, Herm ist kein unbeschriebenes Blatt. Er kann bösartig werden und unberechenbar. Jetzt ist er dein Ehemann und du musst es tragen. Gott hat dich an seine Seite gestellt.“

Ihm war selbst nicht wohl bei seinen Worten, denn er sah, wie sie zugerichtet war. Aber er beschloss, für die beiden zu beten, und bot Maria an, sie nach Hause zu begleiten.

Als Herm den Pfarrer auftauchen sah, schlug er wutentbrannt das Dielentor vor seiner Nase zu.

„Mach auf, in Gottes Namen, so kann es doch nicht weitergehen!“ Bernhard Josef Appeldorn drückte den Knauf herunter und gab Maria zu verstehen, sie solle ihm folgen.

Herm saß, vor Wut bebend, im Lehnstuhl und zunächst schien die Situation aussichtslos. Aber die sorgsam gewählten Worte zeigten nach einer Weile Wirkung.

„So, jetzt gebt euch die Hand und versucht, in Frieden miteinander zu leben."

„Aber nur, wenn Maria mit nach Hebelermeer geht", stellte Herm zur Bedingung. Der Pfarrer nickte ihr zu und zögernd reichte sie ihrem Mann die Hand.

3

Wie dankbar war Susanna, dass sie auf dem Hof des Bauern bleiben konnte! Die französischen Soldaten, die jetzt überall westlich der Ems lagen und auch in Wesuwe Quartier suchten, störten sie nicht. Gesina entwickelte sich prächtig und war eine gelehrige Schülerin. Nachmittags durfte sie die Gänse hüten und gab jeder einzelnen einen Namen. Amüsiert schaute der Bauer dem Treiben zu, bevor er das Gatter am Abend schloss.

„Gute Nacht, Gänse-Gesina, Goose Sienken. Der Name passt zu dir, du bist so hübsch wie meine Gänschen." Erstaunt sah sie ihn an, aber dann lachte sie glücklich.

„So will ich gerne heißen, das muss ich Christian erzählen, wenn ich ihn wiedersehe."

Aus der Freundschaft hatte sich eine Liebe entwickelt und sie trafen sich, außerhalb der Schulzeit im Winter, häufig in Wesuwe oder in seinem Dorf.

Eines Tages stellte Christian seine Freundin den Eltern in Versen vor. Gesina staunte über den großen Hof und die weiten Ländereien und der Vater zeigte ihr alles voller Stolz.

„Möchtest du hereinkommen? Meine Frau hat Zichorienkaffee gekocht." Gesina betrat ehrfürchtig die gute Stube, wo die Mutter gerade Bettwäsche in eine große Koffertruhe packte.

Mit Kreide schrieb sie in den Deckel, was die Truhe beinhaltete. Während sie sich erhob, stützte sie sich am Rand ab.

„Schau Gesina, diese schöne Truhe hat noch mein Großvater angefertigt. Ich hab ihm damals zugeschaut, wie er aus alten Möbeln die besten Holzteile herausgesägt hat. Jetzt richte ich sie für Christians Schwester als Brauttruhe her. Hast du auch schon deine Aussteuer beisammen?“
Verlegen schaute sie zur Seite und war froh, als Christian sie zu sich rief.

„Komm her, das musst du probieren! Vater hat es aus Meppen mitgebracht, dort trinkt man das jetzt.“
Er goss den Becher randvoll und reichte ihr Milch dazu. Vorsichtig nippte sie daran und verzog das Gesicht, so dass Christian losprustete.

„Es schmeckt schon etwas bitter, wir haben auch Zucker für dich.“ Damit schob er eine bemalte Porzellandose in ihre Richtung und reichte ihr die Zange. Aber Gesina wusste nichts damit anzufangen und so half er ihr dabei.

„Weißt du schon, wie unser Bauer mich jetzt nennt? Goose Sienken, das ist doch hübsch, was meinst du?“ Alle am Tisch stimmten ihr fröhlich zu und Christian flüsterte in ihr Ohr: „Wie lieb ich dich, mein Goose Sienken.“ Sie fühlte sich wie eine Königin.

4

Bereits im 16. Jahrhundert hatten findige Bauern entdeckt, dass sich aus der spindelförmigen langen Pfahlwurzel der Wegwarte, auch Zichorie genannt, ein leicht bitteres Gebräu herstellen ließ. Die Wurzel, außen gelblich und innen weiß, brachte einen behaarten Stängel mit schmalen, länglichen Blättern hervor. Bei Sonnenaufgang öffneten sich die himmelblauen Blüten und begrüßten den Morgen, weise Frauen sammelten sie als Hexenkraut und Zaubermittel.

Anno 1790 war im Neuen Westphälischen Magazin ein Artikel über die Entdeckung der Zichorie in Meppen erschienen. Gute achtzehn Jahre vorher hatte ein Frauenzimmer die Wurzeln von einem Verwandtenbesuch aus Osnabrück mitgebracht, wo sie „Cichoriencaffe“ getrunken hatte.
Vielleicht war es Johanna Bering, die damals den Grundstein für Meppens goldene Zeiten legte. Nach ihrer Heirat mit Joseph Lüleff bauten sie gemeinsam Zichorien auf dem Eschland an. Aus kleinen Anfängen wurde bald ein großes Geschäft, an dem sich viele Kaufleute beteiligten, so auch Caspar Schnabel und seine Frau Catharina Junck.

Bald waren zahlreiche Bürger eingebunden in Ernte und Weiterverarbeitung. Zunächst wurden die Wurzeln der Länge nach gespalten, in einer Schneidelade in Würfel geschnitten und auf durchlöcherten Eisenplatten gedarrt, bevor sie gemahlen werden konnten. 1793 gab es in der Stadt 33 Darren und 6 Mühlen. Durch verwandtschaftliche Beziehungen wurde lange Handel mit Groningen betrieben.

Im Jahre 1783 brachte man bereits 8.000 Zentner Mocca faux, „Muckefuck“, falschen Kaffee nach Holland.
Später kamen weitere Orte hinzu, bis nach Münster wurde geliefert und zwischen Ems- und Hasebrücke entstanden Lager- und Packhäuser. In zylinderförmigen Tüten, blauem und gelbem Seidenpapier, später in silbernen Dosen mit blauer Schrift, wurde der Zichorienkaffee angeboten.

Die Bürger schafften sich ebenfalls Wurzeln an, zogen Samen in ihren Gärten und nutzten die Pflanzen für den Eigengebrauch. Auch im Klostergarten der kleinen Kirche wuchs ein blaues Blütenmeer.
Aber es gab immer wieder Ärger. Häufig zerstörten Vandalen Hecken und Zäune und trampelten auf dem Land herum, so dass der Bürgermeister bei Überführung einen Dukaten Belohnung auslobte.
Brände in den Darren brachten Angst und Schrecken in die Stadt. Die einfachen Leute ließen sich allerlei Erfindungen einfallen, um die Zichorien zu trocknen und zu rösten, aber es mangelte oft an der nötigen Sicherheit. Auch die Familien Lüleff und Schnabel wurden aufgefordert, zunächst ab 19 Uhr, später ab 17 Uhr kein Feuer mehr unter den Darren zu entfachen.
Staatsdiener und Ratsherren hielten ständig Visiten ab und der Bürgermeister rief alle zusammen, um gemeinsam zu überlegen, wie die Feuergefahr zu bannen wäre.
Einen herben Rückschlag erlitt der Handel, als von Holland aus ein Einfuhrverbot für gemahlenes Mehl verhängt wurde. Getrocknete Zichorienwurzeln wurden mit hohen Zöllen belegt, andere Anbaugebiete mit besserem Boden kamen hinzu. Die zahlreichen Meppener Händler konnten sich auf kein einheitliches Preisangebot einigen und so zeichnete sich langsam der Niedergang ab.

5

In Hebelermeer waren Marias schlimmste Befürchtungen wahr geworden. Eine trostlose braune, feuchte Einöde machte sich breit, über die sich ein Nebelschleier gelegt hatte.

Neben wagemutigen Siedlern, die mit großer Euphorie hierhergekommen waren, hatte man auch Obdachlosen Plaatzen zugewiesen.
Von Anfang an spürte sie ein starkes Gemeinschaftsgefühl, aber das Leben in den provisorisch erbauten Hütten aus Plaggen war eine Zumutung. Aus dem Hochmoor im Bourtanger Moor floss nach Osten zur Ems der Mersbach.
Vor längerer Zeit hatte der Besitzer vom Gut Dankern, Freiherr Franz Ludwig von Martel, den Martelschen Graben erbauen lassen. Diese Verbindung von wenigen hundert Metern zum in Holland gelegenen Zwarte Meer bezweckte, die Wassermenge für seine beiden Windmühlen zu vergrößern. Außerdem ließ er ein Schüttwerk errichten, das den Wasserstand des Hebeler Meeres zusätzlich anhob.
Für die Moorkolonisten bedeutete das permanent Überschwemmungen bei stürmischem Regenwetter. Es kam vor, dass nachts die Holzschuhe vor dem Bett davonschwammen. Die Feuchtigkeit richtete große Schäden an und Maria wurde immer deprimierter. Für die Neubauern gab es nur einen Weg, da sie kein Gehör fanden: Sie zerstörten das Schüttwerk und lösten damit eine große Wasserflut auf Gut Dankern aus. Die Arbeiter des Freiherrn, zur Reparatur geschickt, verjagten sie.

Herm hatte nach dem großen Streit kaum ein Wort mit Maria gewechselt. Sie bemühte sich redlich, ihm eine gute Ehefrau zu sein, so wie der Pfarrer ihr geraten hatte.
Aber sie wusste, dass die Heirat mit ihm ein großer Fehler gewesen war. In ihrem Alter konnte sie nur bedingt beim Torfabbau mithelfen, das Herz machte ihr oft zu schaffen. Körperliche Arbeit war für alle ungewohnt und nicht mit der Arbeit eines Bauern vergleichbar. Aber sie versuchten jeden Tag aufs Neue, das Moor zu bezwingen.

Immer öfter machte Herm sich auf den Weg nach Wesuwe und kam erst am nächsten Morgen zurück. Es dauerte nicht lange, bis die Nachbarn sie wissen ließen, dass er sich mit Anna Book traf.
Am Abend folgte eine lautstarke Auseinandersetzung, aber niemand wagte, einzuschreiten. Am nächsten Morgen war Maria tot.

6

„Endlich bin ich dieses zeternde Weib los!“ Herm hob Anna Maria Gertrudis Book in die Höhe und wirbelte sie herum. „Jetzt ist der Weg frei für dich! Du kommst doch mit nach Hebelermeer?“
Anna zögerte, denn sie wollte kein Gerede im Dorf.

„War Maria krank? Sag schon, du hast doch nicht etwa nachgeholfen?“ Mit gespieltem Entsetzen wich Herm zurück.

„Wo denkst du hin? Ich mach mir doch nicht die Finger schmutzig! Also, was sagst du?“
Anna überlegte fieberhaft. Einerseits war sie gerade als Witwe von Varloh in ihr Heimatdorf Wesuwe zurückgekehrt, ihr Ehemann hatte sie gut versorgt zurückgelassen. Andererseits schien dieser Herm ein lustiger Bursche zu sein und die Herausforderung, im Moor Pionierarbeit zu leisten, gefiel ihr.

„Lass mir Bedenkzeit, bleib einfach heute Nacht bei mir und morgen früh entscheide ich mich.“

7

Nur für einen kurzen Augenblick war Gesina abgelenkt gewesen und schon hatten die Gänse sich im grünen Roggen vesteckt.

„Albert, komm schnell, du musst mir beim Einfangen helfen. Ich möchte doch nicht, dass der Bauer böse auf mich wird."

Der kleine Bruder war mit Eifer bei der Sache, aber es schien aussichtslos.

„Hole Mutter und Hermann dazu, wir schaffen es nicht alleine."

Es dauerte eine Weile, bis alle zwanzig Gänse wieder hinter dem Gatter eingesperrt waren, und ihre Wangen glühten, als der Bauer vorbeikam, um seine abendliche Runde zu drehen.

„Na, Gesina, jetzt hast du auch deinen verdienten Feierabend." Sie verriet ihm nichts von der ganzen Aufregung, sondern verabschiedete sich schnell.

Susanna hatte dicke Milch mit Buchweizengrütze aufgetischt und sie sprachen über den baldigen Abschied, denn Gesina hatte eine Anstellung gefunden.

„Denkst du, Mutter, dass ich eine gute Magd sein werde?"

Susanna lächelte still in sich hinein.

„Du hast doch hier alles schon zur besten Zufriedenheit gemeistert. Hast gelernt, wie man Garben bindet und einlagert. Weißt, wie man mit Flegeln das Korn aus den Ähren treibt und mit dem Weiher reinigt. Du kannst melken und einen Stall ausmisten. Der Bauer, der dich als Magd bekommt, kann sich freuen."

Gesina umarmte Susanne und sprach leise zu ihr, so dass Albert und Hermann es nicht hören konnten:

„Du hast ein schweres Leben, Mutter, aber sei nicht traurig, ich werde immer für dich da sein. Ich danke dir für all deine Mühe.“

8

Über Jahrtausende hatten Wind und Wasser die Emsdünen geprägt. In dieser Stille und Abgeschiedenheit, nur beobachtet von Rindern und Schafherden, trafen sich Gesina und Christian ein letztes Mal. Er umschlang sie stürmisch und liebevoll.

„Sienken, liebes Goose Sienken!“ Auf seinem Gesicht war ehrliche Freude zu lesen.

Er tanzte ausgelassen um Gesina herum, neckte sie, zog spielerisch an ihren Zöpfen und wartete auf ihr fröhliches Lachen, das er so liebte.

Aber sie verzog keine Miene, sondern setzte sich unter die alte Weide, deren Zweige bis ins Wasser herabhingen.

„Ach komm, mein Gänschen, sei nicht traurig. Auch wenn Du in Stellung bist, werden wir uns bestimmt oft sehen. Der Bauer ist ein guter Mann, ich kenne ihn.“

„Aber der Weg ist ziemlich weit“, warf Gesina jetzt ein. „Vielleicht besuchst du mich am Anfang noch, aber dann wird es dir lästig werden und du vergisst mich.“

„Dich vergessen?“ Christian setzte sich schwungvoll neben sie auf den feuchten Boden und drückte sie heftig. „Du wirst sehen, ich werde Zimmermann und wenn ich eine Familie ernähren kann, bitte ich Mutter Susanna um deine Hand! Das wird ein gutes Leben!“

Jetzt huschte ein Lächeln über Gesinas Gesicht. Christian nahm sie bei der Hand und forderte sie auf, mitzukommen.

„Der Regen letzte Nacht hat den Boden ganz schön aufgeweicht. Du wirst dich erkälten, wenn du hier sitzen bleibst! Sieh nur, was ich habe!“ Mit diesen Worten zog er eine Handvoll Kieselsteine aus seiner Tasche und ließ einen nach dem anderen kunstvoll über das Wasser hüpfen.

Im Versener Paradies wechselten sich wilde Kehren und sanfte Schleifen, karges sandiges Weideland und knorrige uralte Eichen.

Auf der anderen Seite gab es mächtige Uferabbrüche und davor eine Sandbank, auf der sich ein Austernfischer niedergelassen hatte. Er stocherte mit seinem langen roten Schnabel am Ufersaum entlang, ganz versunken.

Aber dann entdeckte er die beiden und erhob sich mit seinen weiten Schwingen majestätisch in die Lüfte.

„Einen Austernfischer habe ich hier noch nie gesehen“, sagte Christian ungläubig, dann versicherte er fröhlich „aber Bilder davon und weißt Du was? Er ist seiner Frau ein Leben lang treu.“

Dann packte er Gesina und zog sie ans Wasser, wo beide ihre Kleidung ablegten und hineinsprangen. Prustend schwammen sie entlang der endlosen Uferweiden, bis zu den Untiefen und Schlingpflanzen. Hier machte Christian Handzeichen und zeigte auf eine abgeschiedene Stelle im Unterholz. Dort ließen sie sich nieder.

Wolken und Sonne wechselten sich jetzt ab und ein kühler Wind streifte Gesina, so dass sie erschauderte.

Christian nahm sie wieder fest in seine Arme.

Aus halbgeschlossenen Lidern sah sie, wie die Abendsonne sich auf den leichten Wellen spiegelte. Sie nahm den Geruch der wilden Maiglöckchen und das „Kiwitt“ der Kiebitze wahr, den Otter, der sich durch das Schilf zwängte und den Eisvogel, der pfeilschnell aus dem Nichts zu kommen schien. Und ihr vom Abschied schweres Herz spürte nur eines, bevor sie einschlief: Frieden.

Susanna Brink lief aufgeregt vor dem Gartentor auf und ab. Noch nie hatte Gesina sich derart verspätet. Es war dunkel geworden im Dorf und die umstehenden Bäume warfen bedrohliche Schatten. In ihrer Not lief sie hinunter zum Bauern und klopfte an dessen Schlafkammer an der Gartenseite des Hauses. Es dauerte eine Weile, bis er am Fenster auftauchte.
Sofort warf er sich eine Jacke über, als er Susannas verweintes Gesicht sah, und eilte mit seiner Frau herbei.

„Um Gottes Willen, was ist passiert?“
Susanna schluchzte so laut, dass die beiden sie kaum verstehen konnten.

„Ihr müsst mir helfen, ich weiß nicht mehr, wo ich mein Sienken suchen soll!“ Der Bauer blieb ruhig.

„Ihr Frauen geht zu dir nach Hause, ich mache mich auf die Suche.“ Er war nur wenige Schritte Richtung Bersede gegangen, als Gesina und Christian ihm keuchend entgegenliefen.

Susanna wusste vor Erleichterung nicht, ob sie lachen oder weinen sollte. So drückte sie ihr Kind nur ganz fest an sich und wandte sich an Christian.

„Deine Eltern werden ebenfalls in Sorge sein, lauf schnell zurück nach Versen!“

Es war das letzte Mal in diesem Jahr, dass Gesina ihren Freund sah, und sie blickte ihm lange und sehnsüchtig nach. Dann seufzte sie aus tiefstem Herzen:

„Das war der schönste Tag in meinem Leben."

9

„Seile, gute Seile, festes Tauwerk!" Der fliegende Händler an der Gooseplacke versuchte, den Viehhändler neben sich zu übertönen. Gaukler und Schausteller trafen nacheinander ein und gegenüber wurde ein Ochse am Spieß gebraten.

Die Wesuweer Bauern hatten ein Jahr lang Taler für Taler in den Sparstrumpf gesteckt, um heute beim Kirchweihfest ausgiebig feiern zu können. Aus allen Himmelsrichtungen trafen Verwandte und Freunde ein und wollten bewirtet und beherbergt werden.

Der Ursprung des alljährlichen Festes lag lange zurück und erinnerte an den Bau der Kirche. Mancherorts in den umliegenden Dörfern hatte eine Stiftung dies erst ermöglicht.

Die erste Messe im Gotteshaus sollte alle negativen Kräfte bannen, die der Kirche und Gemeinde schaden könnten. So war es Brauch in der katholischen Kirche seit dem 9. Jahrhundert.

Pfarrer Appeldorn war gestorben und wurde durch Dechant Bernhard Römann abgelöst, der sich bald gut in Wesuwe einlebte.

Gesina traf am Vorabend bei ihrer Mutter ein und war glücklich, nach vielen Monaten wieder zu Hause zu sein. Das Fest gehörte zu den Höhepunkten des Jahres und schon vor der Kirche begrüßten sich alle und tauschten Neuigkeiten aus.

Die Großeltern Thekla und Albert Pötker, beide schon recht betagt, staunten nicht schlecht, als Gesina mit ihren wachen, lebhaften Augen und vor Freude geröteten Wangen vor ihnen stand.

„Kind, wie hübsch bist zu geworden! Lass dich anschauen.“ Und sie drehten und wendeten Gesina, so dass die anderen Kirchgänger stehenblieben.

„Goose Sienken, wie ist es dir ergangen? Hast du es gut getroffen bei deinen Bauersleuten?“ Joseph Bippen trat hinzu und bald tauchte auch sein Vater auf.

„Gesina Brink, meine beste Schülerin!“

Sie freute sich über so viel Anteilnahme, aber unauffällig reckte sie immer wieder den Kopf, um nach Christian Ausschau zu halten. Vergeblich hatte sie auf seine Besuche gewartet und viele Nächte lang geweint und gebetet.

Und da, ganz plötzlich tauchte er auf. Elisabeth und Bernadette hatten sich bei ihm eingehakt und fröhlich lachend strebten sie der Kirche zu. Sie wollte gerade, unsicher und mit bangem Herzen, auf ihn zugehen, als Elisabeth sich von ihm löste. Ausgelassen umarmte er jetzt Bernadette, küsste sie auf den Mund und zog sie hinter den Ilexbusch.

Alle Farbe war aus Gesinas Gesicht gewichen und Lehrer Bippen konnte sie gerade noch stützen. Er brachte sie in die Kirche und holte eilig ein Glas Wasser herbei. Aber als er zurückkehrte, war sie nicht mehr da.

Die Neubauern aus Hebelermeer trafen jetzt ein und schnallten ihre langen Holzschuhe ab, die sie sicher durch das Moor gebracht hatten. Hermann Fenslage und Anna Book zeigten sich zum ersten Mal gemeinsam in der Öffentlichkeit und gingen erhobenen Hauptes durch den Ort.

„Kaum ist die gute Marie unter der Erde, sucht er sich ein

neues Weib, das er beerben kann. Sie könnte ja bald seine Großmutter sein! Aber wenn er weiterhin sein Geld in Bier und Schnaps umsetzt und sich mit Kartenspielern vergnügt, kann er bald wieder zu Wessel nach Deldorf gehen.“
Es wurde leise getuschelt, aber Anna entgingen die bösen Worte nicht. Wenn sie wüssten, dachte sie, dass ich sein Kind unter meinem Herzen trage! Auf dem Kirchweihfest wollte sie Herm die freudige Nachricht mitteilen und dann würde sie seine Frau werden und das Gerede hätte ein Ende.

Gesina lief, so schnell sie konnte, über den Kirchplatz, doch jäh stieß sie mit einem Mann zusammen, der sie lachend auffing.

„Wen haben wir denn da? Warum hast du es so eilig, schönes Kind?“ Sie blickte auf und sah in ein von Blattern zerfressenes Gesicht mit schielenden, rotgeränderten Augen. Vor Schreck vermochte sie nicht zu sprechen und lief weiter. Sie kannte Herm Fenslage vom Sehen, aber heute empfand sie ihn hässlicher als je zuvor.
Sie rannte los, als wäre der Teufel hinter ihr her.

„Nie, nie wieder will ich Christian sehen!“ Gesina lag bäuchlings auf dem Strohlager und kämpfte mit den Tränen. Susanna wusste sich keinen Rat mehr.

„Ach Kind, versuche, ihn zu vergessen. Du wirst noch viele Jungen kennenlernen. Lass uns zusammen auf das Kirchweihfest gehen, komm, amüsiere dich …“

„Nein, niemals, Mutter!“

„Gut, dann gehe ich alleine in die Kirche. Wir sehen uns später.“ Susanna wäre am liebsten zu Hause geblieben, aber der Kirchgang war ihr heilig. Als sie heimkam, war Gesina schon wieder auf dem Weg zu ihrem Hof.

Annas Herz klopfte bis zum Halse. Der Pfarrer hatte sich zu ihnen gesellt und sie hatte das Gefühl, dass jetzt der richtige Moment gekommen war.

„Mein lieber Herm, sehr geehrter Herr Dechant Römann, Gott möge mir verzeihen, aber ich trage ein Kind der Liebe in mir.“

Augenblicklich wich alle Farbe aus Herms Gesicht und er schnappte nach Luft.

„Du, du Hure, elende …! Du glaubst doch nicht etwa, dass ich dich jetzt heirate? Meinen Haushalt kannst du führen, den Torf wegkarren und meine Bettgefährtin sein! Aber mehr?“

Anna ließ sich auf einen der als Sitzgelegenheit dienenden Strohballen fallen.

„Nun mal halblang, Herm, wenn du Anna Book geschwängert hast, solltest du wissen, was sich gehört!“, warf der Pfarrer jetzt ein. „Und mäßige dich in deinem Ton! Ich erwarte, dass ihr das Aufgebot bestellt.“

Mit diesen Worten schickte er sich an, zu gehen, und Herm packte Anna an den Schultern und schüttelte sie heftig. Sie schlug ihm daraufhin mit der flachen Hand ins Gesicht und mit voller Wucht stieß er ihr seine Faust in die Magengrube.

Schlägereien waren nichts Seltenes in diesen Tagen, aber wer während des Kirchweihfestes auffällig wurde, konnte mit einer harten Strafe rechnen. Dass aber eine Frau geschlagen wurde, war eine Sensation. Anstatt einzugreifen, feuerten die Umstehenden jetzt Anna an, die leichenblass die Arme vor ihrem Körper verschränkt hatte.

„Wollt ihr wohl aufhören, ihr gottloses Pack!“ Abdecker Knobbe aus Meppen, der nebenan seine Häute feilbot, mischte sich ein. Zwei Schützen griffen nach Herm und zogen ihn auf der Stelle zur nächsten Eiche, wo sie ihn anketteten.

„Einen Brüchtenpfahl, wie in Meppen, gibt es hier leider nicht. Aber der Baum tut´s auch! Morgen früh lassen wir dich wieder laufen, aber erst zahlst du eine saftige Strafe!“

Völlig verstört schloss Anna sich am Abend den heimkehrenden Neubauern aus Hebelermeer an. Ihre gesamte Habe war bereits in der Moorhütte. Was sollte nun aus ihr werden? Sie war jetzt sechsundfünfzig Jahre alt und nie im Leben hätte sie damit gerechnet, noch einmal schwanger zu werden.
Wie schön hatte sie sich alles ausgemalt, wie sehr hatte sie gehofft, dass Herm sich über sein erstes Kind freuen würde. Vor lauter Verzweiflung konnte sie keinen Schlaf finden. In der Nacht erbrach sie sich.

10

Herm war außer sich, als er am nächsten Vormittag Hebelermeer erreichte und die Nachbarn schadenfroh über ihn lachten.

„Habt ihr nichts zu tun? Kehrt vor eurer eigenen Haustür!“ Drohend hob er die Faust und das Gelächter verstummte schlagartig. Die Colonisten dachten an Marias plötzliches Ende und nahmen kleinlaut ihre Schaufeln wieder zur Hand.

„Wo bist du, Weib?“, rief er lautstark in die Hütte. Ängstlich tauchte Anna aus dem Dunkeln auf.

„Sonntag heiraten wir, der Pfarrer hat es befohlen!“

Das Schicksal meinte es nicht gut mit Anna. Am 25. September 1798 wurde in der Kirche St. Clemens die Ehe geschlossen. Dort, wo gute sechs Jahre zuvor Maria an ihrer Stelle gestanden hatte. Herm schlug sie fast täglich und sie fürchtete mehrmals, ihr Kind zu verlieren. Im April des Folgejahres wurde Hermann Bernhard Joseph Fenslage geboren. Er war so klein und zart, dass die beiden noch am gleichen Tag nach dem Pfarrer schickten. Nach der Nottaufe machte er noch einige Atemzüge, dann starb er in Annas Armen.

Die Nachbarn hatten sie sehr in ihr Herz geschlossen, aber sie wussten nicht, wie sie ihr helfen sollten. So trösteten sie Anna damit, dass ihr kleiner Sohn jetzt schon im Himmel sei und sie ihn gewiss dort wiedersehen würde. Sie war froh, dass der Pfarrer ihm noch das Sakrament der Taufe gespendet hatte. So konnte er ein ordentliches Begräbnis erhalten. Wie hart hätte es sie getroffen, wenn man ihn außerhalb der Friedhofsmauern verscharrt hätte. Oder ganz nah an der Kirche, als Traufenkind.

Aber dann wäre wenigstens geweihtes Wasser vom Kirchendach auf sein Grab getropft, wenn es regnete.

Am Abend schloss sie ihr Gebet mit den Worten:

„Es ist gut, Herr, du hast es so gewollt. Aber bitte nimm mich auch bald zu dir.“ Aus der lebenslustigen Anna war ein Schatten ihrer selbst geworden.

„Du taugst nichts mehr“, pflegte Herm zu sagen. „Wir brauchen eine Magd.“

„Und wer soll das bezahlen?“ Er lachte hämisch. „Na, du natürlich! Es kostet mich schon genug Geld, dich durchzufüttern.“

„Du trägst doch alles zum Wirt“, murmelte Anna und duckte sich gleich darauf, denn Herm machte eine Bewegung, als wolle er ausholen.

„Beim nächsten Kirchgang schaue ich mich um“, brummte er mißmutig.

11

Auf dem Nödeker Weideland in Meppen hatte man Trümmer eines Galgens, Ketten, Handeisen und Schädel gefunden. Aufgeregt standen die Kirchgänger vor St. Clemens in Wesuwe und einige Ältere berichteten, dass sie selbst Augenzeugen von Hinrichtungen gewesen waren.

„Nun ja, Hexen und Schurken gehören auf den Scheiterhaufen oder an den Galgen! Ich habe gesehen, wie sie Anton Antony bei Altmeppens Hof erwürgt und auf das Rad geflochten haben. Wahrlich, er hatte es verdient!“ Der Greis unmittelbar neben der Kirchentüre stehend, bebte vor Erregung.

„Und das Zigeunerpack sollten sie auch hängen, alle miteinander! Im Meppener Gefängnis kosten sie doch nur unser Brot!“

Susanna mischte sich beschwichtigend ein:

„Wir wollen alle hoffen, dass sich diese schrecklichen Schauspiele bei uns nicht wiederholen.“

Einige Bauern hoben die Fäuste.

„Berend, du hast recht, den Hexen muss es an den Kragen gehen! Unser Vieh haben sie verzaubert, die Kühe sterben beim Kalben und die Pferde wollen den Ackerwagen nicht ziehen!“

„Dann seht zu, dass ihr bei den Kühen bleibt, wenn es soweit ist! Und die Pferde lasst neu beschlagen! Ihr spart am falschen Ende!“ Susanna war jetzt ärgerlich geworden und konnte nicht mehr an sich halten.

„Du alter Bettelteufel, du gehörst wohl auch zu den Hexen! Und Goose Sienken hast du bestimmt auch schon angeleitet, wo ist sie überhaupt? Ich sehe euch doch sonst immer beim Kräutersammeln!“

Herm Fenslage war nun eingetroffen und zog Susanna zur Seite.

„Lass dich doch nicht mit den Holzköpfen ein! Sag mir lieber, wo Gesina ist. Ich suche eine Magd, die Anna unter die Arme greift, und da wäre mir deine Tochter gerade recht!"

„Du willst Sienken ins Moor holen? Ich weiß nicht, Herm, man hört nur Schauergeschichten von dort. Die Arbeit muss wirklich hart sein und das Leben so trostlos."

„Ist dein Leben besser?" Er lachte verächtlich. „Ich zahle mehr, als jeder Bauer im Umkreis. Also hole sie, ich warte in Hebelermeer. Sie soll gleich Waren vom Krämer mitbringen, dann lohnt sich der Weg doppelt!"

Susanna schlief einige Nächte darüber. Dann überwog der Wunsch, dass ihr Kind ein gutes Einkommen, eine passende Aussteuer und damit den richtigen Ehemann, der Vermögen vorweisen konnte, finden möge. Albert machte sich auf den langen Weg, um seine Schwester von Herms Angebot zu unterrichten.

12

Rainfarn, Quendel, Leinkraut und Sauerampfer wuchsen am Wegesrand und gerne hätte Gesina die Kräuter gepflückt. Aber ihr Bündel mit den Habseligkeiten wog schwer und links und rechts trug sie Taschen mit Lebensmitteln, die sie beim Krämer für die Fenslages hatte anschreiben lassen.

Nach und nach wurde die Landschaft karger. Sie orientierte sich an einzelnen Birken und blieb, wie die Mutter ihr geraten hatte, immer in der Nähe des Mersbaches.

Niemand, den sie hätte fragen können, begegnete ihr unterwegs. So war sie froh, als endlich einige Hütten am Horizont auftauchten und sie mit müden Füßen schließlich die Moorkolonie erreichte.
Zögernd ging sie auf eine der mit Plaggen bedeckten, armseligen Behausungen zu, aber die Neubauern schienen nicht zu Hause zu sein. Sie legte die Hand über die Augen, weil die Mittagssonne blendete. Am Ende der langen, abgesteckten Plaatze entdeckte sie dunkle Punkte, die sich zu bewegen schienen. Keinen Schritt kann ich mehr gehen, dachte sie und ließ sich auf eine Bank neben der Hütte fallen.
Die schweren Taschen hatten tiefe, rote Streifen in die Hände gegraben und sie rieb vorsichtig darüber.

„Ist da jemand?“ rief plötzlich eine Frauenstimme, so dass Gesina erschrak.

„Ich bin es, Gesina Brink aus Wesuwe, die neue Magd für Anna und Herm Fenslage. Wo habt ihr euch versteckt?“
Eine rundliche ältere Frau trat jetzt hervor, musterte sie, und reichte ihr die Hand.

„Da bist du richtig, ich bin Anna. Du kannst mir gleich am Herd helfen. Ich sehe, du hast Einkäufe mitgebracht.“
In einer großen gusseisernen Pfanne brieten Heringe, der Fischgeruch hing schwer im niedrigen Raum.
Anna zeigte sich wortkarg und Gesina bemühte sich, ein Gespräch in Gang zu bringen. Sie wusste, dass sie ihr Kind verloren hatte und schwer darunter litt. Aber es schien, als bedrückte sie noch etwas anderes.

„Die Gänsemagd ist eingetroffen, jetzt geht es hier hoffentlich etwas lustiger zu!“ Polternd war Herm Fenslage eingetreten und versuchte, sie zu umarmen. Schon von Weitem war ihr der Geruch von Alkohol und Schweiß entgegengeschlagen.

„Wasch dich, bevor du mit uns isst," konterte Anna, denn sie hatte den Vorwurf wohl wahrgenommen.
Er schoss mit funkelnden Augen herum.

„Bist du meine Mutter?"

Gesina wich einen Schritt zurück, denn er schien zuschlagen zu wollen. Aber dann lachte er und warf ein Päckchen, umhüllt von blauem Glanzpapier, auf den Tisch.

„Stellt euch vor, die feinen Herrschaften lagern ein ganzes Arsenal davon in ihrem Garten! Wollten sicher eine Feier vorbereiten. Ferdinands Lust nennen sie ihren Garten, mitten in Esterfeld, an den Emsdünen. Ach, was sag ich, es ist kein Garten, es ist ein Park!"

Er wandte sich jetzt an Gesina:

„Mach es auf, es ist ein neuartiger Kaffee aus Zichorienwurzeln."

Sie hielt für einen Augenblick die Luft an. Schlagartig fiel ihr Christian ein … der Nachmittag in Versen, als sie so fest an eine Zukunft mit ihm geglaubt hatte. Sie wischte sich verstohlen über die Augen, dann setzte sie den Wasserkessel auf die Flamme.

„Was redest du da wieder, Herm, wo warst du?" Anna legte die rechte Hand auf ihr schmerzendes Herz.

„Ich hab mir nur etwas geborgt!" Grinsend zog er einen Schinken aus seiner Tasche. „Die haben genug davon, Frye heißen sie, stellt euch vor, die haben Alleen und Wälle in ihrem Garten und Bäume, die ich noch nie gesehen habe."

„Jetzt ist aber genug, rede nicht solchen Unsinn! Was soll Gesina von dir denken?" Anna ärgerte sich maßlos. Schlimm genug, dass er wieder auf Diebestour gegangen war.

Gesina bereitete den Zichorienkaffee zu und setzte sich schweigend an den Tisch, wo Herm sich bereits niedergelassen hatte.

Anna konnte die schwere Pfanne kaum tragen, was ihn hässliche Bemerkungen machen ließ. Aber als er Gesinas entsetzten Blick sah, riss er sich merklich zusammen und legte seine Hand auf die ihre.

„Bei uns herrscht ein rauerer Ton, als du es gewöhnt bist, stimmt`s?“ Sie schüttelte verlegen den Kopf und fühlte sich sichtlich unwohl.

Aber Herm versuchte weiter, sich einzuschmeicheln.

„Du sollst es gut bei uns haben, bekommst reichlich zu essen und einen ordentlichen Lohn.“ Er streichelte ihre Wange und wandte sich an Anna. „Morgen kochst du etwas Gescheites für unsere neue Magd!“

„Wieso, schmeckt euch der Hering nicht? Du hast ihn doch selbst mitgebracht!“

„Organisiert!“, lachte er und zwinkerte Gesina zu. „In Meppen wird übrigens die Emsbrücke repariert. Sie wird dann wohl eine Weile gesperrt bleiben. Die Straßen sind ja im letzten Jahr ganz ordentlich instand gesetzt worden. Gesina, das nächste Mal nehme ich dich mit in die Stadt.“

Er erntete einen bösen Blick von Anna.

„Das versprichst du mir auch schon seit Längerem!“

Herm tat so, als hätte er nichts gehört. „Die Franzosen sind jetzt überall anzutreffen. Sie lassen keine englischen Waren frei auf der Ems passieren. Und die Schiffe mit Hafer und Gerste werden scharf kontrolliert.“ Dann lachte er schallend.

„Wisst ihr eigentlich, dass die englisch-hannoversche Armee die Propsteikirche als Pferdestall benutzt hat? Bei der Flucht vor dem französischen Revolutionsheer!“

Anna blickte ihn entgeistert an. „Das ist nicht lustig, Herm, das ist Gotteslästerung!“ Er verdrehte entnervt die Augen.

„Komm Gesina! Oder wie nennt man dich zu Hause? Goose Sienken, hörte ich! Darf ich dich auch so nennen?“

Er wartete die Antwort nicht ab, sondern zog sie in eine Ecke des dunklen Raumes.

„Hier ist dein Schlafplatz, gleich neben meinem!“ Während er sich auf die Schenkel klopfte, lief Gesina nach draußen vor die Türe und holte tief Luft. Anna folgte und legte ihr die rechte Hand auf den Rücken.

„Mach dir nichts draus, solange ich da bin, rührt er dich nicht an. Ich bin froh, dass du gekommen bist.“

13

In der Nacht wälzte Gesina sich unruhig hin und her. Ihr graute vor dem folgenden Morgen. Aber Herm schien wie verwandelt und sie schob sein Verhalten vom Vortag auf den übermäßigen Alkoholkonsum. Gespannt auf die übrigen Siedler in Hebelermeer ging sie hinaus und wartete auf Anweisungen.
Neugierig versammelten sich bereits einige Kinder um sie herum, dann traten die Eltern nacheinander hinzu. So manches Gesicht kannte sie aus Wesuwe oder von den Kirchgängen.

„Hier hast du eine Schubkarre!“ Herm stand mit einer hölzernen Karre, deren Räder mit Stroh bewickelt waren, um sie zu verbreitern, vor ihr. In der Hand hielt er eine Schaufel, den Torfspahn und eine Forke und deutete an, sie möge ihm folgen.
Stunde um Stunde stach er nun Torfstücke ab und legte sie auf die Kuhlenkante. Gesina lud mit der Forke immer mehrere Stücke gleichzeitig auf ihre Karre.
Gegen Mittag stieg er aus der Kuhle und sie sah, wie ihm der Schweiß aus dem kupferroten Haar über das vernarbte Gesicht rann.

„Jetzt erkläre ich dir erst einmal, was wir hier tun.“ Er ließ sich auf dem Boden neben Gesina nieder. „Setz dich zu mir. Schau, die Weißtorfschicht ist einen halben Meter tief. Von oben habe ich mit dem Torfspahn die ersten drei Stücke abgestochen. Weiter geht es mit der Schaufel, zehn bis zwölf Torfe tief. Wir werden keine Langeweile bekommen!“
Damit sprang er auf und reichte Gesina die Hand.

„Unsere Plaatze geht wohl einen Kilometer weit ins Moor“, wies er hinter sich, „aber jetzt brauchen wir erst einmal etwas Essbares.“

Am Nachmittag legte Herm eine neue Kuhle an und beließ eine Bank dazwischen, damit kein Wasser aus der alten eindringen konnte. Gesinas Hände zeigten bereits schmerzende Blasen und sie war froh, als vor der Hütte ein Pferdefuhrwerk hielt.

„Sieh an, da sind ja endlich unsere Schafe!“ Gemeinsam mit Anna luden sie die aufgeregten Tiere aus und trieben sie in ein vorbereitetes Gehege. „Jetzt ist für Fleisch und Wolle gesorgt. Bis Martini können wir sie ungezählt zur Weide treiben, danach dürfen es nicht mehr als zwanzig sein. Jedes Lamm zählt ab dann als Schaf. Die Gemeinde kontrolliert und nimmt bei Übertretung eine Brüchte von drei Stüber holländisch.“ Herm war ärgerlich.

„Die sollen lieber dafür sorgen, dass hier Wege und Abwässerungsgräben angelegt werden. Alles sollen wir alleine machen, dazu noch Brücken und Bohlen anbringen.“
Anna mischte sich ein.

„Es ist wirklich hart für uns. Aber die Beerbten von Wesuwe haben sich verpflichtet, am Hebelermeerweg mitzubauen, und wir brauchen zehn Jahre keine Erbpacht zu zahlen.“

„Aber danach jedes Jahr an Michaelis zwölf Stüber holländisch pro Vierup. Und jetzt schon von jedem Feuerherd einen halben Reichsthaler und ein Rauchhuhn an die herzogliche Domänen-Administration!“ Herm stieß heftig mit dem Fuß gegen die Bank und die Frauen blickten ihm nach.
Anna zuckte die Schultern und ging hinein.

„So ist er Gesina, launisch und unberechenbar.“

14

Die nächsten Wochen verstrichen ohne besondere Ereignisse. Aus den angetrockneten Torfstücken wurden Ringe gelegt, immer zwei quer und zwei längs. Der Buchweizen stand gut in diesem Jahr und sie hofften, dass kein Gewitter kommen und die Ernte zunichte machen würde.

An einem Septembermorgen machte Gesina sich ohne Herm und Anna auf den Weg zum Kirchgang nach Wesuwe. Die meisten der Neubauern begleiteten sie.

Je näher sie dem Dorf kamen, desto leichter wurde Gesina ums Herz. Sie freute sich, die Mutter zu sehen, und schritt schneller, obwohl sie bereits fast acht Kilometer zurückgelegt hatte.

Wesuwe war rundherum von Wällen umgeben. Die Heckenrosen, die darauf wuchsen um bösen Zauber abzuwehren, waren verblüht und trugen dicke, rote Hagebutten. In den Holunderbüschen saßen zahlreiche Vögel und erfreuten sich an den Wildfrüchten.

Sie sah schon von Weitem Susanna neben dem Gotteshaus stehen, dort, wo Otto Brink begraben war. Leise trat sie dazu und ungläubig blickte die Mutter sie an, bevor sie, mit Freudentränen in den Augen, ihre Tochter umarmte.

Es gab so viel zu erzählen! Gesina beschloss, erst am nächsten Morgen den Heimweg anzutreten, und blieb über Nacht.

Ein sonniger Septembermorgen kündigte sich an. Auf den Feldern luden die Bauersfrauen Garben auf die Erntewagen. Sie trugen große Klapphüte und Ärmlinge als Schutz gegen die Sonne. An anderer Stelle war die Kartoffelernte in vollem Gange. Bald werden auch wieder die Runkelrüben geerntet, mühsam mit der Hand, und in den Mieten als Viehfutter eingelagert, dachte Gesina.

Einige Schulkinder kamen ihr entgegen. Sie hatten Bücher und Tafel mit einem Riemen kreuzweise zusammengebunden. Sehnsüchtig drehte sie sich um. Wie gerne erinnerte sie sich an ihre Schulzeit, an Joseph, Elisabeth, Bernadette … Christian fiel ihr schlagartig ein und sie spürte, wie ihr Magen sich zusammenzog. Vorbei, alles vorbei, dachte sie. Jetzt bin ich in Hebelermeer und werde sehen, was das Leben für mich vorgesehen hat.
Sie blieb vor einem Wegekreuz stehen und sprach ein kurzes Gebet. Dann ging sie weiter, Schritt für Schritt, aber je näher sie ihrem neuen Zuhause kam, desto größer wurde eine nie gekannte Unruhe.

„Anna ist tot." Dicht gedrängt standen die Nachbarn vor der Hütte aus Holzstangen, Reisern, Plaggen und Soden. Herm kam ihr entgegen und schob sie wortlos beiseite.

„Wer kann mir Pferd und Wagen geben? Ich muss einen Sarg in Haren besorgen." Jetzt blickte er Gesina an. „Wo warst du?" fragte er knapp. Aber sie gab ihm keine Antwort, sondern schlug die Hände vor das Gesicht und weinte.

Fenne und Katharina aus der Nachbarschaft nahmen sie in ihre Mitte und gemeinsam gingen sie zu Anna, die auf dem Tisch aufgebahrt lag.

„Es gab wieder Streit", sagte Fenne.

„Sei still, wir haben nichts gehört!"

Katharina war die Angst anzusehen und sie flüsterte Gesina ins Ohr „An deiner Stelle würde ich nicht bleiben. Über diesem Haus liegt ein Fluch."

„Unsinn!", schimpfte Fenne, „Sienken ist erwachsen, die kann sich wehren."

„Das konnten Maria und Anna auch nicht."

Herm kehrte am Abend mit einem roh gezimmerten Sarg zurück und sie legten Anna gemeinsam hinein. In der Nacht hörte Gesina ihn schluchzen und verwundert tastete sie nach seiner Hand. Daraufhin rückte er ganz nah zu ihr und tröstend nahm sie ihn in ihre Arme.

Die Trauergesellschaft hatte den Sarg mit der Toten auf den Vorderwagen geschnallt und gemeinsam zogen und schoben sie ihn zum Friedhof nach Wesuwe.

Herm hatte am Vortag dem Pferd zwar Holzschuhe angebunden, aber das Moor war trotz des guten Wetters zu feucht und trügerisch für Mensch und Vieh. So nahm er lieber den leichten, kleinen Ackerwagen, die Holzachsen ächzten unter der Last. Am schwierigsten war das erste Stück, ein Trampelpfad zwischen Mersbach und Düneburg, zu bewältigen.

Während Anna zu Lebzeiten Spott und Häme über sich ergehen lassen musste, war die Stimmung jetzt umgeschlagen.

„Zuerst haben wir uns ja darüber lustig gemacht, dass sie sich mit so einem jungen Hüpfer zusammengetan hat.

Aber jetzt sollten wir überlegen, ob wir Herm nicht vor den Richter bringen. Zwei Frauen, so plötzlich verstorben, das geht nicht mit rechten Dingen zu!“, brachte Fenne es auf den Punkt.
Jetzt verstand Gesina auch, warum Herm so plötzlich kleinlaut auftrat. Scheinbar saß ihm die Angst im Nacken. Auch bei der Beerdigung trafen ihn böse Blicke und erst am Abend, als Gesina in der dunklen Behausung die Öllampe entzündete, entspannten sich seine Gesichtszüge.

Sie beobachtete ihn aus einiger Entfernung. In den letzten Monaten hatte sie sich an sein Aussehen gewöhnt und versucht, in seine Seele zu blicken. Manchmal war er charmant und liebevoll, dann ausgelassen wie ein Kind und dann wieder erschreckend brutal. Sorgenvoll fragte sie sich, ob sie ihre Stellung bei ihm behalten könnte. Er würde sicher bald eine neue Frau heimführen. Trotz der schweren Arbeit und seiner schwankenden Stimmung liebte sie die Weite des Moores, die Rosmarinheide, die kriechende Moorweide, den Sumpfporst, das Wollgras und das geheimnisvolle Wasser des Hebeler Meeres.

Als die Sonne sich anschickte, am Horizont zu versinken, saßen beide auf der kleinen Holzbank und hingen ihren Gedanken nach. Ohne größere Ankündigung ergriff Herm nach einer Weile ihre Hand und blickte sie nachdenklich an. Zunächst wusste sie nicht, wo sie hinschauen sollte. Es fühlte sich so ganz anders an als bei Christan. Ein wenig erinnerte er sie an ihren Vater, den sie so früh verloren hatte.

„Ich vertrete mir noch die Beine“, sagte er unvermittelt und stand auf.

Während sie Bohnen und Speck vorbereitete und auf ihn wartete, überdachte sie ihre letzten Lebensjahre und befand, an diesem Platz bleiben zu können.

„Verflixt und zugenäht, sieh dir das an!“, fluchte Herm und hielt sich einen Lappen unter die blutende Nase.

„Was ist passiert, Herm, wer hat das getan?“ Gesina stürzte mit einem feuchten Tuch herbei und tupfte vorsichtig Nase und Kinn ab. Er gab keine Antwort, aber sein Blick verriet, dass er sich rächen würde. Sie holte aus ihrem Korb Tormentillwurzeln, brühte sie mit kochendem Wasser auf und tränkte Leinenstreifen damit. Bald konnte die Blutung gestillt werden, aber Herm beruhigte sich nicht.

Schwer atmend und ohne das Abendmahl anzurühren, legte er sich schlafen. In der Nacht suchte er wieder Gesinas Nähe und sie spürte erneut, dass er sie magisch anzog.

15

„Ich gratuliere, meine Schöne! Goose Sienken, jetzt bist du 18 Jahre alt und solltest einen Mann glücklich machen!“ Gesina rieb sich die Augen und räkelte sich auf dem Strohbett.

„Du darfst dir etwas wünschen! Komm, sag schon, was dich freut, und ich hole es dir!“ Ihre Miene verfinsterte sich.

„Ich möchte nicht, dass du stiehlst, Herm! Die Frohnen sind nicht zimperlich, die bringen dich irgendwann hinter Schloss und Riegel!“

„Mich?“ Er deutete auf seine Brust. „Mich kriegt niemand! Aber jetzt sag mir, was du dir wünschst!“ Mit den Fingern trommelte er auf den Tisch vor ihm, als wäre er ungeduldig. „Wenn du nichts weißt, dann sag ich`s eben. Aber ich frage dich nur einmal. Willst du meine Frau werden?“

V

9. November 1802
Hebelermeer

1

Dechant Römann war hocherfreut, endlich führte Herm eine passende Frau vor den Altar. Insgeheim hoffte er inbrünstig, dass Gesina ihn in ihrer bescheidenen, fröhlichen Art wieder auf den rechten Weg bringen möge.
Die kleine Hochzeitsgesellschaft begab sich nach der Trauung in Wesuwe Richtung Hebelermeer. Weite Flächen waren mit frisch gefallenem Schnee bedeckt und die Gäste formten Bälle daraus und bewarfen sich ausgelassen damit.

Zu Hause hatten die Nachbarn die Eingangstüre geschmückt und Gesina fühlte sich angenommen und glücklich. Herm war in den Tagen zuvor wieder in Meppen gewesen und kehrte mit gefüllten Taschen heim. Dieses Mal sagte Gesina nichts, denn sie war froh, ihren Gästen etwas bieten zu können. Sorge bereitete ihr lediglich das braune, übelriechende Moorwasser und sie hoffte inständig, man möge es den Speisen nicht anmerken. Die Mutter hatte die alte Freundin Johannette sowie Conrad mitgebracht, die Brüder Albert und Hermann waren gekommen, Herms Geschwister mit ihren Kindern und sogar die Taufpaten Brigitta Arens und Lambert Niemann aus Ahlen. Ihr früherer Mitschüler Joseph Bippen war, zusammen mit dem Nachbarn Joannes Heimann, der Trauzeuge.
Herm drückte immer wieder ihre Hand, und sie war sich gewiss, dass sie die richtige Entscheidung getroffen hatte.

2

Nach dem Fest kehrte rasch der Alltag wieder ein. Die kalte Jahreszeit ließ die Feuchtigkeit in alle Kleider kriechen.

Gesina versponn und verstrickte die im Spätsommer geschorene Wolle der Heidschnucken und saß am liebsten ganz nah am Feuer. Trotz der wollenen Strümpfe wollten die Füße oft nicht warm werden.

„Zu Weihnachten gebe ich zwei Schafe ab, sie sind gut im Futter. Und im nächsten Jahr bauen wir Flachs an, dann können wir Leinen herstellen für unsere Wäsche.“

Herm war an manchen Tagen zuversichtlich und gut gelaunt. Aber oft hatte er das Gefühl, einen aussichtslosen Kampf zu führen. Die anderen Neubauern mieden ihn seit Annas Tod und häufig gab es Streit.

Durch die Staunässe blieben die Erträge oft kümmerlich. In den meisten Moorkolonien war man ohne vorausschauenden Gesamtplan ans Werk gegangen. Trotzdem gab es hier und da kleine Fortschritte. Unter großen Mühen war eine vorläufige Entwässerung angelegt worden, mit dem Aushub konnten die Wege erhöht werden. Immer wieder kam es vor, dass Menschen im Moor einsanken und mit Hilfe eines Puldstocks herausgezogen werden mussten. Dieser lange Stab war auch nützlich, um kleine Wasserläufe zu überspringen, und wurde oft gebraucht.

An einem Dezembermorgen starb der älteste Dorfbewohner, Ratlos standen sie vor dem Leichnam und wussten nicht, wie sie ihn transportieren sollten. Die einzigen Pferde waren mit ihren Besitzern für mehrere Tage unterwegs.

„Lasst uns doch einfach warten, bis sie zurückkommen“, warf seine Witwe ein. Aber der Sohn hatte eine bessere Idee: „Wir binden ihn auf seinem Lehnstuhl fest, da sitzt er doch schon jetzt gut.“ Gemeinsam brachten sie links und rechts Tragestangen an und halb entsetzt, halb belustigt sahen die anderen zu, wie er davongetragen wurde.

Währenddessen hatten zwei der Männer in Haren einen Sarg gekauft und kamen ihnen über den Meer-Patt entgegen. Dort, wo der Boden fester wurde, konnten sie den Toten einsargen. Dann trugen sie ihn weiter bis zum Friedhof nach Wesuwe.

Alle waren erleichtert, als der Winter sich verabschiedete und sich überall neues Leben bemerkbar machte.
Die Nachbarn begannen, den Boden umzuhacken und für den Buchweizenanbau vorzubereiten. Dann folgte das Moorbrennen, das den nassen und kalten Boden durch Kohle und Asche fruchtbarer machte. Tagelang schwelte das Feuer und trug die Rauchschwaden in jeden Winkel der Hütte. Aber die Mühe lohnte sich, denn der Buchweizen gedieh auf gebranntem Boden besser.
Die Schafe steuerten natürlichen Dünger bei. Wie einst den Gänsen, gab Gesina auch ihnen Namen und war traurig, wenn wieder ein Tier geschlachtet wurde. Aber das Fleisch war eine willkommene Abwechslung, denn Buchweizengrütze und Pfannkuchen aus dem Mehl dienten als Hauptnahrungsmittel.

Im Sommer wurde die letzte der zwölf Plaatzen belegt und die Neuankömmlinge errichteten in wenigen Stunden eine provisorische Hütte.

„So sind wir auch angefangen, Maria und ich. Aber nach einigen Wochen haben wir den Hausplatz erhöht, mit Heideplaggen, im Quadrat. Jetzt bleibt es rundherum trocken. Leider gibt es hier keine Bäume und wir haben das Bauholz für die neue Hütte mühsam von weither holen müssen.“ Herm schüttelte sich, wenn er daran zurückdachte.

„Ich habe mir vorgenommen, Bienenstöcke anzuschaffen, Blüten gibt es hier ja genug.“

Augenblicklich dachte Gesina an Mutters Honigtopf in der Kinderzeit und strahlte.

„Ich sehe, die Idee gefällt dir! Dann werde ich mich darum kümmern.“

„Aber auf ehrliche Weise?“

Herm grinste und machte sich wieder an die Arbeit.

Beim nächsten Kirchgang nahm Gesina eine Schubkarre mit nach Wesuwe, denn sie brauchte dringend Lebensmittel. Das Geld war knapp geworden und sie fragte sich oft, was Herm mit dem Vermögen seiner ersten beiden Frauen angestellt hatte.

„Alkohol und Weibergeschichten“, war sich Fenne sicher, „für den lege ich meine Hand nicht ins Feuer.“ Sie begleitete Gesina ins Dorf und schaute verdutzt, als diese sich plötzlich die Hand vor den Mund hielt. „Nimm es dir doch nicht so zu Herzen, er scheint sich bei dir ja wirklich gebessert zu haben.“

„Nein, nein Fenne, lass mich, mir ist einfach nur übel.“

Wenn sie es recht bedachte, war ihr Rockbund schon eine ganze Weile zu eng geworden, so dass schließlich der Knopf abgesprungen war. Aber sie hatte es auf den gesegneten Appetit geschoben, den sie durch die schwere körperliche Arbeit mit der Zeit entwickelte. Als sie sich sicher war, dass sie ein Kind erwartete, vertraute sie sich Herm an.

„Soll ich mich jetzt freuen?“ fragte er tonlos.

„Natürlich sollst du das! Wir sind bald eine richtige Familie.“

„Familie“, äffte er nach, „Dafür kann ich mir nichts kaufen.“ In der Nacht streckte Gesina die Hand nach ihm aus, aber er drehte sich wortlos um.

3

„Mach die Tür auf, Scheele Herm, ich weiß, dass du zu Hause bist! Los, gib mir mein Geld zurück!“ Einer der Neubauern hämmerte wütend gegen die Holzplanken.

„Komm raus, du Feigling, dir werd ich`s zeigen!“
Aber Herm befand sich nicht im Haus, sondern schlich sich von hinten mit einem hoch erhobenen Holzklotz heran. Als der Bauer sich umdrehte, sauste der Klotz nieder. Sein lautes Geschrei ließ das ganze Dorf zusammenlaufen. Wie von Sinnen schlug Herm mit dem Klotz um sich und niemand konnte ihn aufhalten, so dass sich schließlich alle verängstigt in ihren Hütten verbarrikadierten.

„Bist du wahnsinnig geworden, Herm?“ Gesina versuchte, ihn von dem Bestohlenen, der aus zahlreichen Kopfwunden blutete, wegzuziehen. Plötzlich ließ er von ihm ab und sah sie mit irrem Blick an.

„Geh mir aus dem Weg, Weib, sonst beziehst du auch Prügel!“ Sie zögerte einen Augenblick zu lange, dann schlug er zu. In Panik ergriff sie die Flucht, atemlos rannte sie an den Hütten vorbei, in denen es totenstill war. Das Herz schlug ihr bis zum Halse, aber sie lief weiter, Richtung Holland. Erst am Grenzstein No 163 sank sie weinend nieder.

Sie musste eingeschlafen sein, denn als sie die Augen aufschlug, war es bereits hell geworden. Ihr Körper fühlte sich an, als wären alle Glieder gefroren.
Klappernd und zitternd zog sie sich am Grenzstein hoch und versuchte, sich zu bewegen. Mit den Fäusten klopfte sie Arme und Beine ab, bis sie wieder Leben darin spürte.

Ich muss zurückgehen, ich kann nicht hier im Niemandsland bleiben, dachte sie und begab sich ängstlich auf den Heimweg.
Die Hütten lagen friedlich da, von dem Verletzten waren Blutspuren zurückgeblieben. Vorsichtig öffnete sie die Tür, aber Herm war nicht zu Hause. Erschöpft ließ sie sich auf dem Strohlager nieder und umfasste ihren gewölbten Bauch. Ihr war klar, dass jetzt die Hölle begann, die Maria und Anna vor ihr bereits durchlaufen hatten.

4

„Warte, nicht pressen Gesina! Ich glaube, dein Kind liegt quer! Bleib ganz ruhig, ich versuche es zu drehen." Katharina strich mit beiden Händen von den Hüften zum Nabel und schüttelte dann den Kopf.

„Die Geburt ist schon zu weit fortgeschritten, ich versuche es anderweitig." Beherzt griff sie nun zu und wendete all ihre Kraft auf, um dem Kind auf die Welt zu helfen.
Stöhnend und mit vor Angst geweiteten Augen hob Gesina den Kopf.

„Du hast es bald geschafft! Atme ganz ruhig. Und jetzt pressen, pressen ..!"
Sie fühlte, wie der kleine Körper hinausglitt, aber sie hörte keinen Laut. Katharina band die Nabelschnur ab und durchtrennte sie. Dann tauchte sie das Neugeborene eilig in bereitstehendes warmes und danach in kaltes Wasser. Nach dieser Prozedur schrie es aus Leibeskräften und sie legte es erleichtert an Gesinas Brust.
Ein tiefes Glücksgefühl breitete sich in ihr aus und staunend betrachtete sie das kleine runzlige Gesicht.

„Es ist ein Junge, Sienken, wie soll er denn heißen?"

„Ich nenne ihn Joseph, das weiß ich schon seit meiner Schulzeit", lächelte sie glücklich. „Wessel und Laide sollen seine Taufpaten sein".

Die stundenlange schwere Geburt ließ sie erschöpft zurücksinken und Katharina legte Joseph in eine mit Stroh und Leinen ausgekleidete Kiste.

„Jetzt hast du dein Balg, jetzt sieh auch zu, dass wir satt werden." Herm beachtete sein Kind nicht und Gesina wurde noch schwerer ums Herz. „Demnächst kannst du mir beim Organisieren behilflich sein, sonst setzt es Schläge."

Wenn er im Moor arbeitete, erlebte sie glückselige Momente mit Joseph und trug ihn singend ganz nah bei sich. Aber sobald Herm nach Hause kam, legte sie ihr Kind beiseite, um ihn nicht noch mehr zu reizen.

„Wir müssen die Plaatzen aufteilen, die anderen versuchen es auch."

„Aber das ist doch verboten!"

„Schweig still, ach, was rede ich überhaupt mit dir darüber! Du kannst dich übrigens bereithalten, morgen machen wir einen Bruch in Wesuwe."

Es hatte keinen Sinn, sich zu weigern, Gesina fürchtete um ihr Leben. Auf Schritt und Tritt verfolgte sie nun die Angst entdeckt zu werden. Im Herbst des folgendes Jahres spürte sie wieder neues Leben in sich wachsen. Herm nahm sie oft mit Gewalt und bei einer dieser Gelegenheiten sah er, dass ihr Bauch sich wieder wölbte. Entsetzt wich er zurück.

„Das glaub ich nicht, was ich da sehe! Bist du verrückt geworden? Sofort besorgst du dir Peter- und Paul-Öl, auf der Stelle, verschwinde!"

Gesina hatte diese Reaktion befürchtet und aus lauter Angst die Schwangerschaft verdrängt.

Bei nächster Gelegenheit pilgerte sie mit ihren schweren Stiefelholzschuhen durch das morastige Moor nach St. Clemens. Sie nahm sich vor, den Dechanten Römann um Hilfe zu bitten, aber dann verließ sie der Mut. Selbst mit ihrer Mutter wagte sie nicht, über ihre Sorgen zu sprechen, denn Herm hatte gedroht, das Kind umzubringen. Sie mochte den Gedanken kaum zu Ende führen.
Das Kind, das sie unter ihrem Herzen trug, sollte nicht leben dürfen. Herm würde im Gefängnis landen und sie stünde mit Joseph alleine da. Kopflos, wie sie war, blieb ihr keine andere Wahl, sie musste die Schwangerschaft leugnen!

Allmählich begannen auch die Nachbarn zu fragen, ob sie guter Hoffnung sei.

„Wo denkt ihr hin? Ich habe Probleme mit meiner Menstruation und jetzt schwillt mein Leib an“, log sie und senkte den Blick. „Aber ihr könnt mir aus der Apotheke Peter- und Paul-Öl mitbringen, das wird helfen.“
Die Bauersfrauen schauten sich vielsagend an. „Erzähl uns keine Märchen, mit dem Öl willst du die Frucht abtreiben, stimmt`s?“

„Aber nein, es soll nur mein Blut wieder in Wallung bringen!“ Verlegen ging sie zurück ins Haus, wo Herm auf sie wartete.

„Endlich gehorchst du mir. Der Meyer hat mir schon zugesagt, das Öl mitzubringen. Und sonst hole ich es, sobald ich wieder in die Stadt komme.“

5

Gesina fühlte sich, als würde ihr Körper in tausend Stücke zerreißen. Tropfenweise hatte Herm ihr das Mittel eingeflößt, aber das Kind blieb in ihrem Leib. Immer und immer wieder zwang er sie, es erneut einzunehmen. An einem Frühlingstag setzten die Wehen ein, wie sie es von Joseph`s Geburt her kannte. Verzweifelt wollte sie Hilfe holen, aber Herm versperrte ihr den Ausgang.

„Du bleibst, wo du bist! Lass bloß keinen Laut über deine Lippen kommen. Oder sollen alle wissen, dass du gelogen hast?“

„Sie werden doch sehen, dass ich ein Kind geboren habe.“
Herm lachte hämisch.

„Das lass nur meine Sorge sein.“
Eine Wehe nach der anderen durchfuhr ihren Körper und Herm hielt ihr brutal den Mund zu, wenn sie schreien wollte. Stunde um Stunde lag sie so da, kraftlos und verzweifelt. Als das Kind kam, ging alles ganz schnell.

„So, das wäre erledigt. Steh auf, wir legen es unter das Stroh.“

„Herm, was hast du mit meinem Kind gemacht? Bitte, gib es mir, ich bitte dich!“ Er stieß sie zur Seite und legte den toten Säugling unter ihre Lagerstätte. Dann füllte er neues Stroh darüber.

Gesina weinte erbärmlich, aber er kümmerte sich nicht darum und ging wortlos hinaus. Danach blieb er zwei Tage verschwunden. Die Sehnsucht nach ihrem Kind trieb sie ununterbrochen um, aber sie wagte nicht, das Stroh beiseitezuschieben. Ihre Brust war stark angeschwollen, deshalb ließ sie Joseph von der einschießenden Milch trinken und streifte den Rest über einer Schüssel ab.

6

„Du liegst ja immer noch da! Los, steh auf und mach dich nützlich. Hier ist Makulaturpapier“, er griff in die Hosentasche, „und hier der nötige Zunder dazu.“

„Was soll ich damit?“, fragte sie schwach. „Übermorgen gehst du nach Versen und Fullen und legst ein Feuer an. Am besten, wenn die meisten in Meppen in der Kirche sind.“ Er freute sich diebisch und sie blickte entsetzt in seine kalten Augen.

„Alle werden ganz aufgeregt sein. Dann nimmst du alles mit, was dir unter die Finger kommt.“

VI

18. Mai 1806
Versen/Fullen

1

Alles Bitten und Betteln hatte nicht geholfen. Zitternd vor Angst machte Gesina sich auf den Weg nach Versen. Vielleicht würde ihr Vorhaben gleich gelingen, sie könnte Herm mit Diebesgut zufriedenstellen und hätte ihre Ruhe. Am Dorfrand blickte sie sich unsicher um. Langsam schlich sie zu einem der Häuser und suchte nach einer geeigneten Stelle. Dort, der Brennholzstapel, dachte sie und huschte hinüber. Das trockene Holz fing sofort Feuer, aber ehe sie sich versah, bemerkten die Bewohner den Brandgeruch und sie rannte in Panik in die weiten Felder und Wiesen.
Von Meppen her trug der Wind Fetzen des Glockengeläuts herüber. Sie fühlte sich ertappt und blieb stehen. Einige Meter weiter erblickte sie ein Wegekreuz und betete inbrünstig um Hilfe. Wenn ich nicht tue, was Herm verlangt, bringt er mich um, hämmerte es in ihrem Kopf.
Sie hatte jetzt Fullen erreicht und befand sich kurz vor dem Schlagbaum, unmittelbar an der Straße, die wieder nach Versen führte.
Entschlossen griff sie nach dem Makulaturpapier, zündete es an und warf es in die Scheune des ersten Hauses. Sofort stand alles in hellen Flammen und sie erschrak fast über die Wucht des Feuers. Von Nordosten ergriff plötzlich eine Windböe das brennende Stroh und wehte es hinüber zum nächsten Hof. Gesina blieb wie angewurzelt stehen.

2

In Meppen begann um zehn Uhr dreißig der Gottesdienst und der Küster wollte gerade pünktlich die Kirchentüre schließen,

als er in der Ferne einen hellen Schein wahrnahm.
Er kniff die Augen zusammen, doch dann begriff er in Sekundenbruchteilen die Situation.

„Hilfe, zu Hilfe, es brennt in Fullen!“ Tumultartige Szenen spielten sich jetzt in der Propsteikirche ab, denn zahlreiche Gläubige aus Fullen waren anwesend und strömten in Panik, schiebend und drängend, hinaus.
Von überall her eilte Hilfe herbei und die Brandgerätschaften, von Pferden gezogen, wurden so schnell wie möglich nach Fullen gebracht. Aber als sie eintrafen, vorbei am Hof Boven, der zuerst gebrannt hatte, lagen bereits 22 Häuser und 10 Scheunen in Schutt und Asche.
Weinend lief ihnen die Magd des Bauern Henrich Berner entgegen. Sie hatte das Kleinkind der Familie verloren und gerade glücklich wiedergefunden, aber währenddessen waren im Stall drei Pferde verbrannt.

„Aber die Kühe“, rief sie atemlos, „Gott sei Dank, die Kühe sind auf der Weide!“
Bauer Albert Ahlers stand fassungslos vor seinem erst vor zwei Jahren neu erbauten Haus. Sein Nachbar Hüser riss ihn mit, denn er sah, dass er unter Schock stand.

„Spute dich, wir müssen unsere Pferde befreien!“ Unter Lebensgefahr bargen sie ihre Tiere, währenddessen schickte Bernd Heumann seine Frau mit einem drillenen Oberbett zum Esch, damit sie es in Sicherheit bringen konnte.

Das Leid der Menschen war grenzenlos, alles war verbrannt, Nahrung, Kleidung, Hausrat und insgesamt sechs Pferde.
Fortunatus Kuper, Primissarius zu Fullen, forderte die Menschen zum Gebet auf, aber niemand folgte ihm an diesem Unglückstag.

In einiger Entfernung hatte Gesina mit Entsetzen die Feuersbrunst beobachtet. Dann rannte sie los. Aus dem nächstliegenden Haus stahl sie Geld, in einem weiteren Speck. Auf dem Esch entdeckte sie das Bettzeug und klemmte es unter den Arm, bevor sie auf und davon lief.
In der Aufregung hatte sie gar nicht bemerkt, dass ihr das Blut die Beine hinabrann und eilig säuberte sie sich unterwegs mit Grasbüscheln.

„Das ist alles?“ Herm wartete an der nächsten Weggabelung und starrte sie unzufrieden aus seinen tiefliegenden, triefenden Augen an. Sie nahm zum ersten Mal wahr, wie stark er schielte.
Seine Seele ist so schwarz wie die Nacht, dachte sie, wie konnte ich jemals an das Gute in ihm glauben. Noch immer außer Atem ließ sie sich neben ihm fallen.

„Es ist so schrecklich! Sieh doch, die Rauchsäulen! Ich habe Angst, ich will nach Hause!“

„Nichts da“, rief Herm, „du gehst zurück nach Versen. Nimm das Bett und den Speck erst mal mit, ich habe noch etwas zu erledigen.“
Sie glaubte, ihren Ohren nicht zu trauen. Aber er packte sie bei den Schultern und schob sie energisch von sich.

„Sieh mal, das ist doch Goose Sienken! Was macht sie denn da? Und was trägt sie unter dem Arm?“ Die Söhne der Höfe Otten und Bollen waren gerade von ihrem Hilfseinsatz in Fullen zurückgekehrt, als sie Gesina bei einem erneuten Versuch, in Versen zu zündeln, entdeckten.
Vor Schreck ließ sie Papier und Zunder fallen und eilte, ohne eine Pause einzulegen, zurück nach Hebelermeer. Kurz vorher versteckte sie das Bett am Wegesrand, denn in der Ferne sah sie, dass ihr einige Neubauern entgegenkamen.

„Sie haben mich erkannt, Herm!“ Gesina zitterte wie Espenlaub.

„Na und? Das müssen sie dir erst mal beweisen, dumme Gans.“ Joseph sah, dass seine Mutter weinte und kroch auf ihren Schoß. Ihre Tränen tropften auf sein Gesicht und sie drückte ihn ganz fest an ihre Brust.

Als es dunkel geworden war, holte Herm das gestohlene Bett und deckte sich damit zu. Sie hörte seine gleichmäßigen Atemzüge und spürte nur noch Hass und Angst. Von Tag zu Tag fiel es ihr schwerer, auf dem Stroh zu schlafen, unter dem ihr Neugeborenes lag.

3

Noch am Abend desselben Tages machte sich der Frohne zu Versen auf den Weg nach Meppen, um die beiden versuchten Brandstiftungen zu melden:

„Die zwei Jungen sind sich ganz sicher gewesen, es war Goose Sienken, eines Neubauern Weib aus der Colonie Hebelermeer. Sie konnten sie leider nicht ergreifen.“

„Dann hat sie möglicherweise auch den verheerenden Brand in Fullen gelegt?“, fragte sein Gegenüber aufgeregt.
Der Frohne überlegte nicht lange.

„Die Zeugen haben gesehen, dass sie ein Bündel unter dem Arm trug. Das hatte sie sicher in Fullen gestohlen!“

In aller Eile wurde jetzt Hauptmann Reinking angewiesen, Gesina Fenslage und vorsorglich auch ihren Mann Hermann ergreifen zu lassen. Er leitete den Befehl unverzüglich weiter an Corporal Stahlschmidt.

Wagen und Schützen, alarmiert vom Frohnen Schulte zu Wesuwe, hielten sich bereit.
Während in Fullen freiwillige Wachen aus den umliegenden Dörfern die noch glimmenden Feuer beobachteten, war Goose Sienkens Schicksal besiegelt.

4

Inmitten von Schmutz und Unrat, bei Kälte, Hunger und dem Gestank von Fäkalien standen die Sterne ungünstig für die Möglichkeit, dass sich eine junge Liebe entwickeln konnte.

Genau das aber geschah Ende des 18. Jahrhunderts, unter unsäglichen Bedingungen, im Gefängnis zu Meppen.
Gertrude, die junge Frau des Wächters Ansgar, hegte schon nach kurzer Zeit des Kennenlernens tiefe Gefühle für einen Inquisiten. Und dieser verstand es meisterhaft, die unerfahrene und verträumte Frau zu umwerben.
Von außen betrachtet waren seine Beweggründe eindeutig. Gertrude versorgte ihn mit Essbarem, abgezweigt vom mageren Lohn, wusch seine Wäsche, war ihm körperlich zu Diensten und versüßte ihm so manche Stunde in der kargen Zelle.
Sie entwickelte großes Geschick dabei, ihren Mann abzulenken, schickte ihn häufig fort, um Holz zu holen oder nach dem alten Vater zu schauen, und schlich sich mehrmals in der Woche zu ihrem Geliebten.
Das blieb nicht ohne Folgen und schon bald konnte Gertrude ihren schwellenden Leib nicht mehr verbergen. Trotz weiter Kleider und dem scherzhaften Hinweis auf ihren gesunden Appetit merkten es die anderen Wächter zuerst. Unter den

Männern herrschte ein rauer Ton und unter derben, zweideutigen Sprüchen klopften sie dem vermeintlichen Vater Ansgar auf die Schulter. Der jedoch wusste nur zu gut, dass er nicht der Erzeuger sein konnte, war ihm Gertrude doch schon seit Monaten nicht mehr zu Willen gewesen.
Mit finsterer Miene verließ er seinen Arbeitsplatz, um seine Frau zur Rede zu stellen.
Alles Leugnen war vergeblich. Während er ihr die Kleider vom Leibe riss, unter gotteslästerlichen Flüchen, stieß Gertrude weinend und zeternd markerschütternde Schreie aus und versuchte, ihren Bauch zu schützen.
Erst als sie nackt, zitternd und hilflos, mit deutlicher Wölbung, vor ihm stand, ließ er von ihr ab. Einer plötzlichen Eingebung folgend, verließ er wortlos und wie erstarrt das kleine steinerne Haus.
Vor der Türe hatten sich bereits zahlreiche Nachbarn versammelt, aber niemand wagte einzuschreiten, denn Ansgar war für seine Wutausbrüche bekannt.
Wie von Sinnen rannte er durch die Stadt, hinaus auf die Marschwiesen, wusste er doch, dass er sonst Gertrude totschlagen würde.

Als er nach Stunden zurückkehrte, fand er das Haus leer vor. Sein Schlüsselbund, der immer neben dem Küchenschrank am Haken hing, fehlte. Unsicher blickte er sich um, schaute hier und da in die Schubladen, auf die alte Truhe, suchte den Boden ab und kramte in seinen Jackentaschen.
Die Schlüssel blieben verschwunden und er eilte in die Burgstraße, um den Kollegen im Gefängnis Meldung zu machen. Dort herrschte große Aufregung und bald wurde der Grund offenbar. Eine der Zellentüren war weit geöffnet, der Gefangene geflohen und mit ihm Gertrude.

Ansgar fiel es wie Schuppen von den Augen. An den gesenkten Köpfen der Männer erkannte er: Alle hatten davon gewusst, hatten über ihn, den Gehörnten, gelacht.
Gertrude blieb verschwunden und mit ihr der Liebhaber. Ansgar verfluchte seine Frau, mehr noch, er hasste fortan alle weiblichen Gefangenen, die Kollegen, ja die ganze Welt.

5

Auf dem weichen Moorboden war das Klappern der Hufe kaum hörbar, aber Gesina, unter höchster nervlicher Anspannung stehend, nahm sie sofort wahr.
Panisch ergriff sie das gestohlene Geld und versteckte es zwischen ihren Brüsten.

Die Eindringlinge fackelten nicht lange. In Windeseile waren Herm und Gesina in Ketten gelegt und auf den Wagen gebracht.

„Mein Kind! Was geschieht mit Joseph?" Angstvoll versuchte sie aufzustehen, aber einer der Schützen drückte sie mit hartem Griff nieder.

„Bleib, wo du bist! Dein Kind bringen wir zu deiner Mutter nach Wesuwe!"
Das Gefährt setzte sich unter lautem Gejohle der Nachbarn in Bewegung und sie schlug vor Scham die Hände vor das Gesicht. Herm zischte ihr zu:

„Halte deinen Mund, wenn man dich fragt! Und mich lässt du da raus, verstanden?"

„Ruhe da hinten!" Einer der Schützen schlug mit seinem Gewehrkolben nach ihm, worauf Herm versuchte, ihn anzuspucken.

„Wage es nicht, das wird dir übel bekommen!“, herrschte er ihn an. Gesina sank immer mehr in sich zusammen.

6

Anno 1802 hatte sich Justus Gruner unter großen Mühen der Aufgabe gestellt, sämtliche Gefängnisse und Zuchthäuser in Westfalen zu inspizieren und darüber ein Buch zu schreiben, das er seiner Majestät Friedrich Wilhelm III, dem König von Preussen, widmete. Die Beschreibung des Meppener Gefängnisses verhieß nichts Gutes. Im unteren Stockwerk befanden sich zwei verfallene unreinliche Zimmer mit aufgeschüttetem Stroh. Die Ketten an den Wänden benutzte man, wenn Gefangene tobten oder besonders gefährlich waren und Fluchtgefahr bestand. Durch die mit Stangen versehenen Fenster fiel zwar etwas Licht herein, aber es war vor allem im Winter äußerst kalt. Um Kleidung und Wäsche kümmerte sich niemand.

Im rechten Flügel saßen in einem wüsten Zimmer die Wachen. Wenn keine schweren Fälle einsaßen, wurde die Spezial-Inquisition geschlossen und die Gefangenen hielten sich ebenfalls dort auf. Es war trotz Kamin schwer, den Raum zu erwärmen, denn der Boden war mit Steinen gepflastert und durch die zerfallenen Fenster pfiff der eisige Wind.

Hier schliefen alle, kochten gemeinsam mit den Wächtern und lebten zusammen in größter Unordnung. An der hinteren Seite befand sich ein Abtritt, der einen bestialischen Gestank verbreitete.

Justus Gruners vernichtendes Urteil lautete: „… kurz! es ist eines der elendesten, ungerechtesten und zweckwidrigsten Gefängnisse Westphalens.“

7

Der Gastwirt und Bürgermeister Franz Anton Völker und seine Frau Elisabeth saßen gemeinsam mit Wilhelm Bödiker und Carl Morrien vor dem Schmiedekrug am Marktplatz.

„Es wird Zeit, dass auf unserem Kirchhof endlich alle Gruben in einer Reihe angeordnet werden“, ereiferte sich Propst Bödiker. „Wir brauchen zwei Totengräber, die dafür sorgen, dass die Särge tief genug in die Erde kommen. Wenigstens zwei Fuß müssen darüber sein! Ich erinnere nur an den Fall, als ein kräftiger Verstorbener gerade einmal so tief lag, wie sein Sarg hoch war. Dieser bestialische Gestank … Bis in die Kirche ist er gedrungen!“

Elisabeth Völker verzog das Gesicht. „Lasst uns das Thema lieber wechseln. Gibt es Neuigkeiten aus Fullen?“

„Oh ja, meine Liebe, die Mordbrenner sind gefasst. Ich bin mir zumindest sicher, dass die Frau …“, Richter Morrien stockte, „ich darf eigentlich nicht darüber sprechen, nur soviel: Sie sind auf dem Wege hierher und es wird heute Nachmittag noch ein Verhör geben. Ich muss Mulert gleich noch informieren, entschuldigt mich bitte.“

Anton Mulert war, wie schon Generationen vor ihm, Gerichtsschreiber zu Meppen. Als Carl Morrien an diesem sonnigen Maitag gegen Mittag an seine Türe klopfte, öffnete seine Frau Eleonore, den einjährigen Sohn Max auf dem Arm haltend.

„Es ist soweit, liebe Frau Mulert. Sagen Sie bitte Ihrem Mann, er möge um 15 Uhr zur Verhörstube kommen.“

„Wollt Ihr nicht kurz eintreten?“, fragte sie ihn freundlich. Aber er entschuldigte sich damit, dass seine Familie mit dem Essen wartete.

Seine Schwiegereltern, Geheimrat Christoph von Münstermann und dessen Frau Agnes, waren am Vortag in Meppen eingetroffen und erwarteten seine ungeteilte Aufmerksamkeit. Aber er würde sie enttäuschen müssen, die heutige Angelegenheit war zu wichtig.

„Hermine, Agnes, Laura, helft mir bitte in der Küche! Theodora, bring der Großmutter noch einen Kaffee und du Christoph, hole für Großvater eine gute Zigarre."
Katharina Morrien umarmte ihren Mann, der gerade eintrat, und sah in sein sorgenvolles Gesicht. Im Jahre 1766 war er im Alter von vier Jahren von Kurfürst Maximilian Friedrich von Köln und Bischof zu Münster zur Nachfolge seines Vaters bestimmt worden. Wie dieser und schon sein Großvater hatte er in Harderwyck immatrikuliert und war jetzt seit fast zwanzig Jahren im Amt.

Aber jeder neue Fall erforderte seine ganze Konzentration. Mit dem Gerichtsschreiber Mulert verstand er sich nicht sonderlich gut, aber sie waren gezwungen, während der gemeinsamen Arbeit ein neutrales Auskommen zu finden.

Caspar, Ludovica und Josephina Völker liefen immer wieder zum Marktbrunnen und blickten um die Ecke, Richtung Amtshaus, um die ankommenden Gefangenen nicht zu verpassen.

„Elisabeth, hole die Kinder ins Haus!", rief Anton Völker ärgerlich, „die Ergriffenen scheinen mir nicht ungefährlich zu sein."
Aber es war zu spät, in diesem Augenblick holperte das Fuhrwerk in Begleitung der Schützen über die Burgstraße und hielt vor dem Torhaus an.

Zahlreiche Bürger hatten sich hier schon versammelt und warteten seit Stunden auf die Ergriffenen. Der Schließer Kuperus wunderte sich, dass sich die Nachricht so schnell verbreitet hatte.

„Feuerteufel, elendes Lumpenpack, Hurensohn, diebische Hexe!“ Die Schimpfkanonade wollte kein Ende nehmen.

„Jetzt reicht`s, Leute, geht nach Hause! Ich werde sie schon in Ketten legen, verlasst euch drauf!“ Kuperus drängte sich durch die Menge und versuchte, mit Hilfe der Schützen eine Gasse zu bilden. Gesina hielt den Kopf gesenkt, aber Herm lachte unverschämt in die Runde.

„Das Lachen wird dir gleich vergehen“, rief einer der Schützen und schlug ihm mit der flachen Hand auf den Hinterkopf.

Drinnen war es stickig und roch nach kaltem Schweiß.

„Hier entlang und dann links und immer geradeaus!“ Er schob den sich sträubenden Herm vor sich her und drohte, noch einmal zuzuschlagen. Sie erreichten das große Gefangenenzimmer und schwer fiel die Tür hinter ihnen zu.

Wächter Ansgar stieß zuerst Herm, dann Gesina zu Boden und Kuperus schloss nacheinander ihre Füße an einen Bolzen und befestigte zusätzlich die linke Hand mit einer Kette daran.

„Hier bleibt ihr jetzt, jeder in seiner Ecke, bis ihr verrottet! Und wagt es nicht, miteinander zu sprechen!“

Gesina schluchzte leise und versuchte, mit Herm Blickkontakt aufzunehmen, aber der ignorierte sie völlig und fluchte laut vor sich hin.

„Halt dein Maul, Fenslage!“ Mit voller Wucht schlug Ansgar jetzt in dessen Gesicht und augenblicklich war Ruhe. Mit ihm waren vier Wächter im Raum und beobachteten jede Regung.

„Könnt ihr mich zum Abtritt bringen?", fragte Gesina zaghaft, erntete aber nur ein spöttisches Lachen.

„Hier hast du einen Eimer, daran wirst du dich gewöhnen müssen." Sie genierte sich zu sehr, aber irgendwann hielt sie es nicht mehr aus und schaffte es wegen der Ketten nur mit größter Mühe, den Eimer unter sich zu schieben. Die Wächter lachten daraufhin noch lauter und eine unbändige Verzweiflung stieg in ihr auf.

Sie versuchte, auf den Strohhaufen zu kriechen, und blieb dort regungslos und leise weinend liegen.

„Habt ihr alles im Griff?", fragte Kuperus die vier Männer. Er hatte die Oberaufsicht im Gefängnis und war für das Schließen und Anketten verantwortlich. Viele Schließer entstammten Vagabunden- oder Zigeunerfamilien und ihr Ruf war ebenso schlecht, wie der der Wächter. Erst vor zwei Jahren hatte er Richter Helter aus Lathen um ein Attest gebeten, das ihm bescheinigte, keine unehrenhafte Tätigkeit auszuführen. Aber die Verachtung der Bürger für seinen Berufsstand blieb bestehen.

Zu seinen weiteren Aufträgen gehörte es, gefährliche Delinquenten, die ins Zuchthaus nach Münster transportiert wurden, bis Leschede oder Rheine zu begleiten. Wenn kein Scharfrichter anwesend war, durfte er auch Ausstäupungen am Brüchtenpfahl vornehmen, aber das war in Meppen schon lange nicht mehr vorgekommen. Kuperus fühlte sich durch die Wichtigkeit seiner Aufgaben den Wächtern überlegen, zumal diese aus der untersten Schicht stammten und viele dem Alkohol verfallen waren. Die Besoldung war für alle gleich schlecht. Er wollte gerade gehen, als Hausvogt Johan Völker eintrat und noch eine Ladung Stroh brachte. Er warf es vor Herms Füße:

„Damit ihr es bequem habt heute Nacht."

Der Brand in Fullen hatte ihn persönlich mitgenommen, weil Verwandte dort ihr Hab und Gut verloren hatten. An den Schließer gewandt sagte er jetzt:

„Haltet euch bereit, Morrien und Mulert sind auf dem Weg. Ich werde noch Brennholz in die Verhörstube bringen, falls es länger dauert und am Abend zu kühl wird."

Mit eisernem Griff wurden Gesina und Herm von je zwei Schützen und Wächtern zum Verhör gebracht.

„Gesina Fenslage, ich hörte, man nennt dich Goose Sienken?", begann Richter Morrien und sie nickte verschämt. „Nun, ich hörte weiter, du hast Corporal Stahlschmidt und dem Herrn Dechanten Römann schon ein Geständnis gemacht?"

Jetzt schüttelte sie heftig den Kopf, denn Herm blickte sie mit böse funkelnden Augen an.

„Dann kommen wir zu dir, Hermann Fenslage." Er erschrak, als er jetzt geradewegs in dessen Gesicht sah. Es kam ihm nicht nur abgrundtief hässlich, sondern regelrecht bösartig vor. Kein Wunder, dass man ihn Scheele Herm nannte.

„Ich weiß gar nicht, wovon ihr sprecht!", leugnete Herm, ohne mit der Wimper zu zucken, aber Morrien durchschaute ihn von Anfang an. Bei Gesina war er sich sicher, sie würde heute noch die Brandstiftung gestehen.

Genauso geschah es, nach stundenlangem Einzelverhör, und zufrieden gab er Mulert zu verstehen, dass es für heute genug sei.

Nachdem Gesina wieder abgeführt worden war, verabredete er sich mit dem Gerichtsschreiber für den nächsten Tag, um die Brandstätte zu besichtigen und ein Protokoll aufzunehmen.

„Sagt dem Frohnen Schulte zu Wesuwe und dem Vogt Dieckhoff zu Haren Bescheid, sie sollen nach Hebelermeer reiten, das Haus mit einer Wache besetzen und durchsuchen!“, gab er letzte Anweisungen.

8

Richter Morrien stand noch ganz unter dem Eindruck des niedergebrannten Dorfes Fullen, wo die Bauern sich mühten, die Hausplätze vom Schutt zu befreien. Er würde sich dafür stark machen, dass den Geschädigten schnellstmöglich und unbürokratisch geholfen würde.

„Unter den Abgebrannten sind drei Eigenhörige, aber die meisten sind Heuerleute und geringe Einwohner, die jetzt ohne Obdach, ohne Nahrung und Kleider dastehen. Am besten wäre, in der Kirche eine Kollekte durchzuführen, denn Hilfe ist bitter nötig. Wir sollten aber darauf achten, dass sich keine Landstreicher einschleichen. Und private Sammlungen wie auch Betteln müssen wir unterbinden.“
Amtsrentmeister Bues pflichtete ihm mit diesen Worten bei und sie hofften, dass der Primissarius zu Fullen, Fortunatus Kuper, seine Sache gut machen würde.

Am Nachmittag wurden während der Gerichtsaudienz mehrere Gefangene verhört. Zuletzt brachte man Herm und Gesina, die sofort ihr Geständnis widerrief und ihren Mann von jeglicher Beteiligung freisprach.
Der Richter blickte sie ratlos an, dabei bemerkte er, dass sie Schmerzen zu haben schien.

„Geht es dir nicht gut, Sienken?“

„Meine Brust ist stark geschwollen. Die Milch … bitte bringt mir Joseph, damit er davon trinken kann.“

„Ich verstehe nicht, Joseph ist über zwei Jahre alt. Du stillst ihn noch?“ Sie nickte heftig.

„Wir können dein Kind auf keinen Fall ins Gefängnis holen. Aber ich werde nach dem Doctor rufen lassen, er wird sicher einen Rat wissen.“

Tatsächlich halfen die kühlenden Umschläge, die von Dr. Vagedes verordnet wurden und sie versuchte, ruhiger zu werden und ihre Gedanken zu ordnen.

Herm starrte sie aus seiner Ecke ununterbrochen an, als wollte er ihr drohen. Sie ließ ihren Blick zu den kleinen Fenstern wandern, die so hoch waren, dass man nicht hinausschauen konnte.

Der Hausvogt hatte den Raum inspiziert und veranlasst, dass jetzt täglich zwei Bauernschützen die Wächter unterstützten. Im Gang ließ er durch den Schmied Coers fehlende Eisenstangen ersetzen und die Nebentüren mit Riegeln versehen. Schon vor Monaten hatte Hauptmann Reinking Pläne zur weiteren Verbesserung der Sicherheit erhalten, aber bisher war nichts geschehen. Aber er hatte unverzüglich Außenwachen geschickt, was Kuperus jedoch vor weitere Probleme stellte. Der Bürgermeister wollte ihnen keine Wachtstube zuweisen, nun hielten sie sich bei Tag und bei Nacht immer wieder in der Verhörstube auf. Er ärgerte sich maßlos darüber.

9

„Katharina, bitte komm schnell! Hier bin ich, in der Stube!“ Sie eilte herbei und fand ihren Mann leichenblass vor.

„Ich kann es kaum glauben, aber lies selbst, hier steht, dass sie ein halbvermodertes Neugeborenes gefunden haben! Es lag im Stroh, auf dem die beiden geschlafen haben!“
Katharina nahm den Bericht des Vogten zu Haren entsetzt in die Hand.

„Was denkst du Carl, hat sie selbst ihr Kind getötet?“

„Wir müssen es sofort untersuchen lassen. Uns bleibt sicher keine Zeit mehr, den Amtsmedicus oder Amtschirurgen anzufordern. Am besten ist es, wenn der Wundarzt Spindel aus Haren die Lungenprobe macht. Dann wissen wir, ob es bei der Geburt gelebt hat.“
Seine Frau fasste sich an die Schläfen.

„Vielleicht war es auch eine Totgeburt …, aber warum war es dann im Stroh versteckt?“

„Die Nachbarn wussten jedenfalls alle von einer Schwangerschaft, aber sie hat es immer abgestritten.“
Richter Morrien schickte einen Eilboten nach Haren, es war zu warm, um noch länger warten zu können, und er brauchte so schnell wie möglich Gewissheit.

10

Am Freitag trafen Koffer und Kisten mit Diebesgut ein und beim Inventarisieren am Samstag war schnell klar, dass weitaus mehr Diebstähle als nur in Fullen stattgefunden haben mussten.
Morrien schlug mit der Faust auf den Tisch.

„Und nun möchte ich hören, was es mit dem toten Kind in deinem Bette auf sich hat!“ Gesina blickte ihn erschrocken an. Er sah, wie ihre Brust sich heftig hob und senkte.

Zögernd antwortete sie:

„Es ist tot geboren."

„Nein, Das ist es nicht! Wir haben gerade das Ergebnis aus Haren bekommen! Jetzt sag mir die Wahrheit!"

In diesem Augenblick erkannte sie, dass alles Leugnen zwecklos war, und sie wurde so heftig von Weinkrämpfen geschüttelt, dass sie ihm fast leid tat.

„Ja, ja, ich gestehe alles, drei Mordbrände, alle Diebstähle, mein Kind, ja, ich habe es getötet!" Sie griff zwischen ihre Brüste und holte 79 Gulden hervor. „Und das, das habe ich in Fullen gestohlen."

Überrascht nahm er das Geld an sich, dann fragte er weiter:

„Und dein Mann, der wusste von allem?"

„Herm hat nichts damit zu tun! Ich war es, nur ich, ich ganz alleine!"

Morrien machte eine Handbewegung.

„Holt Hermann Fenslage." Er sah, wie Gesina in sich zusammensank und als Herm eintrat, wagte sie nicht, aufzublicken, sondern zitterte am ganzen Leib.

„Wir haben ein totes Kind gefunden."

„So? Davon weiß ich nichts."

„Jetzt ist es aber genug! Du hast bei ihr geschlafen und ihr beigewohnt und nichts bemerkt? Hinaus mit dir!"

Er fühlte, wie er langsam die Beherrschung verlor. Als er wieder mit Gesina alleine war, setzte er sich neben sie und nahm ihre Hand.

„Ich sehe, wie groß deine Angst vor ihm ist. Aber du musst mir jetzt die Wahrheit sagen, die ganze Wahrheit! Alles Leugnen ist doch zwecklos."

Da weinte sie so erbärmlich, dass er wusste, sie würde ihm jetzt alles erzählen und ihr Gewissen erleichtern wollen.

11

„Katharina, ich glaube, er hat das Kind getötet! Er hat sie auch gezwungen, das Peter- und Paul-Öl einzunehmen, damit die Frucht abstirbt. Und er hat sie bedroht, sie konnte sich seiner nicht erwehren. Er ist der Urheber der Diebstähle! Nichtsdestotrotz – sie hat es ausgeführt, mit fatalen Folgen!"
Er blickte sinnend aus dem Fenster.

„Weißt du, sie ist die Sanftmut selbst, gebildet, mit ruhigem, offenem Blick. Dabei für eine Bäuerin malerisch schön, das Gesicht ist offen und heiter, aber die Augen sind oft voller Tränen. Ich glaube, sie bereut wirklich."
Seine Frau trat neben ihn und sie blickten gemeinsam auf den Marktplatz, wo sich einige Hölting-Schützen versammelt hatten. Alle Glocken der Propsteikirche begannen gleichzeitig zu läuten.

„Lass uns zu Bett gehen, Carl. Die Tage nach Dreifaltigkeit werden immer anstrengend."

„Ja, unsere Pingstergilde weiß noch, wie man fröhlich feiert. Aber in diesem Jahr fehlt mir jegliche Motivation, beim Schützenfest dabei zu sein. Und am Abend zum Tanz in den großen Rathaussaal gehe ich gewiss nicht. Mir reicht es, am nächsten Tag in Teglingen zum Holzgericht antreten zu müssen."

12

Gesina litt unter Herms Blicken Höllenqualen. Sie nahm sich vor, noch einmal alles zu widerrufen. Richter Morrien fasste daraufhin den einzig richtigen Entschluss und trennte die beiden, im Kerker und während der Verhöre.

„Ich konnte in seinem Beisein nicht die Wahrheit sagen“, schluchzte sie.

„Es ist schon gut, ich habe es ja mit eigenen Augen gesehen, wie sehr du ihn fürchtest. Wir nehmen ihn gerade in die Mangel und werden ihn schon so weit bringen, dass er gesteht.“

Vor ihm lagen einige Beweisstücke. Er nahm Herms Bauernmesser mit dem hölzernen Griff in die Hand, dann legte er es wieder zu dem Zunder und dem Makulaturpapier.

„Es tut mir leid, dass ich zuerst gelogen habe und sagte, ich hätte den Zunder unterwegs gefunden.“ Morrien nickte verständnisvoll.

„Mir war schon klar, dass es so nicht gewesen sein konnte.“ Er sah sie lange voller Mitgefühl an.

„Wir warten noch auf Herms Geständnis.“

Der Schließer brachte sie nun wieder zurück und sie hörte aus dem gegenüberliegenden Raum lautes Stimmengewirr.

„Wir ärgern uns mal wieder mit Bontekoh herum“, sagte Kuperus. Gesina stutzte.

„Von wem sprecht ihr?“

„Na, Bontekoh, der ist doch bei uns Stammgast. Und seit ein paar Tagen ist der Leinweber Henrich Jan Jacobs wieder hier. Vor drei Jahren hat er seinen Meister bestohlen, diesmal hat er in Harrenstätte ohne Erlaubnis gebettelt und auch noch Widerstand gegen die Armenjäger geleistet.“

Die Tür zur Stube öffnete sich kurz und Gesina sah in ein elendes, mit Männern und Frauen vollgestopftes Quartier. In deren Mitte saß der, um Jahre gealterte und in zerrissenen Lumpen gekleidete, Bontekoh. Ein gedrungener Gefangener mit dunkelbraunen langen Haaren und rotem Backenbart wurde an ihr vorbei in die Verhörstube geführt.

„Wenn man vom Teufel spricht …“, murmelte Kuperus.

Dann führte er Gesina wieder in ihren Kerker und schloss die schweren Ketten.

13

In Fullen war der Primissarius Fortunatus Kuper damit beschäftigt, Spenden wie Korn, Gemüse, Kleidung und Holz zum Aufbau zu verteilen. Er ging wahllos dabei vor und zog sich dadurch den Zorn des Richters zu.

„Er soll gefälligst den Bauernrichter hinzuziehen, unter Aufsicht des Kulings, bei dem alles deponiert ist! Ich möchte auch ein Register sehen, in dem er Zu- und Ausgänge und die Bedürftigen auflistet. Die Kollekte ist auch noch nicht eingegangen!“ Morrien, sonst so besonnen, redete sich in Rage, aber ausnahmsweise war Gerichtsschreiber Mulert einer Meinung mit ihm.

„Die benachbarten Bauern sind sehr großzügig. Zuerst haben die Fullener sich schwergetan, etwas anzunehmen. Aber dann versicherten die Bauern ihnen, dass es keine Almosen sind, sondern dass sie erwarten, bei einem ähnlichen Unglück in gleichem Maße Hilfe zu erhalten. Und nun nehmen die Fullener es gerne an und bauen fleißig alles wieder auf.“

Von allen Seiten wurde Holz gespendet und jeder erhielt fünf Scheffel Kartoffeln. Morrien stellte fest, dass das Amt Meppen über keine Holzvorräte mehr verfügte. Daraufhin ließ er schweren Herzens das Hafermagazin räumen und zu den Geschädigten bringen. Bald war dort mehr eingegangen, als sie verloren hatten. Niemand brauchte Hunger zu leiden.

Zwischen Richter Morrien, Amtsrentmeister Bues und dem Vertreter des Herzogs Prosper Ludwig zu Arenberg, Geheimrat von Olfers, entwickelte sich ein reger Schriftverkehr.
Ein wichtiger zu klärender Punkt war, ob der ungünstig stehende Wind das große Feuer verursacht hatte. Um die lokalen Verhältnisse prüfen zu können, musste die Entfernung vom zuerst angezündeten Hof in Fullen zu den anderen Gebäuden bis nach Versen ausgemessen werden.
Nur Hauptmann Reinking war imstande, einen solchen geometrischen Plan aufzustellen. Mit Vergnügen nahm er diesen Auftrag an.

Zwischenzeitlich wurden Zeugen verhört und die Befragungen von Gesina und Herm fortgeführt. Immer deutlicher zeigte sich, dass er seine baldige Entlassung erwartete und auch Gesina hoffte, nach ihm wieder in Freiheit zu kommen.
Je länger sie von ihm getrennt war, desto offener berichtete sie von den Geschehnissen. Hatte sie Herm sonst stets entlastet, so fand sie eines Tages den Mut, ihm den Mord an ihrem Neugeborenen zuzuschreiben. Schließlich gestand er, das Kind getötet zu haben.

Corporal Stahlschmidt erhielt für seine Verdienste bei der Gefangennahme in Hebelermeer eine goldene Pistole. Richter Carl Morrien wurde von höchster Stelle gelobt. Im Oktober konnte die Inquisitionsverfolgung geschlossen werden. Nachdem das Hof- und Appelationsgericht sich zur Beratung zurückgezogen hatte, warteten alle mit Spannung auf das Urteil.

14

Der Sommer war vorübergegangen und Gesina hatte ihn, apathisch auf ihrem Strohlager liegend und nur durch Verhöre unterbrochen, mit Tagträumen verbracht. Sie sehnte sich nach Joseph, nach ihrer Mutter, nach den blühenden Wiesen mit Kuckuckslichtnelken, Wiesenschaumkraut und wilden Margeriten.
Auf den Straßen vor ihrem Kerker ging das alltägliche Leben weiter. Hin und wieder drangen wüste Beschimpfungen an ihr Ohr. In diesen vielen einsamen Stunden bereute sie bitter, was geschehen war. Sie dachte an das Leid der Fullener Familien, denen sie durch das Feuer alles genommen hatte.
Weinend und betend fiel sie immer wieder in einen oberflächlichen Schlaf.

„Hier, nimm deine Grütze!“ Wächter Ansgar warf ihr die verbeulte Blechschüssel vor die Füße, so dass es schepperte. Er schikanierte sie, wo er nur konnte, und sie war froh, wenn ein anderer seinen Dienst versah. Die übrigen Wächter beachteten sie kaum. Oft spielten sie Karten, tranken Branntwein oder vertrieben sich die Zeit mit zotigen Bemerkungen. Manchmal warfen sie Gesina begehrliche Blicke zu.

Hin und wieder hörte sie aus dem über ihr liegenden Stockwerk Schritte. In den letzten Monaten war aus dem ehemals wüsten Boden eine weitere Arbeitsstube mit einem Abtritt eingerichtet worden. Die Wächter erzählten, dass sich nun daneben sieben weitere Zellen befanden, für jeweils zwei Gefangene, und sie hofften, dass es nun in der Wachstube ruhiger zugehen möge.

Die Holzdecke hatte man mit Sand gefüllt, der hin und wieder aus den Ritzen auf Gesina herabrieselte.
Durch die kleinen, hohen Fenster pfiff ein eisiger Wind. Niemand gab ihr eine Decke, obwohl sie mehrmals darum bat. Vermutlich gab es keine weiteren, außer denen, in die sich die Wächter verkrochen hatten.
Es war so feucht, dass ihr Stroh begann, modrig zu riechen, obwohl es dreimal in der Woche gewechselt wurde. Der Geruch holte immer wieder schlagartig die Erinnerung an ihr totes Kind in ihr Gedächtnis.

Sie wischte sich über das Gesicht und blickte in Richtung der Wächter.

„Frage bloß nicht noch mal nach einer Decke, Goose Sienken! Es dauert nicht mehr lange, dann wirst du brennen und Herm wird gehenkt!“ rief Ansgar quer durch den Raum.

15

„Das wird Folgen haben, der Wächter muss bestraft werden! Wie kann er sich so gehen lassen? Selbst wenn es eine Hinrichtung gibt, hat er zu schweigen! Was meint ihr dazu, Hackenbrock?“ Bürgermeister Völker drehte sich zu seinem Stellvertreter, der gerade Richtung Amtshaus wies.

„Da kommen sie und es sieht so aus, als wäre eine Entscheidung gefallen!“
In der Tat hielt Richter Morrien einen großen Umschlag in der Hand und setzte sich mit Richter Helter und Amtsrentmeister Bues an den Nebentisch.

„Meine Herren“, ergriff er das Wort, „wir sind gemeinsam zur hochfürstlichen Spezialkommission ernannt worden. Hier

sind alle Punkte aufgelistet, die wir beachten müssen. Zunächst: Es wird eine Exekution geben, als Termin wurde der 10. April festgesetzt. Anna Gesina Fenslage wird mit dem Schwert gerichtet und anschließend verbrannt. Die Kriminalakte wurde schon dem Herzog Prosper Ludwig zugesandt und weiter an das provisorische Hofgericht geschickt. Man sieht keine Gründe zur Mäßigung des Urteils. Vielmehr hat man es wegen der inneren Lage der Sache selbst und zur Warnung für andere höchstnötig befunden, ein abschreckendes Beispiel zu statuieren.
Hermann Fenslage soll danach für 30 Jahre ins Zucht- und Arbeitshaus nach Münster gebracht werden. Wir sollten den Fuhrmann Imming aus der Hinterstraße fragen, ob er die Fahrt übernehmen kann.
Aber unsere nächste Aufgabe wird sein, einen schicklichen Platz für die Hinrichtung zu suchen. Der Galgenberg bei Altmeppens Haus kommt ja nicht mehr in Frage."

„Seht euch doch mal im Ehster Sande um", mischte sich jetzt David Hackenbrock ein, der das Gespräch verfolgt hatte, „da habt ihr Fullen und Versen grad vor euch!"

„Die Idee hatte von Olfers auch schon. Ich werde mich morgen mit Mulert dorthin begeben. Abdecker Knobbe weiß sicher, welcher Scharfrichter momentan zuständig ist."

„Was brauchen wir noch? Nehmen wir unser Schafott?", fragte Richter Helter.

„Das wird der Henker entscheiden", antwortete Richter Morrien und schnippte mit den Fingern, weil gerade ein Bote vorbeieilte.

„Wenn ihr euren Auftrag ausgeführt habt, holt mir den Abdecker, es eilt." Dann fuhr er fort:

„Am besten nehmen wir einen Stuhl mit niedriger Lehnung.

Er soll uns eine Zeichnung für den Tischler Schagemann machen."
Amtsrentmeister Bues meldete sich zu Wort.

„Ich lese hier, dass den Delinquenten das Urteil verheimlicht werden und Gesina Fenslage die letzten Tage von einem Geistlichen begleitet werden soll. Wo kann das am besten geschehen? Auf der Verhörstube?"

„Nein, besser ist es, wir bringen sie zur Pfingsterbühne."

„In den Rathaussaal? Aber wir haben im ganzen Rathaus keinen Abtritt."

„Dann vertagen wir diesen Punkt. Aber vor dem Amtshaus können wir ihr das Urteil nicht verkünden. Feierlicher wäre es unter den Bögen, vor dem Rathaus."
Der Amtsrentmeister las weiter.

„Sie soll bis dahin schicklich ernährt werden und darf sich einen geistlichen Beistand wählen." Er blickte in die Runde und dann zum Kellner des Schmiedekruges.

„Ich glaube, wir brauchen jetzt etwas zur Stärkung."

„Eine gute Idee, aber lassen Sie uns dabei fortfahren. Zur Assistenz und Aufrechterhaltung der Ordnung sollen die benachbarten Dorfschaften 150 Mann aufbieten. Reicht das?", fragte Morrien.

„Meiner Meinung nach sind 200 Mann erforderlich. Sie kommen ja doch, dann können sie einen Kreis bilden und das Volk zurückhalten."
Er dachte mit Grauen an die zahlreichen Schaulustigen, die zu erwarten waren. Bei solchen Gelegenheiten pflegten auch die Lehrer mit ihren Schülern anwesend zu sein. Ein blutiges Schauspiel zur Abschreckung! Er schüttelte sich.
Hausvogt Völker wurde das Kommando übertragen und man empfahl, die Frohnen aus jedem Dorf mitzubeordern, damit sie das Unterkommando führen konnten.

„Hier steht, sie sollen mit Ober- und Untergewehr erscheinen. Ein Seitengewehr hat der gemeine Bauer doch gar nicht! Und brauchen wir für den Scheiterhaufen wirklich so viel Holz, Stroh und noch Torf vom Hümmling? Gewiß der Hümmlinger Torf hat mehr Glut …“
Der Kellner brachte für alle Bier und gemeinsam überlegten sie, wer für Gesina als Seelsorger zuständig wäre.

„Nun, ich werde den Präses fragen und auch den Propst Bödiker. Wir sollen auf jeden Fall bei der Exekution anwesend sein und Mulert wird das verlangte Protokoll führen.“

Währenddessen wähnte Herm sich immer noch in dem Glauben, das Gefängnis in Kürze verlassen zu können. Seine Kleidung starrte vor Schmutz, denn die seltenen Gelegenheiten, sich zu waschen, nahm er nicht wahr. Die Wächter bemerkten, dass er sich immer häufiger kratzte und wollten unter sein Hemd schauen, aber er schlug mit der freien rechten Hand nach ihnen.

„Am besten holen wir Dr. Vagedes, er scheint von Ungeziefer befallen zu sein“, meinte einer der Männer.

„Ach, lass ihn doch in seinem Dreck ersticken!“ Ansgar drehte sich angewidert zur Seite. „Obwohl, du hast Recht, lass den Doctor kommen, sonst holen wir uns noch etwas bei ihm.“ Er konnte nicht umhin, auch Herm seine Hinrichtung auszumalen.

„Unsinn, Herm wird ins Zuchthaus nach Münster gebracht, da kann er Stoffe weben“, erwiderte lachend der andere.

„Vielleicht steckt man ihn ja auch in den Zwinger, der steht gleich daneben. Und da sind schon viele verreckt.“

Bernard Henrich Esselmeyer aus Rheine war es seit seiner Kindheit gewöhnt, mit Exekutionen konfrontiert zu werden. Oft war sein Vater Nicolaus mit dem Richtschwert ausgezogen, wenn er gerufen wurde.
In Scharfrichterfamilien war es üblich, untereinander zu heiraten, und häufig übertrug der Vater sein Geschäft auf den Sohn.
In manchen Orten beinhaltete der Berufsstand polizeiliche Aufsichts- und Ordnungsfunktionen bei der Straßenreinigung, an Markttagen, bei Gerichts- und Wahltagen und als Gefangenenaufseher.
Nicolaus Esselmeyer kümmerte sich um die Leerung und Abfuhr der Abortgruben der Privathäuser und städtischen Gebäude. In seinem Einzugsgebiet verpachtete er Abdeckereien, zu deren Aufgabengebiet die Beseitigung des toten Viehs und der Hundefang gehörten.

Sein Sohn wählte jedoch einen anderen Weg. Er ging zum Studium nach Jena und wurde ein rechtschaffener Chirurg. War doch in seiner Familie bekannt, dass der Verwandte Friedrich Esselmeyer, genannt Soostmeyer, Scharfrichter in der Grafschaft Tecklenburg, 1785 eine Hinrichtung verpfuscht hatte und man ihn daraufhin in den Kerker warf.
Aber als die Konkurrenz in der Stadt größer wurde und die Patienten ausblieben, entschloss er sich doch, das Scharfrichteramt zu übernehmen. Von den Nebenaufgaben versprach er sich gute Einnahmen.
Am 28. Juni 1797, nach dem Tod seines Vaters, war er vor dem Rat der Stadt erschienen, um sein Anliegen vorzutragen. Sofort wurden ihm, da er nun zu den „Unehrenhaften“

gehörte, die Bürgerrechte aberkannt und das, was er vorher für deren Gewinnung bezahlt hatte, wurde ihm erstattet. Er bedauerte diesen Abstieg sehr, aber die Not hatte ihn dazu gezwungen.

17

Mit den Anordnungen der Spezialkommission in der Tasche machte Johann Lucas Knobbe sich auf den Weg zum Scharfrichter.
Jetzt, im April, wuchsen links und rechts des Weges an der Ems schon die ersten Frühlingsblüher. Die warmen Sonnenstrahlen erhellten sein Gemüt und ließen ihn die Sorgen der letzten Monate vergessen. Mit dem Erwerb der Abdeckereiprivilegien handelte er sich hohe Pachtauflagen ein. Zum Glück hatte der Vater seines Vorgängers, Berend Döring, schon 1755 alle erforderlichen Einrichtungen zum Gerben angeschafft. So konnte er an die Beamten in Meppen jedes Jahr ein paar gegerbte Handschuhe aus Hundefell liefern und sparte dadurch eine gute Geldsumme ein. Aber jetzt forderten sie auch noch ein gewisses Quantum an Pferdehaaren.

Er war froh, dass er die weiteren Utensilien nicht erneuern musste, das Brandeisen war schon eine Weile nicht mehr benutzt worden.

In Rheine angetroffen, ließ er zuerst die Pferde tränken und fragte dann nach der Scharfrichterei.
Sie lag etwas abseits und vor dem Haus traf er die Ehefrau Elisabeth mit dem 7-jährigen Sohn Anton Wilhelm an.

Er bemerkte, dass sie stutzte, als er sein Anliegen vortrug, aber dann führte sie ihn eilig zu ihrem Mann, wo alles Weitere besprochen wurde.

„Euer Schafott ist zu klein“, bemängelte dieser, „es muss 14 Fuß Quadrat und eine 1 Fuß hohe Lehnung haben. Außerdem – wer soll es hinterher abbrechen? Meistens bleibt das blutige Gerüst stehen, bis es verwittert oder gestohlen wird. Wollt ihr das?“

Knobbe zuckte mit den Schultern.

„Wäre ein Hügel besser geeignet?“

„Auf jeden Fall! Wir können einen Stuhl daraufstellen, aber er muss mit den Beinen fest im Boden stecken. Schließlich darf er nicht wackeln oder umstürzen.“

Nachdenklich rieb er sich das Kinn.

„Wir müssen den Stuhl allerdings sofort nach der Decollation umwerfen, damit das Blut nicht über den ganzen Körper läuft.“

„Es sieht auch zu grässlich aus, wenn es so gewaltig hoch spritzt“, bemerkte Elisabeth.

Er seufzte tief.

„Ja, du hast recht. Ich werde euch eine Zeichnung für den Stuhl machen, gebt ihn eurem Tischler zu Hause in Auftrag. Es wird reichen, wenn ich zwei Tage vorher nach Meppen komme und den ausgewählten Platz besichtige. Meine Henkersknechte bringe ich mit.“ Er seufzte wieder. „Wenn mir die Kraft fehlt, wird einer von ihnen …“

Knobbe sah, wie sich die Blicke des Ehepaares trafen. Er wollte sich schon verabschieden, weil er die ganze Zeit das Gefühl hatte, kein willkommener Gast zu sein.

„Wir haben reichlich Torf, Stroh sowie Holz aus unserem Tannenkamp eingeplant. Was sagt ihr dazu?“

„So viel brauchen wir nicht, ich schreibe euch die Menge auf. Kommt morgen wieder, dann habe ich alles vorbereitet. Ach, bevor ich es vergesse, ich erwarte nach der Hinrichtung mittags mit der Spezialkommission zu speisen."
Knobbe wunderte sich, aber er war erleichtert, sich am Abend noch die Beine vertreten zu können. Ein Quartier gab es sicher in der Nähe und morgen könnte er wieder gen Meppen fahren.

18

Der Bauinspektor der Herzöge von Arenberg, August Reinking, fand in Tischlermeister Schagemann einen wahren Meister, um seine Ideen umsetzen zu lassen. Die Meppener Oberschicht ließ Türen bei ihm schnitzen und Paneele und Deckenvouten anfertigen. Für die katholische Kirche in Groß Hesepe war gerade eine naturalistische Baumkanzel in Arbeit, die Johann Conrad Schlaun entworfen hatte.
Heute erhielt er den Auftrag, einen passenden Hinrichtungsstuhl für Goose Sienken anzufertigen. Prüfend betrachtete er die Zeichnung des Scharfrichters.

„Jetzt rückt der Tag näher, Mulert wird mir wohl die Aufgabe überlassen, ihr das Todesurteil mitzuteilen. Alles andere ist geregelt. Der Hügel neben dem Esterhof ist eine gute Wahl, rundherum habe ich flachere Sandhügel gesehen, da können die Schaulustigen alles überblicken."
Katharina Morrien legte ihre Hand auf das Knie ihres Mannes. Sie spürte, wie ihm jetzt zumute war.
„Dieser Herm," hob er noch einmal an, „er ist seit seiner Jugend ein abgefeimter und boshafter Bursche.

Dabei nicht dumm, er war Zimmermann, Schuhmacher und Bauer. Sie fürchtet ihn sklavisch. Ich bin froh, dass er für immer weggesperrt wird."
Katharina streichelte über seine Wange, denn sie wusste, dass Goose Sienken in zwei Tagen ins Rathaus gebracht werden würde.

„Oh nein, bitte, ich habe noch nie einer Exekution beigewohnt. Mir wird schon übel, wenn ich einen Aderlass sehe!"
Der Präses winkte energisch ab. „Nehmt doch den Propst und von mir aus den Fullener Primassarius dazu. Die beiden werden sie auch gut vorbereiten können!"
Richter Morrien verabschiedete sich rasch. Momentan fühlte er sich überfordert. Geheimrat von Olfers wollte, dass er Kinder bei Gesina ließe, aber er fand den Gedanken entsetzlich, da sie ja den eigenen Sohn nicht mehr sehen durfte.

Propst Bödiker hatte sich bereit erklärt, Gesina in den letzten Tagen zu begleiten. Aber er wollte nicht zum Amtshaus kommen und sie auch nicht in seinem Hause haben. Die Entscheidung für den Rathaussaal stellte schließlich alle zufrieden. Auch der Primissarius war einverstanden, ihn hin und wieder abzulösen.

Zwei Teertonnen Holz und eine große Menge Stroh für den Scheiterhaufen waren bereits zum Richtplatz gebracht worden. Auf den Torf hatte man verzichtet. Aber das Anliegen des Scharfrichters, nach der Hinrichtung mitzuspeisen, bereitete ihm Kopfzerbrechen. Er fragte sich, wie viele Plätze er im Schmiedekrug bestellen sollte. Anton Völker beruhigte ihn:

„Das wird sich alles finden, ich habe Platz genug und meine Küche ist gut auf die Gäste eingestellt."

Aber seine Unruhe wollte nicht weichen. Immer wieder tauchte Gesinas Gesicht vor ihm auf.

19

Die Kirchturmuhr schlug gerade fünf mal, als Kuperus Gesina vom Bolzen löste und Richter Morrien und den begleitenden Schützen übergab. Ein letztes Mal ging sie den schmalen Gang entlang, vorbei an den fünf Zellentüren mit den kleinen Öffnungen für das tägliche Brot, die Bohnen oder die Grütze. Sie wusste, dass hinter einer dieser Türen Herm schlief, und sie zitterte immer noch bei dem Gedanken.

Kuperus öffnete die stark gesicherte Außentüre und sie trat hinaus, in der Hoffnung, niemand möge sie in diesem elenden Zustand sehen. Es blieb still in der Burgstraße, sie hörte von ferne einige Vögel zwitschern und ein scheues Lächeln glitt über ihr Gesicht.

Vorsichtig setzte sie einen Fuß vor den anderen. Nach der langen Zeit im Kerker fiel ihr das Laufen unendlich schwer und die Ketten hatten die Haut wundgescheuert. Im Licht sah sie, wie verschmutzt Körper und Kleidung waren.

Richter Morrien sprach bei seinem letzten Besuch davon, sie solle ihre Ostern halten. Ob Ansgar Recht behalten sollte? Würde man sie auf dem Scheiterhaufen verbrennen?
Sie fühlte heiße Tränen aufsteigen und war froh, endlich die Jesuitenkirche zu sehen. Nur noch ein paar Schritte, dachte sie, dann bin ich in Sicherheit. Sicherheit … wovor? Vor den neugierigen Blicken, vor denen sie sich fürchtete?

Vor dem Pöbel, den der Gerichtsschreiber ihr angekündigt hatte? Was würde mit ihr geschehen, nach diesen wenigen Tagen und Nächten im Rathaussaal? Sie senkte den Kopf.

Richter Morrien hatte ihr versprochen, dass man die Mutter holen würde. Ob sie Joseph mitbrächte? Jetzt hüpfte ihr Herz vor Freude.
Aber dann dachte sie jäh daran, wie er gestern gesagt hatte, sie würde ihr Kind nicht wiedersehen und solle denken, es sei gestorben.

Sie hatten die Türe erreicht, die in den Rathausturm und von dort in den großen Saal führte. Dankbar sah sie, dass neben einer kleinen Pritsche ein Stuhl für sie bereit stand. Kuperus, der hinter ihnen hergegangen war, schloss ihre Füße wieder an den Bolzen und blickte sie kurz mitleidig an.

Richter Morrien schickte nun alle fort und fuhr sich nervös durch die Haare. Auf- und abgehend ließ er Gesina Zeit, sich umzusehen. Die zahlreichen Fensterscheiben waren mit Blei verglast und an der Decke hing ein schwerer Bronzeleuchter. An der Rückwand brannte ein Feuer im großen kunstvoll gestalteten Sandsteinkamin, der mit blauer, roter und goldener Farbe bemalt war.

Gesinas Blick blieb daran hängen und Morrien trat hinter ihren Stuhl und legte seine Hände auf ihre Schultern, so dass sie zusammenfuhr. Jetzt ist es soweit, dachte sie, jetzt wird sich mein Schicksal entscheiden.

Räuspernd begann der Richter zu sprechen und setzte sich dabei neben sie.

„Gesina, ich sagte dir schon gestern, du solltest deine Ostern halten und dich zu Gott bekehren, hier wäre doch nichts mehr für dich. Denke an die Ewigkeit.“ Er machte eine Pause.

„Am Freitag wirst du sterben durch des Henkers Hand. Er wird dich mit dem Schwert richten und danach soll dein Körper auf dem Scheiterhaufen verbrannt werden.“

Er blickte jetzt direkt in ihre Augen und war erstaunt und erleichtert, wie gefasst sie wirkte.
Erst als Mulert eintrat, fing sie leise an zu weinen und fragte nach ihrem Kind.

„Wir werden rechtschaffene Leute zu dir lassen. Auch deine Mutter, ich sagte es schon, darfst du noch einmal sehen. Aber dein Kind ...“, er zögerte kurz, „es wird bei seiner Großmutter aufwachsen. Wir versorgen Joseph durch euer Vermögen und wenn es aufgebraucht ist, nehmen wir Mittel aus dem Armenfonds.“
Dann sah er, wie unaufhörlich Tränen ihre Wangen herab liefen, und er war froh, als Propst Bödiker und der Primissarius Kuper eintraten.

„Mir geschieht recht“, sagte Gesina leise, „ich hoffe auf Seligkeit. Möge Gott dem verzeihen, der an meinem Unglück schuld ist.“

Morrien fühlte, wie ihn ein tiefes Mitleid übermannte, und er fragte mit belegter Stimme:

„Hast du noch einen Wunsch, Gesina?“

„Ja, bitte, ich möchte ein Gebetbuch, eine saubere Mütze und ein frisches Tuch. Und ich möchte vom Herrn Dechanten Römann zum Richtplatz gebracht werden. Er hat mich schon zur Kommunion geführt.“

„Ich werde noch einige Male vorbeischauen, während die Geistlichen dich vorbereiten, und ich bringe dir das Gewünschte mit.“ Schweren Herzens wandte er sich zum Gehen und ließ die Türe ins Schloss fallen.
Draußen fand er einen Boten, den er sofort zum Dechanten nach Fullen schickte.

Am nächsten Tag erschien der Scharfrichter mit seinen Knechten in Meppen und wurde von Abdecker Knobbe zum Richtplatz geführt, um alles zu inspizieren. Aber es war nicht, wie erwartet, Esselmeyer.

Der Henker entschuldigte ihn wortreich und Knobbe erinnerte sich an das zögerliche Verhalten, das ihm in Rheine aufgefallen war. Sollte den Scharfrichter der Mut verlassen haben? Er reichte dem Fremden die Hand und dieser sagte mit fester Stimme:

„Ich bin aus Münster angereist, in Vertretung sozusagen. Mein Name ist Hermann Leissner.“

VII

10. April 1807
Meppen

Mein Gott,

mein Gott, warum hast du mich verlassen! *
Warum bist du fern meinem Flehen, dem Ruf meiner Klage!
Ich rufe am Tage, o Gott, und du hörest nicht; * ich rufe in der Nacht, und du hast für mich keine Antwort.
Und wohnest doch in dem Heiligtum, * gepriesen von Israel.
Auf dich haben unsere Väter gehofft, * sie hofften,
und du hast sie befreit.
Sie riefen zu dir und wurden gerettet, * sie vertrauten auf dich und wurden nimmer zuschanden.
Ich aber bin ein Wurm und kein Mensch, * der Leute Spott und des Volkes Verachtung.
Alle, die mich sehen, sie spotten mein, * sie verziehn die Lippen,
schütteln das Haupt:
„Er vertraute auf Gott, der mag ihn retten; * er mag ihm helfen, wenn er ihn liebt."
Du bist es, der mich aus dem Mutterschoße geführt. *
du ließest sorglos mich ruhn an der Brust meiner Mutter.
Dir bin ich zu eigen von Anbeginn, * vom Schoß meiner Mutter an bist du mein Gott.
Steh mir nicht ferne in meiner Not, * sei mir nahe,
denn nirgends ist Hilfe.

Aus Psalm 21

Sie haben mir dicke Milch und Zichorienkaffee gebracht, aber meine Hände zittern so sehr, dass ich es nicht zum Mund führen kann. Ich denke unaufhörlich an Joseph. Was ist mit mir geschehen? Ich habe das alles nicht gewollt. Warum habe ich Herm nicht verlassen? Dann würde mein zweites Kind noch leben. Wohin hätten wir gehen sollen? Ich wäre vielleicht ein Bettelweib geworden, wie meine Mutter.

Mutter! Wie schwer war gestern der Abschied von dir! Du hast mich in deinen Armen gehalten und leise gesungen, so wie früher. Dann hast du mir eine kleine, silberne Dose geschenkt, die du in deinem Nähkorb gefunden hast. Darin lagen gepresste Blüten. Woher kommt sie? Sie ist hübsch, auf dem Deckel sind feine Blumen eingraviert. Ich werde sie ganz fest in meiner Hand halten, wenn es soweit ist.

Der Herr Propst betet unaufhörlich und der Primissarius schaut immer zum Fenster hinaus. Draußen sind so viele Menschen, sie rufen nach mir:

Goose Sienken, du Hexe, du sollst brennen!

Bin ich eine Hexe? Alle hatten mich doch gern! Da, ich höre Schritte auf der Treppe. Ich habe Angst, alles in mir schreit. Es ist Dechant Römann, wie gut, dass er gekommen ist. Er hilft mir, die Haube aufzusetzen. Ich möchte ordentlich gekleidet sein, wenn ich meinen letzten Weg gehe. Das Tuch lege ich alleine um die Schultern. Jetzt ist auch der Schließer Kuperus gekommen und löst den Bolzen. Er führt mich zur Türe und öffnet sie. Ich gehe Stufe für Stufe und zähle jede einzelne. Es sind zwanzig, dann folgt ein kleiner Absatz. Die Ketten sind so schwer. Ich gehe weiter, noch einmal elf Stufen. Dann öffnet sich die schwere Tür.

Unter den Bögen stehen Richter Morrien und Richter Helter, daneben der Gerichtsschreiber Mulert. Da ist ein großer, aufrecht stehender Mann, den ich nicht kenne. Er ist ganz dunkel gekleidet und sieht mir geradewegs in die Augen. Sie verkünden das Urteil, aber in meinen Ohren rauscht es und ich verstehe nichts. Jetzt lösen sie meine Ketten und übergeben mich dem Fremden. Es ist der Henker!

Im Halbkreis stehen bewaffnete Schützen vor dem Rathaus, sind es hundert oder zweihundert? Sie können die Menschenmassen kaum zurückhalten. Es ist so laut, alle schreien durcheinander. Die Glocken der Propsteikirche beginnen, dumpf zu läuten. Wir steigen auf einen Wagen, mit dem Henker und seinen Knechten. Sie halten mich fest ..., als ob ich fliehen könnte!
Überall in den Fenstern am Marktplatz sehe ich Menschen. Wir kommen nur langsam voran. Dort, die Emsbrücke, dann Schultes Damm. Da ist der Weg durch die Flüwiesen, ich möchte laufen, laufen bis nach Wesuwe zur Mutter. Vielleicht ist sie hier.

Sie hat versprochen, zu kommen, am Fuller Kirchsteig wollte sie stehen. Ich sehe sie nirgends. Doch! Da ist sie! Und sie hält Joseph im Arm! Sie hält ihn ganz hoch, damit ich ihn sehen kann! Dann drückt sie ihn fest an sich und ruft mir etwas zu, aber ich verstehe sie nicht. Gibt es das, Glück und Leid so nah beeinander? Mein Kind, es zerreißt mir das Herz, dich zu sehen!

Die Menschenmassen haben sie fortgeschoben. Es müssen Tausende sein. Wir fahren durch Ehsters Sand, dort ist der Waterberg. Noch ein Stückchen, jetzt halten sie.

Eine alte Frau kreischt:

Das Hexenschwert wird dich richten!

Dechant Römann hilft mir vom Wagen, er betet mit mir. Werde ich Vater wiedersehen? Marie und Pfarrer Appeldorn? Ich muss auf einen Hügel steigen, aber meine Beine versagen mir den Dienst. Sie helfen mir.

Da steht ein Stuhl für mich. Sie schneiden mir die Haare ab und verbinden meine Augen. Mein Herz klopft so laut. Ich habe Angst! Mutter ...

Vater unser

A Pater noster, qui es in cælis: /
Sanctificétur nomen tuum: /
Advéniat regnum tuum: /
Fiat volúntas tua, sicut in cælo, et in terra. /
Panem nostrum cotidiánum da nobis hódie: /
Et dimítte nobis débita nostra, /
sicut et nos dimíttimus debitóribus nostris. /
Et ne nos indúcas in tentatiónem; /
sed líbera nos a malo.

Die Menschenmenge verlor sich rasch. Richter Morrien ging entschlossenen, festen Schrittes zurück zu seinem Fuhrwerk. Zwei Bauern im Sonntagsstaat, etwas abseits stehend, lamentierten laut und mit erhitzten Köpfen. Vereinzelte lärmende Kinder hüpften und sprangen ausgelassen im glühenden Widerschein um den Scheiterhaufen herum, bis sie die mahnenden Rufe ihres Lehrers vernahmen.

Geheimrat von Olfers klopfte Morrien auf die Schulter.

„Jetzt hat die Gerechtigkeit gesiegt, meine Herren. Kommt, lasst uns zur Gastwirtschaft fahren. Der Wirt hat Gutes für uns vorbereitet."

Die Mitglieder der Kommission und die Geistlichen nahmen auf ihren schmalen Bänken Platz und beobachteten Scharfrichter Leissner, der sich in einiger Entfernung noch einmal prüfend umwandte.

„Was meint ihr? Soll er doch mit uns zum Markt fahren und essen. Wer steigt zu ihm auf den Wagen? Nun, dann werde ich es tun. Was unser Geschäft war, vorzubereiten, ist sein Geschäft, es auszuführen." Alle nickten zustimmend.

Gerichtsschreiber Mulert saß gebeugt über der Akte Fenslage. Draußen peitschte ein Sturm, prasselnd krachte der Regen gegen die Fensterscheiben. Die dicken Mauern des alten Amtshauses gaben ihm ein Gefühl von Geborgenheit und Schutz.
Mit dem Handrücken wischte er sich über die müden Augen und entzündete dann die Petroleumlampe mit dem grünen Glasschirm.

Er erinnerte sich nicht, jemals von einem Fall gehört zu haben, der die Gemüter dermaßen erhitzt hatte.
Heute würde er die letzten Zahlungen anordnen. Tischler Schagemann hatte schon viel zu lange auf sein Geld warten müssen. Dabei war der Hinrichtungsstuhl zu aller Zufriedenheit ausgefallen.

Zu später Stunde schloss er mit einem Seufzer die Akte.

Vom Schicksal der Protagonisten

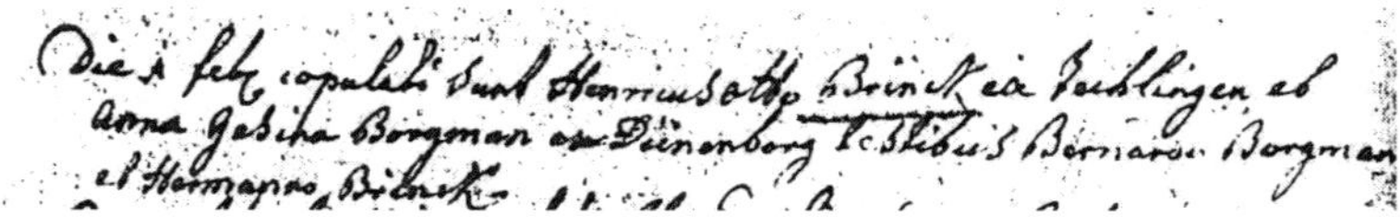

Otto Brink aus Teglingen heiratete seine erste Ehefrau Anna Gesina Borgmann aus Altharen-Düneburg am 1.Februar 1767

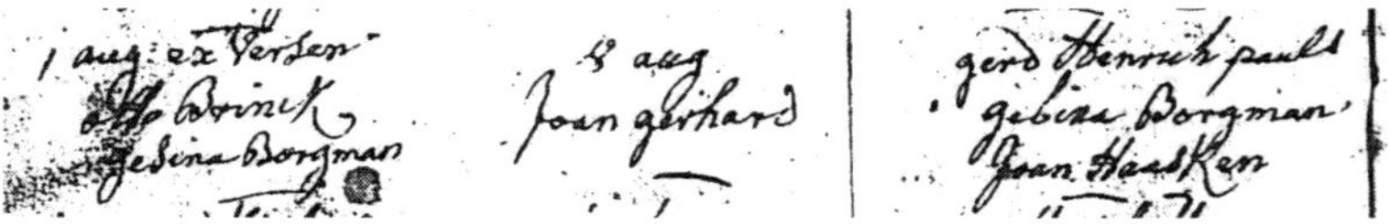

Ihr gemeinsamer Sohn Johann Gerhard wurde am 1. August 1768 in Versen geboren und sieben Tage später getauft.
Er starb am 17. November.

Der Witwer Otto Brink heiratete am 5. November 1782 Susanna Pötker aus Altharen-Dankern. Die beiden wurden Goose Sienkens Eltern.

Joseph Fenslage,

Goose Sienkens und Hermann Fenslages Sohn, starb am 28. Januar 1810 in der Obhut seiner Großmutter Susanna Brink zu Wesuwe. Er wurde nur 5 Jahre und 10 Monate alt. Sein Grab befand sich neben der Kirche St. Clemens.

Somit gibt es keine direkten Nachfahren.

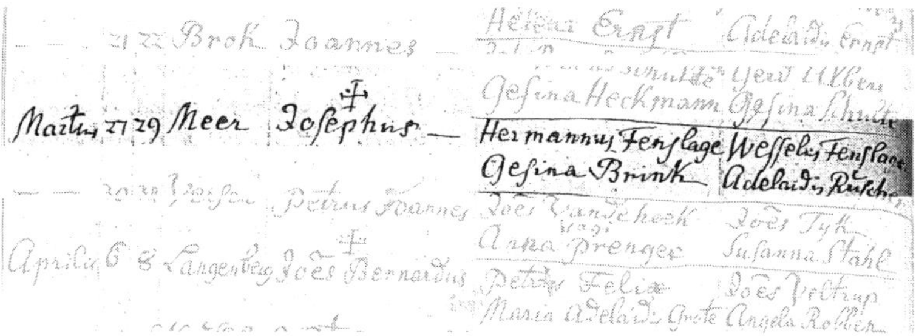
Martii 27 29 Meer Josephus — Hermannus Fenslage Wesselus Fenslage
Gesina Brink Adelaidis Rüschen

Joseph Fenslage wurde am 27. März 1804 in Hebelermeer geboren und zwei Tage später getauft. Taufpaten waren Hermann Fenslages Bruder Wessel und dessen Frau Adelaide Rüschen.

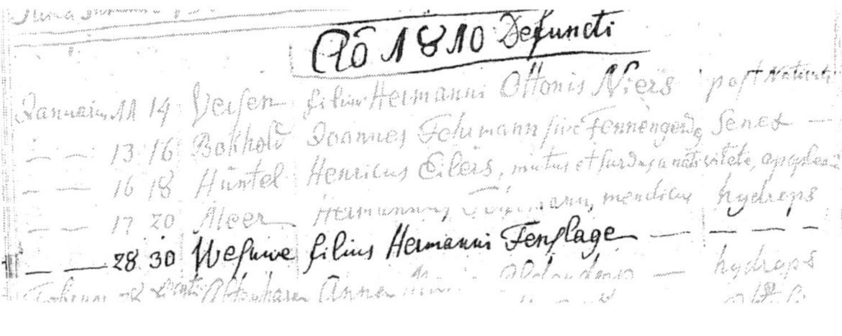
Ao 1810 Defuncti
— — 28 30 Wesuwe filius Hermanni Fenslage — — — —

Das „Kind Hermann Fenslages“ wurde zwei Tage nach seinem Tod beerdigt

Susanna Brink

Goose Sienkens Mutter, starb 86-jährig am 7. Februar 1844 in Wesuwe, laut Sterberegister als „Bettelweib“.
Begraben wurde sie, wie ihr Enkel Joseph, neben der Kirche St. Clemens.

Sie überlebte ihre Tochter um fast 37 Jahre.

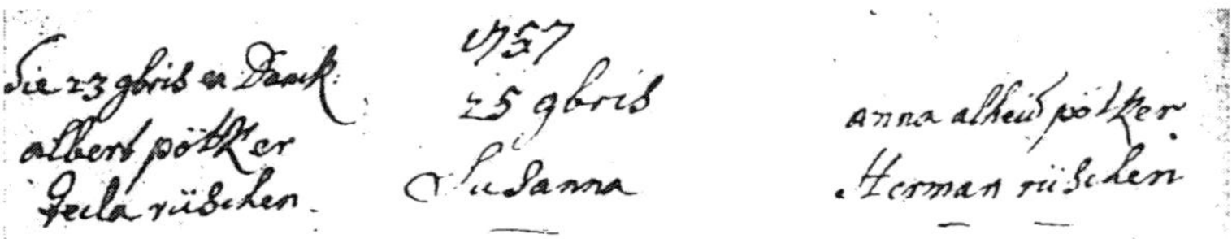

Susanna Pötker wurde am 23. November 1757 in Altharen-Dankern als Kind von Albert Pötker und Thekla Rüschen geboren. Taufpaten waren Anna Adelheid Pötker und Hermann Rüschen.

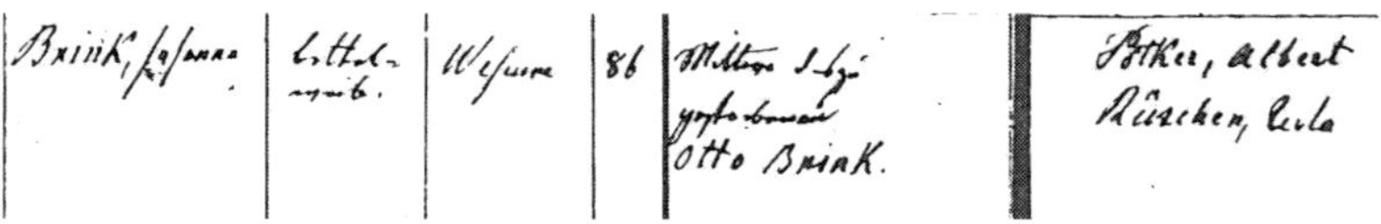

Sie starb als Witwe von Otto Brink am 7. Februar 1844

wurde am 23. April 1807, 13 Tage nach der Hinrichtung seiner Frau, über Bevergern nach Münster gebracht, wo sich am 24. April die Zellentüren des Zucht- und Arbeitshauses hinter ihm schlossen.

Am 30. November gelang Herm, zusammen mit zwei Mitgefangenen, die Flucht. Aber bereits eine Woche später konnte man ihn mit einem weiteren Ausbrecher im Kirchspiel Emsdetten einfangen, im Wirtshaus Vegesack festsetzen und zurück ins Zuchthaus bringen. Ein weiterer Ausbruchsversuch misslang.

Hermann Fenslage starb am 13. Oktober 1810 im Alter von 42 Jahren. Heute weiß niemand mehr genau, wo er begraben wurde.

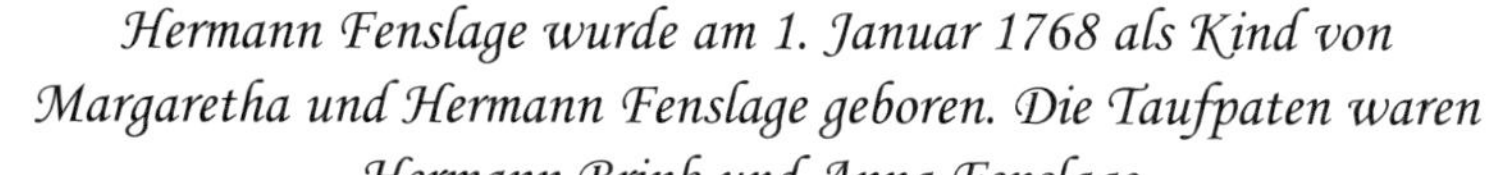

Hermann Fenslage wurde am 1. Januar 1768 als Kind von Margaretha und Hermann Fenslage geboren. Die Taufpaten waren Hermann Brink und Anna Fenslage.

Das Zucht- und Arbeitshaus

zu Münster wurde 1732-1734 von Johann Conrad Schlaun als zweiflügelige Anlage neben dem Zwinger (Kerker), der schon im 16. Jahrhundert zur Stadtbefestigung gehörte, erbaut und offiziell als Besserungs- und Arbeitsanstalt bezeichnet.
Es handelte sich um die erste ihrer Art in Deutschland, nachdem man vorher schon Erfahrungen in Amsterdam und England gesammelt hatte. Der Bau kostete 30.000 Reichsthaler, die zum Teil auch durch Kollekten gedeckt wurden. Aus Meppen, wie auch aus anderen Gemeinden, flossen Gelder.
Bereits 1734 ließ das Bistum als Nutznießer von der Kanzel verkünden, dass ab sofort aus der dortigen Weberei wohlfeile Tuche angeboten werden konnten. In den Anfangsjahren stellten aufgegriffene Landstreicher, da ihnen entsprechende Kenntnisse fehlten, Stoffe von minderwertiger Qualität her.
Man begann, jungen Leuten eine Ausbildung als Weber anzubieten.
Die Lebensbedingungen waren schlecht, in der Regel hielten sich ständig 40-60 Gefangene dort auf. Statistisch gesehen lag die Überlebensrate bei fünf Jahren.
Hinter einer Tür im Speisesaal befand sich ein verdeckter Altar, die Insassen mussten zwangsweise am Gottesdienst teilnehmen. Ab 1810 wurde nach Konfessionen getrennt und evangelische Personen nach Herford gebracht.
Wer erkrankte, wurde von Franz Wernekink, Professor der Botanik an der Universität und Mitglied des Medizinalkollegiums, behandelt. Der Mediziner war für die Zuchthäusler sowie für Patienten des Clemenshospitals und des Klosters der Barmherzigen Brüder zuständig.

Ein Apotheker und Chirurg waren ebenfalls sporadisch vor Ort. Bis zum Jahre 1801 existierte eine Akte, in der alle Rechnungen, Ausgaben für Nahrung, Kleidung und Begräbnisse, sowie die Gefangenen mit Namen und deren Krankheiten aufgeführt wurden.
Ab 1774 durften innerhalb der Stadtmauern keine Bestattungen mehr durchgeführt werden. Man vergrub die Toten in den Gräben der Wallanlagen. Das Gefängnis lag in etwa 250 Meter Entfernung, so dass im heutigen Bereich der Sonnenstraße verstorbene Gefangene beerdigt wurden.
Ab 1808 wurde dann der Hörster Friedhof genutzt, der später als Park gestaltet wurde.
Aus dem Jahre 1772 existiert eine Eintragung, die dem Schreiner für eine Totenlade (Sarg) 1 Reichsthaler, 3 Schilling und 6 Pfennige zugesteht. Die Beerdigung kostete 3 Reichsthaler und 14 Pfennige.
Eine Möglichkeit, diese Kosten zu umgehen, bestand in der Gewohnheit, die Leichen für Anatomieversuche zur Verfügung zu stellen. Wenn die Witterung dies zuließ, von Oktober bis März, war das die Regel.
Die bis 1811 im Clemenshospital (im Bereich Stubengasse) tätigen Barmherzigen Brüder waren dankbare Abnehmer.
Das Hospital wurde 1945 abgerissen und ein Parkplatz eingerichtet. Viele alte Bäume spendeten dort Schatten.
Bei Bauarbeiten 1997/98 und 2008 entdeckte man, teilweise in nur 50 cm Tiefe, die sterblichen Überreste von etwa 70 Menschen. Sie waren dort illegal, im ehemaligen Garten des Hospitals, achtlos vergraben worden.

Da Herm Fenslage im Oktober 1810 starb, besteht eine große Wahrscheinlichkeit, dass er ebenfalls in die Anatomie gebracht und anschließend im Massengrab verscharrt wurde.

Auszug aus dem Register der Urkunden des Personen Standes der Mairie Münster pro 1810

Sterbe-Urkunde

Im Jahre ein tausend acht hundert und zehn den
dreizehnten October morgens um Viertel nach eilf
Uhr erschienen vor mir Johan Henrich Schweling
Maire ad interim der Stadt Münster der Zunft-
[illegible] Jan Henrich Cruse, ein und dreißig
Jahre alt, und der Zunfthausknecht Johan Lobe-
recht Braun, vier und fünfzig Jahre alt, beide
hier wohnend mit der Anzeige, daß der Schuhmacher
Herman Tenslage drei und vierzig Jahre alt,
zu Wessum wohnhaft, verehelicht mit einer
Sina Brink, Sohn der zu Wessum verstorbenen
Eheleute Herman Tenslage, und der Margareta,
deren Gewerbe, Familien Namen der Frau, und oder
Leben derselben den Comparenten unbekannt war,
am heutigen Morgen neun Uhr auf der Lotha-
ringer Straße No 250 Martini Kirchspiels
belegenen Behausung allhier verstorben sei.
Joan Henrich Cruse, Joan Lobrecht Braun
Joan Henrich Schweling Maire ad interim
Für gleichlautenden Auszug der Maire ad interim

„Auszug aus dem Register der Urkunden des Personenstandes der Mairie Münster pro 1810

Sterbeurkunde
Im Jahre ein tausend acht hundert zehn den dreizehnten Oktober morgens um viertel nach elf erschienen vor mir Johan Henrich Schweling Maire ad interim der Stadt Münster, der Zuchthausbothe Jan Henrich Cruse, ein und dreißig Jahre alt und der Zuchthausknecht Johan Leberecht Braun, vier und fünfzig Jahre alt, beide hier wesend mit der Anzeige, dass der Schuhmacher Hermann Fenslage, drei und vierzig Jahre alt, zu Wesuwe wohnhaft, verheiratet mit einer Sina Brink, Sohn der zu Wesuwe wohnhaften Eheleute Hermann Fenslage, und der Margaretha, deren Gewerbe, Familien-Namen der Frau, Tod oder Leben derselben den komperenten unbekannt war, am heutigen Morgen neun Uhr auf der Lotharingerstraße No 250 Martini Leihschaft belegenen Behausung alhier verstorben sei.
Joan Henrich Cruse, Joan Lebrecht Braun, Joan Henrich Schweling Maire ad interim für gleichlautenden Auszug dem Maire ad interim Schweling proveritate hujus copiae B. H. Römann provisorischer Zivilstandesbeamter Wesuwe den vier und zwanzigsten Oktober ein tausend acht hundert und zehn, nachmittags ein Uhr.

Wesuwe am zehnten November ein tausend acht hundert und zehn, morgens halb zehn Uhr erschien vor mir dem unterschriebenen Pfarrer als Declatanten erstens der Herr primissarius zu Fullen P. Fortunatus Kupers …

aus Rheine hinterließ kaum Spuren. Als sein Vater Nicolaus (Carnifex = Scharfrichter) 76jährig starb, übernahm er dessen Geschäfte.
Im gleichen Jahr, 1797, wurden ihm aufgrund dieser unehrenhaften Tätigkeit die Bürgerrechte aberkannt.

Zunächst hatte er in Jena studiert und war als Chirurg in Rheine tätig gewesen. Er heiratete am 14. Februar 1795 Elisabeth Molkenbuer. Seine Kinder Joannes Nicolaus und Joseph Nicolaus starben jung. Der einzige überlebende Sohn Wilhelm heiratete 1819 im Alter von neunzehn Jahren. Zu diesem Zeitpunkt lebte Bernard Henrich Esselmeyer noch.

Neben der Scharfrichterei betrieb er, verpachtet an den Abdecker Knobbe, eine „Schinderey" in Meppen.

Es ist möglich, dass Goose Sienken die einzige Person war, die er richten sollte.

In den Kirchenbüchern finden sich unterschiedliche Schreibweisen wie Eschmeyer, Essmeyer, Esmeyer, Eßmeyer, die jedoch alle zur Scharfrichter-Dynastie gehören.

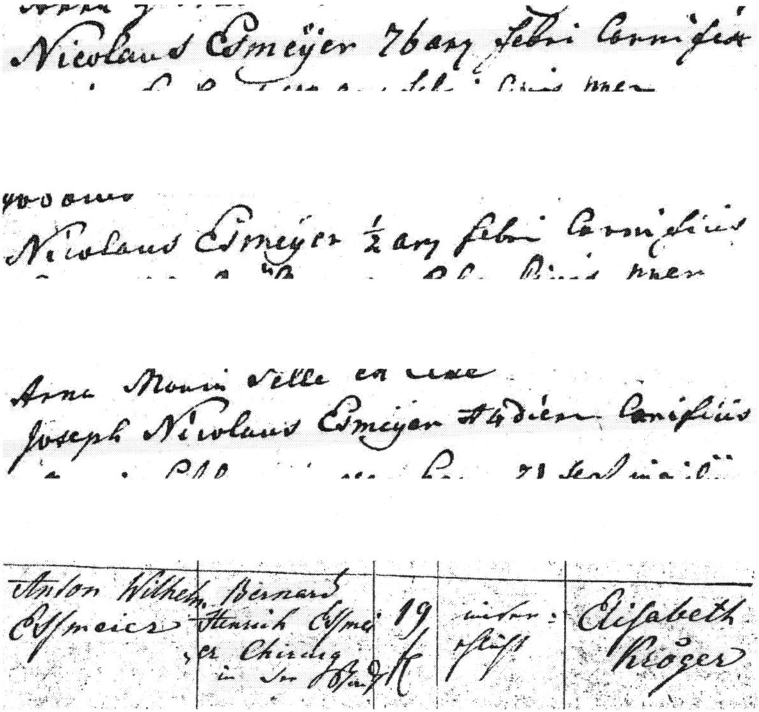

Auszüge aus den Kirchenbüchern von St. Dionysius zu Rheine (Tod seines Vaters und seiner Kinder sowie Heirat seines Sohnes)

1819 wurde Bernard Henrich Esselmeyer nicht als Carnifex sondern wieder als „Chirurg in der Stadt" bezeichnet.

aus Telgte führte von 1792 bis 1804 fünf Exekutionen durch. Dazu zählte auch die im Juni 1798 auf der Hohen Ward bei Münster-Hiltrup erfolgte letzte Feuerhinrichtung in Westfalen.

Das Münstersche Intelligenzblatt berichtete „... abermals ist auf der Hohen Ward ein berüchtigter Kirchendieb namens Kaspar Lange, auch Kaiser genannt, Musketier beim hiesigen Infanterieregiment von Höfflinger nach kriegsrechtlichem Urteil am Pfahle erdrosselt und darauf dessen Körper auf dem Scheiterhaufen verbrannt."

1801 wurde Hermann Leissner von der Bischöflichen Hofkammer zum Scharfrichter von Münster ernannt.
Vorher hatte fast 70 Jahre lang die Familie Diepenbrock, über mehrere Generationen hinweg, dieses Amt inne.

Im Verlauf der Stadtmauer standen in früherer Zeit zwischen Servatii- und Ludgeritor (an der heutigen Klosterstraße) zwei Mauertürme. Im Niesingturm wurden nachweisbar ab dem 16. Jahrhundert „peinliche Verhöre", also Folterungen, durchgeführt. Die Wohnung des Scharfrichters befand sich im Büttelsturm. Seit 1365 ist die Bezeichnung „Henggherstorn" belegt, zu Beginn des 16. Jahrhunderts „Bodels- oder Budelstorm".

Seit 1536 wird nicht mehr der Turm, sondern die benachbarte „Bodelei" als Wohnort benannt („Boddel" = Büttel oder Scharfrichter).

Im Juni 1652 traf ein Blitzschlag den als Pulverlager genutzten Büttelsturm. 50 Tonnen Pulver explodierten und zerstörten Turm und benachbarte Häuser.
In der „Bodelei“ starben der ehemalige Scharfrichter Franz Henrich Metelen (Meiteling), seine drei Kinder und die Magd.

Als Wohnung für Hermann Leissner und seine Frau Margarethe geb. Voss (aus Leer, geb. 23. April 1766) wird zunächst die Ludgerileihschaft 277 (heute Harsewinkelgasse 10) genannt.
Seine Kinder hießen Henrich (geb. in Sendenhorst, Januar 1792), Bernard (ab hier Geburtsort Münster, März 1797), Lisette (15. Januar 1801), Nette (Juli 1808) und Clara (18. August 1811).

Hermann Leissner (auch Leisner oder Leisener) wurde von Scharfrichter Esselmeyer aus Rheine zur Hinrichtung von Goose Sienken nach Meppen bestellt und führte diese am 10. April 1807 aus.

Nach der Neuen Preußischen Criminalgerichtsordnung 1814 verlor er seinen Scharfrichter-Auftrag. Erst 1822 erhielt er eine jährliche Pension von 60 Reichsthalern sowie eine Nachzahlung für die vergangenen Jahre.
Seine Anschrift lautete später Ludgerileihschaft 251 (vermutlich die „Bodelei“, heute Klostergasse 71).

In den letzten Lebensjahren erkrankte er schwer, war bettlägerig und musste getragen werden. Er starb 76-jährig.

Nach seinem Tod am 16. März 1836 wurde seine Frau von der Stadt aufgefordert, die stark baufällige Dienstwohnung bis November zu räumen.
Sie legte daraufhin dar, dass sie völlig verarmt sei, vier Personen im Hause lebten, eine Tochter zwar helfe, eine weitere jedoch an der Wassersucht leide.
Die Scharfrichterei wurde noch im selben Jahr verkauft.

Scharfrichter zu Münster

(Jahreszahlen sind belegt)

1531 Meister Hans
1536 Meister Bartholomäus
1538/41 Meister Hans sen.
1542 Meister Hans jun.
1559/66 Hans Kümmel
1573/82 Hans van Alen
1586/94 Christian Schütte
1587 Hans Lepper
1594 Jacob Schneider
1594/98 Meister Daniel
1598/1610 Werner Richter
1615/29 Henrich Hillebrand
1631/39 Bernd Bröcker
1640/52 Franz H. Metelen
1658 Stephan Claes
1653/1670 Philipp Schneider
1671/96 Heinrich Schneider
1698/1715 Matthias Claessen
1714/22 Joh. Hermann Claessen
1723 NN
1723/25 Joh. Peter Füchten
1726 Joh. B. Nicolaus Schneider
1730 Arnold Diepenbrock
1742/54 Henrich F. Diepenbrock
1776 Friedrich F. Diepenbrock
1785 Benjamin Hartmann
(1789) Ferdinand Diepenbrock
1789/93 Theodor H. de Groot
1785/98 Franz J. Diepenbrock
1801/4 Hermann Leissner

Das im Frühjahr 1806

geborene und gleich danach getötete Kind von Hermann Fenslage und Goose Sienken wurde vermutlich ganz nah an der Kirche (zu Wesuwe oder Haren, da es dort obduziert wurde) beerdigt. Da es ungetauft war, galt es als „Traufenkind". Wenn es regnete, sollte „geweihtes" Wasser vom Dach des Gotteshauses auf sein Grab fallen und eine Taufe symbolisieren. Möglich ist auch, dass es als ungetauftes Kind vor der Friedhofsmauer begraben wurde.

Das Kind Hermann Bernhard Joseph,

Erstgeborener von Hermann Fenslage und seiner zweiten Frau Anna, starb am Tag seiner Geburt (13. April 1799) in Hebelermeer. Da er getauft war, liegt sein Grab auf dem ehemaligen Friedhof neben der Wesuweer Kirche.

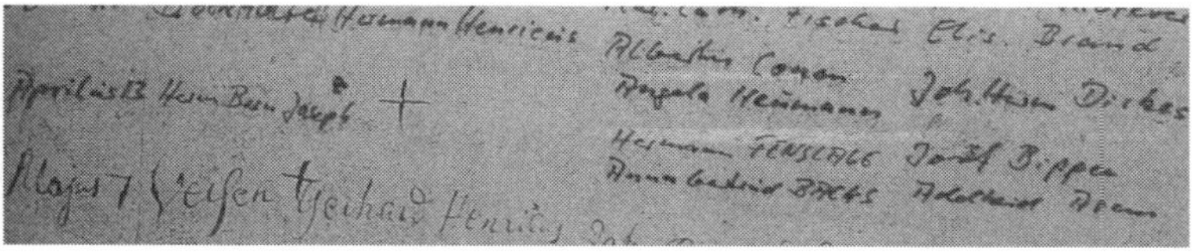

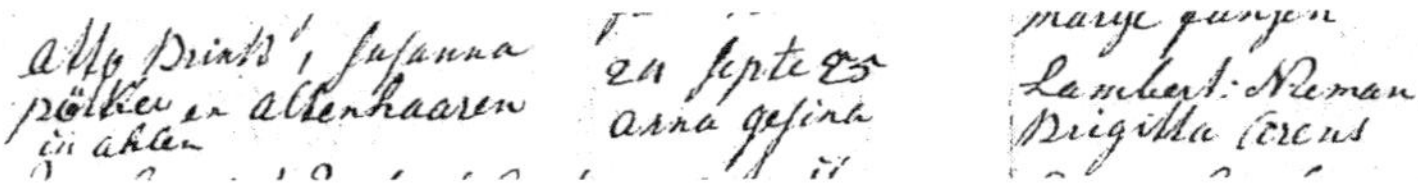

Otto Brink, Susanna pötker ex altenhaaren in ahlen
24 septe 25 anna gesina
Lambert: Nieman
Brigitta Arens

Anna Gesina Brink (Goose Sienken) wurde am 24. September 1784 als Kind von Otto Brink und dessen zweiter Frau Susanna Pötker in Ahlen geboren und am nächsten Tag getauft. Taufpaten waren Brigitta Arens und Lambert Niemann.

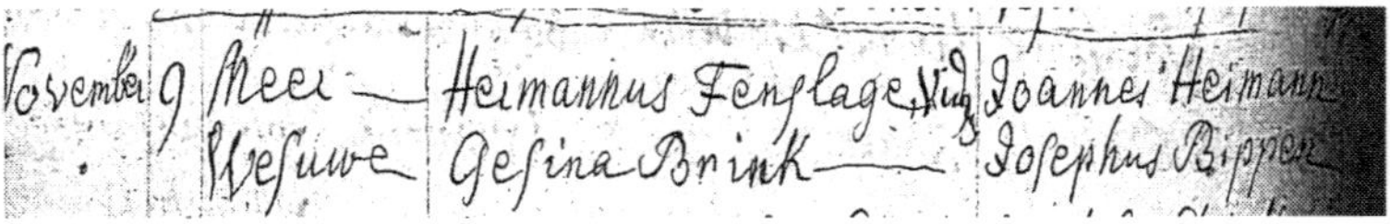

November 9 Meer Heimannus Fenslage Vid. Joannes Heimann
Wesuwe Gesina Brink Josephus Bippen

Anna Gesina Brink (Goose Sienken) heiratete am 9. November 1802 den Witwer Hermann Fenslage. Trauzeugen waren Joannes Heimann und der Sohn ihres Lehrers, Joseph Bippen.

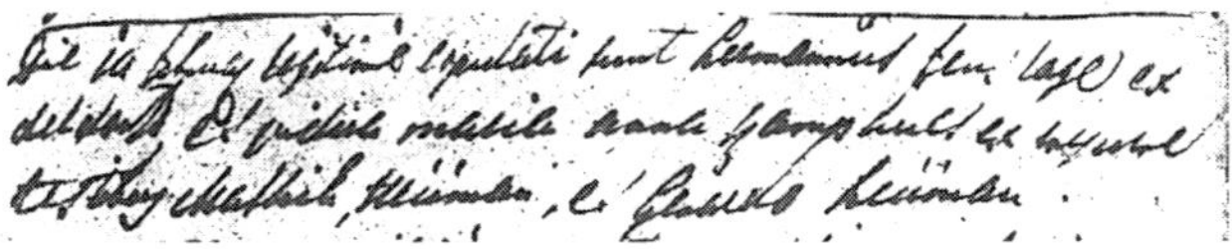

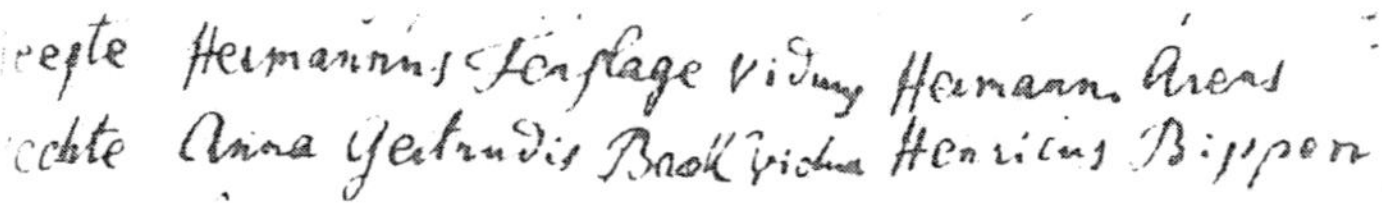

Heimannus Fenslage Viduus Heimann Arens
Anna Gertrudis Brok vidua Henricus Bippen

Bevor Hermann Fenslage Goose Sienken heiratete, nahm er am 14. Februar 1792 Maria Anna Heumann, verw. Kamphues und am 25. September 1798 Anna Maria Gertrudis Book zur Frau. Einer der Trauzeugen war Lehrer/Küster Heinrich Bippen.

Es ist nicht bekannt,

wo die sterblichen Überreste von Anna Gesina Fenslage, genannt Goose Sienken, verblieben sind.
Vermutlich wurden sie mit den Resten des Scheiterhaufens von den Henkersknechten auseinandergezogen.
Der Autor Jost Auler beschreibt, dass selbst bei den entstandenen hohen Temperaturen Knochenreste übrig bleiben (s. Literaturhinweise „Richtstätten-Archäologie").
Ein weiterer Archäologe bestätigte, dass nach einer Verbrennung winzige fingernagelgroße, sogenannte calzinierte, Knochen übrig bleiben.
Ihr Volumen verkleinert sich, die Knochenreste, etwa zwei Kilogramm, außen schneeweiß und innen dunkelgrau, werden härter und haltbarer.

Der Waldboden hat sich darüber gesenkt.

Möge sie ruhen in Frieden.

War Goose Sienken eine Hexe?

„Hexe [althochdeutsch hagzissa, eigentlich »Zaunreiterin«] die, im Volksglauben eine zauberkundige Frau mit magisch-schädigenden (»okkulten«) Kräften. Sie erscheint in Märchen und Sagen als Schreckgestalt von abstoßendem Äußeren; der Hexenbegriff des Mittelalters entstand aus ursprünglich nicht zusammengehörenden Elementen des Aberglaubens (z. B. Luftflug, Schadenzauber), der christlichen Dämonologie (Lehre von Dämonen- und Teufelspakt) und Straftatbeständen der Inquisition."

(Zitat „Der Brockhaus")

Hexenverbrennungen im Emsland sind nicht bekannt.
Diepenbrock verneint dies 1838 in seiner „Geschichte des vormaligen münsterschen Amtes Meppen" ausdrücklich und bezieht sich auf den positiven Einfluss der Jesuiten.
Es ist jedoch anzunehmen, dass der Hexenwahn auch in unseren Landstrichen wütete.
Im Volksmund gibt es noch den Blutacker und den Hexenkamp, dort im Stadtteil Esterfeld, wo der Klinkenberg gestanden haben muss.

Die letzte Hexenhinrichtung in Deutschland fand in der Fürstabtei Kempten statt. Maria Anna Schwägelin, eine alleinstehende Dienstmagd, wurde am 11. April 1775, fast auf den Tag genau 32 Jahre vor Goose Sienken, hingerichtet.

Normalerweise reichte der Verdacht aus, mit dem Teufel im Bunde zu stehen, um als Hexe auf dem Scheiterhaufen verbrannt zu werden. Mit der Einführung der Inquisition durch Papst Innozenz III gegen Ende des 12. Jahrhunderts wurden alle Bischöfe aufgefordert, Hexen und Ketzer aufzuspüren. Diese Aufgabe übernahmen bevorzugt Ordensleute wie Dominikaner und Franziskaner. Weltliche Gerichte vollstreckten unangefochten die Urteile. Im Jahre 1352 erließ Innozenz IV zusätzlich die Genehmigung zur Folter.

Unschuldige Menschen wurden in die Arme der Folterknechte getrieben und denunzierten unter unbeschreiblichen Gräueltaten weitere Frauen, Männer und Kinder. Neben dem Teufelspakt, der Teilnahme am Hexensabbat und der Liebschaft mit dem Teufel wurde vermutlich Hunderttausenden unbescholtener, oft ehrbarer und geachteter Menschen Zauberei, mit dem Ziel anderen Unheil zu bringen, vorgeworfen. Für Krankheit, Tod, Seuchen oder Missernten war nun ein Sündenbock gefunden.

Häufig lebten Raben oder Eulen mit den sogenannten Hexen unter einem Dach. In der Antike als heilige Tiere verehrt, standen vor allem letztere in dem Ruf, Flüche abzuwehren oder den Tod anzukündigen.

Untrennbar verbinden wir bis heute mit dem Begriff Hexe den Ritt auf dem Besenstiel. Im 20. Jahrhundert ergaben wissenschaftliche Tests, dass bestimmte Kräuter, zu einer Salbe verarbeitet und auf die Haut aufgetragen, Halluzinationen und das Gefühl zu fliegen hervorrufen konnten.
Der Besen galt seit jeher als Sinnbild für weibliche Aufgaben. Mit dem Beginn der Hexenverfolgung und in Verbindung zur Buhlschaft mit dem Teufel wurde er zum Phallussymbol. Fest verankert im Volksglauben war die Vorstellung, dass Hexen Neugeborene töten, um sie dem Teufel zu übergeben.

Vergessen ist der Ursprung des „Hexenschusses“: In alter Zeit glaubte man, eine Hexe hätte den Betroffenen angehaucht und den „Schuss“ damit ausgelöst.
Leichtfertig verwenden wir auch heute noch den Begriff „Hexe“ als Schimpfwort.

In den alten Gerichtsakten über Goose Sienken findet sich nichts von alledem.
Aber in den Köpfen der Menschen vor mehr als zwei Jahrhunderten müssen die Hexenprozesse, Aberglaube und entsprechende Ängste noch sehr präsent gewesen sein.

Als Hinrichtungsplatz in Meppen nennt Diepenbrock den Galgenberg vor den Toren der Stadt (Oldemeppen), wo Rad und Galgen aufgepflanzt waren. Dieser war 1807, als Goose Sienken hingerichtet wurde, bereits verschüttet, so dass nach einer neuen Richtstätte für sie gesucht wurde.
Der ehemalige Hof Altmeppen (Oldemeppen) lag an der Radde, er brannte Ende des 19. Jahrhunderts ab.
Ein neuer Hof wurde weiter östlich erbaut. Vermutlich lag der Galgenberg im Bereich zwischen Radde und Marianum.

Eine weitere Hinrichtungsstätte war in früherer Zeit in Meppen-Nödike. Stadtauswärts, an der Straße nach Lingen, befand sich eine „Schinderey" und der Abdecker betätigte sich in der Regel als Henkersknecht.
Außerdem gibt es Hinweise auf den Klinkenberg im Stadtteil Esterfeld, einen Richtplatz an der Hase (beim Kollhofe) und an der jetzigen Hubbrücke in Meppen.

Was uns grausam erscheint, hatte damals Symbolkraft. So wurde Goose Sienken nach der Hinrichtung mit dem Schwert auf dem Scheiterhaufen verbrannt, „weil sie eine große Feuersbrunst ausgelöst hatte und um darin unterzugehen, worin sie gesündigt hatte."
Außerdem sollten Delinquenten durch die Hinrichtung „doch noch Seeligkeit erlangen und ins Himmelreich kommen."

Der Volksmund legte den Grundstein dafür, dass Goose Sienken als böse, dunkle Erscheinung beschrieben wurde.

Vor Jahrzehnten erschien dann ein Büchlein Carl Benedicts. Auf dem roten Umschlag wird eine hässliche, alte Frau dargestellt, eine Hexe.
Der Inhalt entspricht zu großen Teilen nicht den historischen Fakten, hat aber die negative Einstellung zu Goose Sienken weiter stark geprägt.
Immer wieder wurde falsch abgeschrieben, von einem Autor zum nächsten. Selbst Diepenbrock entwarf bereits 1838 falsche, bösartige Charakterzüge.
Franz-Josef Böckermann korrigierte 2007 verschiedene Punkte in seinem Beitrag „Vor 200 Jahren fand die letzte öffentliche Hinrichtung im Amt Meppen statt – Am 10. April wurde Goose Sienkens Kopf vom Rumpf getrennt."
Trotzdem ist ihr Bild von damals präsent geblieben.

Es war mir ein Bedürfnis, die wahre Geschichte aufzuschreiben. So habe ich mich ausschließlich nach den über 200 Jahre alten Akten gerichtet und alles bisher zum Thema Gedruckte beiseitegelegt.
Die mühsame Recherche hat sich gelohnt! Einiges habe ich widerlegen und viele neue Details entdecken können.
Das bedeutet aber nicht, dass die wirklichen Ereignisse weniger spannend sind!

Goose Sienken starb so wie die als Hexe verurteilte Barbara Wolff aus Miltenberg am Main, die am 5. April 1629, stellvertretend für unzählige Fälle, zuerst mit dem Schwert hingerichtet und dann auf dem Scheiterhaufen verbrannt wurde.

Auf den Spuren Goose Sienkens

Sie möchten der Lebenswelt der Anna Gesina Fenslage, geb. Brink, nachspüren? An diesen Orten hat sie gelebt:

- Ihr Geburtsort ist Ahlen bei Kluse (24. Sept. 1784), in der Kirche St. Georg zu Steinbild wurde sie am folgenden Tag getauft. Der alte Taufstein aus dem 13. Jahrhundert ist noch vorhanden, ebenso die „Madonna der Fahrensleute."

- Belegt sind als Wohnorte der Eltern:
  (Vater Otto Brink) Teglingen, Versen, Wesuwe-Geest,
  (Mutter Susanna Brink) Altharen-Dankern, Wesuwe-Geest, Wesuwe.
  Ein mehrmaliger Wohnortwechsel ist wahrscheinlich, da Otto Brink nach dem 7-jährigen Krieg als miles (Soldat) umherzog.

- Sie ging in Wesuwe zur Schule und war später in der Umgebung als Magd tätig.

- Ab etwa 1801/02 stand sie in Diensten bei Herm und dessen zweiter Frau Maria Anna Fenslage (geb. Heumann, verw. Kamphues) in Hebelermeer, die zu den ersten Moorkolonisten gehörten. Erkennbar sind im Dorf noch die langgestreckten, schmalen, dicht nebeneinander liegenden Grundstücke (Plaatzen). Auch der alte Grenzstein No. 163 steht noch am Ortsende Richtung Holland (etwas zurückgesetzt rechts in einer Linkskurve).
  Hebelermeer ist heute ein schmuckes Dorf.

- Straßen und Wege rund um Wesuwe, Haren, Fullen,Versen, Meppen und der Weg in das Moor, am Mersbach entlang, nach Hebelermeer waren ihr bekannt. In der ehemaligen Moorkolonie verläuft die Hauptstraße genauso wie zu ihren Lebzeiten.

- Goose Sienken heiratete in der Kirche St. Clemens zu Wesuwe. Dort wurde auch ihr Sohn Joseph getauft. Der sich heute hinten im Kirchenschiff befindende Taufstein (um 1200) stand früher links auf der kleinen, von einem Eisengeländer begrenzten, Empore im Eingangsbereich des Turmes. Hier war gerade Platz genug für die Eltern, die Taufpaten und den Pfarrer.

- Pfarrer Koldehoff wurde in der Kirche auf der linken Seite begraben, vom Mittel- auf den Quergang gesehen. Eine Steinplatte trägt seinen Namen und das Sterbedatum 24. April 1769. Er traute Otto Brink und dessen erste Frau Anna Gesina.

- Pfarrer Appeldorn liegt vermutlich im linken Teil des Kirchenschiffs. Er traute die Eltern Susanna und Otto Brink, sowie Herm Fenslage und dessen erste Frau Maria und starb, als Goose Sienken 13 Jahre alt war.

- Dechant Römann wurde neben der Kirche beerdigt und später umgebettet; heute liegt er auf dem Wesuweer Friedhof. Er traute Herm und dessen zweite Frau Anna und beerdigte deren Sohn Hermann. Goose Sienken wurde von ihm zur Kommunion geführt, er segnete ihren Bund der Ehe mit Herm, taufte Sohn Joseph und stand ihr während der Hinrichtung bei (nicht im Hinrichtungsprotokoll vermerkt).

- Inhaftiert waren Goose Sienken (19. Mai 1806 – 7. April 1807) und Herm Fenslage (19. Mai 1806 – 24. April 1807) im Gefängnis zu Meppen (ehemals Torhaus der Paulsburg) in der Kurve der Burgstraße. Hier wurde ihr das Todesurteil angedeutet. Heute finden Sie dort eine Gaststätte.

- Die letzten Tage und Nächte verbrachte sie im Rathaus zu Meppen. Am 7. April 1807 wurde sie morgens um 5 Uhr durch die Burgstraße dorthin geführt.Man gewährte ihr nach langen Überlegungen die Gnade, im großen Rathaussaal im zweiten Stockwerk ihre letzten Stunden zu verbringen - allerdings stark bewacht und in Ketten. An diesem Tag teilte Richter Carl Morrien ihr das Todesurteil mit.

- Die öffentliche Urteilsverkündung fand unter den Bögen vor dem Rathaus statt. Von dort wurde sie über den Marktplatz, durch die Hasestraße und über die Emsbrücke transportiert. Weiter führte der Weg über den „Schultes Damm" (heute Schullendamm) und den (ehemaligen) Fuller Kirchsteig zur Richtstätte. In der Nähe befindet sich im Wald der Waterberg, der vor einigen Jahrzehnten noch, wie vor 200 Jahren, immer feucht war.

- Hier im Esterfelder Forst, zwischen Sommerfeldweg und „Musiker-Viertel", wurde sie auf einem Hügel „seitwärts vom Esterhauß vom Leben zum Tode befördert" und anschließend auf dem Scheiterhaufen verbrannt. Von dort reichte der Blick damals bis Fullen und Versen.

- Die Kommission, die Geistlichen und der Scharfrichter speisten anschließend in der Gastwirtschaft des Franz Anton Völker am Markt 18 in Meppen.

Bereits 1759 wird an dieser Stelle der „Herbergirer gringster condition“ Hermann Steffens erwähnt, sowie ab 1774 Johann Hermann Ricke, Schildwirt und „Herbergirer“. Franz Anton Völker wird dort erstmals 1768 genannt. Ab 1850 lebten an dieser Stelle verschiedene Kaufleute und ab 1899 der Schuhhändler Josef Harmeling. Auch heute befindet sich dort ein Schuhgeschäft.

- Richter Carl Franz Morrien starb am 30. August 1813 in Lathen und wurde am 2. September auf dem ehemaligen Friedhof neben der Propsteikirche zu Meppen begraben.

Weitere Details:

- Der große Rathaussaal, in den alten Akten auch Pfingster Bühne genannt, wurde 1805 für Tanzfeste und Familienfeiern freigegeben. Die Benutzung kostete 3 holländische Gulden, für Schäden hatten die Gäste aufzukommen.

- Von Wesuwe aus, über Versen, gelangte Goose Sienken nach Meppen. An der Versener Straße standen bis in die 2. Hälfte des 20. Jahrhunderts links und rechts mächtige Eichen mit einem imposanten Blätterdach. In Höhe der St.-Georg-Straße kreuzte der aus Richtung Fullen kommende Kirchsteig die Versener Straße und führte weiter in die Stadt.

Neben der Auffahrt der B 70 in Esterfeld, Richtung Lingen, befinden sich links noch vereinzelte uralte Eichen. Sie zeigen den Verlauf des ehemaligen Weges (ebenso an der Sommerfeldstraße, in Höhe des Hofes Esters, auf der gegenüberliegenden Seite).

An der Ems verkehrte an dieser Stelle bis zum Jahre 1385 eine Fähre und brachte die Kirchgänger an das andere Ufer. Von hier aus konnte durch die Merschporte über den Nagelshof die Propsteikirche erreicht werden.

Es gab noch einen weiteren Fußweg, den die Wesuweer benutzten. Er führte durch Esterfeld und die damaligen Flüholz-Wiesen, oberhalb der Emsbrücke. Hier standen auch Scheunen und Ställe der Familie Frye und ein Schlagbaum.

- Der Stadtteil Esterfeld erhielt seinen Namen durch die Bauerschaft Eze (Siedlung des Ezi oder Este) und gehört zu den ältesten Ansiedlungen. Laut Diepenbrock befand sich hier ein vollständiges Dorf. Um 1360 zogen viele Bewohner von Eze, Oldemeppen und Nödeke in die befestigte Stadt, um vor Überfällen geschützt zu sein. In Eze blieben nur die Beerbten Esters zurück, die noch heute auf ihrem Stammsitz, dem Esterhof leben.

- Die Toten aus dem Pestjahr 1666 vergrub man an der Radde. Diese Stelle in Meppen an der Lathener Straße, stadtauswärts rechts vor der Raddebrücke, wurde nie bebaut. Heute befindet sich dort eine Grünfläche mit schattigen Bäumen und Bänken.

- Wächter und Schließer des Gefängnisses wurden in der Bevölkerung verachtet. Aus dem Jahre 1742 ist überliefert, dass die Bürger sich weigerten, das verstorbene Kind eines Schließers im Amtshaus einzukleiden und es zu begraben.

- Früher wuchs auf jedem Bauernhof der hochgiftige Sadebaum. Er wurde zur Herstellung eines der zahlreich kursierenden Abtreibungsmittel verwendet und war schon bei den alten Römern bekannt. Da Versuche leicht tödlich endeten, wurde es in Öl stark verdünnt. Möglicherweise ist das in den alten Akten erwähnte „Johan und Peter Öhl", bzw. „ Peter und Paul Öhl" mit Sadebaum versetzt gewesen.

- Ein Gemälde des Apothekers Johann Bernhard Appeldorn (1736-1811) hängt in der Alten Stadt-Apotheke am Markt in Meppen.

- Ferdinand Frye erwarb 1802 für 560 Reichthaler ein Grundstück in Esterfeld, dort errichtete er eine Wirtschafts- und Erholungsanlage. Seine Familie verpachtete 1871 das Grundstück mit einem darauf befindlichen Caffeehaus an Johann Julius Blass aus dem Rheinland und seine Frau Maria Friese aus Meppen. Tanz, Gesang und Spiel, Konzerte, Bälle und Feuerwerk erfreuten die Meppener. Von 1898 - 1965 betrieb dann die Familie Winkeler dort eine Gartenwirtschaft, jetzt steht an dieser Stelle das Parkhotel.

  Noch heute verläuft, parallel zum Rotdornweg, eine Eichenallee, die einst von Ferdinand Frye angelegt wurde und süd-östlich „Ferdinands Lust" begrenzte.

Münzwährungen bis Anfang des 19 Jahrhunderts

1 Thaler = 21 Schilling = 252 (osnabr.) Pfennig
1 Schilling = 12 Pfennig
1 Thaler = 24 Gutegroschen = 252 Pfennig
1 Gutergroschen = 10 1/2 Pfennig
1 Thaler = 36 Mariengroschen = 252 Pfennig
1 Mariengroschen = 7 Pfennig
1 Louisdor = 5 Thaler
1 Thaler = 2 1/2 holländ. Gulden
1 holländ. Gulden = 20 Stüber

Längenmaße

1 Fuß = (heute) 0,292 m
1 Meile = eine Strecke Weges, die ein Fußgänger in 2 Stunden ohne Anstrengung zurücklegen kann

Getreidemaße

1 Fuder = 6 Malter
1 Malter = 12 Scheffel
1 Malter = 5 Vierup
1 Vierup = 2 1/2 Scheffel
1 Scheffel = 30 Pfund Hafer
= 40 Pfund Gerste
= 44 Pfund Roggen
= 50 Pfund Weizen

Wer war Augenzeuge der Hinrichtung?

Anwesend war die „Hochfürstliche Spezialkommission“, bestehend aus dem Richter und Ober-Receptor Doctor Carl Franz Morrien, dem Gerichtsschreiber zu Meppen, Haren und Lathen, Doctor Anton Joseph Mulert, Amtsrentmeister J.C. Bues und dem in Meppen wohnenden Richter von Lathen und dem Hümmling, Doctor Wilhelm Jacob Helter. Außerdem der Propst Wilhelm Bödiker und Dechant Römann, sicher auch der Advocatus Fisci Theodor Rheinartz, Procurator Fisci Johann Friedrich Luleff, Procurator Gerhard Henrich Joseph Voss, der Führer von Haren und Amtsjäger Conrad Wessels, und vielleicht Geheimrat F. von Olfers und Doctor Medicinae Michael Vagedes.

Der Herzoglich Arenbergische Jägerfourier und Depotkommandant Th. Kreemer, stationiert im Gericht Lathen, schickte zwei Corporale und fünf Gemeine, sowie sämtliche verfügbaren Arenberger Jäger.

Am Platze waren auch Corporal Stahlschmidt, Hauptmann Reinking und der Primissarius Fortunatus Kuper aus Fullen.

Zweihundert Mann Kreisschützen aus den benachbarten Ortschaften wurden geführt und kommandiert vom Hausvogt, Procurator, Führer und Entenjäger Johan Henrich Völker und dem „alten und schwachen Führer zu Dalum“.

Mitbeordert wurden die Frohnen aus jedem Dorf, um sich im Kreis zu verteilen und das Unterkommando zu führen, u. a. Anton Wurtz (Hemsen), Hermann Henrich Schulte (Fullen),

Rudolph Brasche (Rühle), Johan Herm Broeker (Teglingen), Christian Lambers (Hesepe) und Johan Henrich Lubbers (Geeste).

Es ist anzunehmen, dass sich der Gastwirt und 1. Bürgermeister Franz Anton Völker sowie der 2. Bürgermeister David Hackenbrock und die Ratsherren das blutige Schauspiel angesehen haben.

Es wird erzählt, dass zahlreiche Lehrer und Schüler aus den umliegenden Orten sowie Tausende aus dem Volke von nah und fern gekommen waren, um dem Spektakel beizuwohnen.

Da die Hinrichtung auf den Ländereien des Esterhofes vollzogen wurde, können wir davon ausgehen, dass auch dessen Bewohner anwesend waren.
Anna und Hermann Esters aus dem 1. Kapitel starben bereits im März 1775 sowie im März 1786. Aber ihre Kinder waren 1807 43 Jahre (Hermann), 39 Jahre (Heinrich) und 36 Jahre (Maria Gesina) alt.

Es war ein schauriges Ereignis, das in Meppen und vielen Orten rundum in den Familien von Generation zu Generation weitererzählt wurde.

Diese Schilderungen entsprechen wahren Begebenheiten:

Alle in diesem Buch mit Nachnamen beschriebenen Personen und deren Kinder haben real existiert.

Wenn Daten, wie Geburt, Taufe, Hochzeit oder Tod der Familien Brink/Fenslage angegeben sind, so habe ich sie Kirchenbüchern entnommen und von dem Historiker Martin Koers, Nordhorn, überprüfen lassen.

Auch die geschichtlichen Ereignisse sowie die Verfahrensweise mit Zigeunern, Bettlern und Scherenschleifern und die Beschreibung von Orten, Landschaften und historischen Gebäuden entsprechen der Realität.

Zu den Zeiten, als es noch keine Straßennamen gab, sondern nur Brandkassen-Nummerierungen, habe ich um die Örtlichkeiten besser nachvollziehen zu können, die heutigen Straßen angegeben.

… aber die Frau eines Schließers im Meppener Gefängnis wurde tatsächlich von einem Gefangenen schwanger und verschwand spurlos mit ihrem Liebhaber.

Die politische Lage

Seit 1252 wurde das Emsland durch das Fürstbistum Münster auch politisch regiert.

1789 brach die Französische Revolution aus, in deren Folge unter der Herrschaft Napoleons 1795 im Emsland deutsche Truppen gegen die Franzosen kämpften.

Der Frieden von Luneville verfügte, das gesamte linke Rheinufer an Frankreich abzutreten. Die linksrheinischen weltlichen Herrscher, Städte und Dörfer wurden entschädigt, nachdem alle geistlichen Herrschaften aufgehoben worden waren.

Nach dem Reichsdeputationshauptschluss vom 27. April 1803 wurde das Münsterland an mehrere Landesherren aufgeteilt. Preußen erhielt die größten Teile, dem Herzog von Arenberg wurde das Emsland zugesprochen.

1804 ließ Napoleon Bonaparte sich zum Kaiser krönen.

Im August 1806 endete das Heilige Römische Reich Deutscher Nation. Die Herrscher im Süden und Westen waren dem Rheinbund beigetreten.

Durch dessen Abhängigkeit von Napoleon fiel das Emsland 1810 an das französische Reich. Nun mussten von hier Rekruten gestellt und Steuern und Spanndienste geleistet werden. Schwere soziale und wirtschaftliche Belastungen waren die Folge.

Die napoleonische Zeit (10. Dezember 1810 – 9. Juni 1815) brachte jedoch auch große Fortschritte auf dem Gebiet der Rechtsprechung sowie die Befreiung der Bauern von schweren Lasten gegenüber ihren Grundherren.

1810 wurde bereits ein Verwaltungssystem aufgebaut, wie es sich schon in Frankreich bewährt hatte:

- Größter Verwaltungsbezirk (oft nach einem Fluss benannt)
  - Departement / unterstand einem Präfekten
- Die nächste Verwaltungseinheit (Landkreise)
  - Arrondissements / geleitet vom Unterpräfekten
- Weiterhin (Amtsbezirke)
  - Kantone / mit Friedensgericht
- Unterste Gemeindeebene
  - Mairie / geleitet vom Bürgermeister

Das Gebiet links der Ems fiel an das

- Département De La Lippe

sowie rechtsseitig an das

- Département De L`Ems Superieur

Trotz positiver Entwicklungen wurde 1815 die Befreiung von der französischen Herrschaft begrüßt.

... und zum Schluss:

Bei der mühsamen Suche nach den Quellen wurde mir durch viele Heimatforscher weitergeholfen. Am Ende des Buches widme ich ihnen zwei Zitate von Diepenbrock, die allen „Suchenden“ sicher aus der Seele sprechen werden.
Aber so manches stand nirgendwo in der einschlägigen Literatur geschrieben und es waren echte Glücksfälle, wenn ich jemanden kennenlernte, der gerade auf diesem Gebiet Wissenswertes weitergeben konnte.
Auch die alten und sehr umfangreichen Akten stellten zunächst ein großes Hindernis dar.
Ohne die Hilfe von Dr. Reinhard Cloppenburg und Ferdinand Volmer hätte ich vieles nicht erfahren und deuten können.
Und so steht hier noch einmal ein sehr herzliches

Danke

Sollte mir trotz gründlicher Recherche ein Fehler unterlaufen sein, bitte ich um einen Hinweis und Ihre Nachsicht.

Die Ereignisse um Goose Sienken liegen über 200 Jahre zurück. Wie lebten und fühlten die Menschen in der Zeit von 1768 bis 1807? Ich kann es nur erahnen und im Sinne künstlerischer Freiheit niederschreiben ...
und mir wünschen, Sie gut unterhalten und zu eigenen Gedankengängen inspiriert zu haben!

Margret Koers

um den Ton der Schützen und sonsten gemeinsten Train, etwas
Militairisch in Ordnung zu halten — da werden Ew Wohlge=
boren, Dieselbe doch wohl und zwar mit Ober und Untergewehr
beordern müssen da ich nicht weiß wo sie liegen — auch möchte
Sie noch anweisen, wo das Holz zum Schilderhause herge=
=nommen werden solle ich denke wir nehmen nur einen Kranz
von Holz und füllen das inwendige mit Torf und Stroh
damit es schnell und stark brenne — — wenn außerm
Wetter aber mir noch was zu bemerken seyn wird so werde
ich Ew Wohlgeboren, jedes mahl dagegen benachrichtigen.

ich bin mit schuldigem Hochachtung

Ew Wohlgeboren

Gehorsamster Diener

C. A. Morrien

Meppen d 30t März 1807.

Anliegende Atteste bitte zu assigniren

Aus den Akten des Niedersächsischen Landesarchivs-Staatsarchiv Osnabrück StA OS Dep 62 b Nr. 1820

Inquisition wider die Eheleute Venslage

1806 – 1809

Links: Auszug aus einem Brief von Richter Morrien an den Amtsrentmeister Bues, datiert 30. März 1807 (Blatt 238)

Die über 200 Jahre alten Akten entsprechen in Formulierung, Schreibweise und Zeichensetzung nicht unserer heutigen Zeit. Aus Gründen der Authentizität werden sie hier jedoch im Original abgedruckt.

Wohlgebohrener Hochgelarter (225)

Hochzuehrender Herr AmtsRentmeister!

Mit unseren hiesigen inquisiten, wird möglichst sorgsam zu wercke gegangen, sie sind starck geschloßen und wohl bewacht, es sind jeder Zeit vier Mann beÿ ihnen auf dem Zimmer, ans entfliehen, denken Sie Glaub ich nicht weil Sie die unwäglichkeit einsehen. – Eu. wohlgebohren, Gutfinden Zufolge hab ich alles mangelhafte an dem Amthause, verbeßern laßen, und noch eine Außenwacht von dem H. Hauptmann Reinkink requirirt die schon aufm Amthause aufgezogen. – der ich aber beÿde zum Aufenthalt beÿ nacht und auch am Tage die Verhörstube einräumen müßen, weil der Bürgermeister ihnen in der Nachbarschaft eine wachstube anzuweisen geweigert und Sie beÿ Kuperus nicht ziehen konnten noch wolten. – unangenehm und unschiklich ist es allerdings für Verhör und wachstube nur einen Raum Zu haben. – die beÿden so wichtigen inquisiten sind nach gestern vorgenommenen Verhöhr getrennt. – die inquisitin hat das mahl beÿ der Confrontation wort gehalten, was dann auch ein freÿwillieges Geständnis des inquisiten Zur folge gehabt. – gewis ist aber noch alles nicht bekannt obwohl schon greüel genug Zum Vorschein gekommen die plane zum Amthause sind schon vor Monate H. (225`) Hauptmann Reinking eingehändieget. – auch itz hab ich demselben Euer wohlgebohren Auftrag gemäs angemahnet, doch nun mehro die Entwürfe Zur Verbeßerung des Amthauses zufertiegen, er wird solches ja nun wohl thun, da es so sichtlich ist, wie Zwecklos die jetziege Einrichtung ist.

– Die anverlangte 33 R 12 ß kommen hierneben, die Amts Casse hatte schon aufgehöhrt zu zahlen,
ich hab Sie daher vorgeschoßen. Der primissarius aus Fullen mus Euer wohlgeboren nicht genau bekannt seÿn, sonst würden Sie demselben nicht unbedingten Glauben geschenkt haben. es ist kein Mann, gegen den ich mich rechtfertiegen mag! – ich hatte ihm aufgetragen, nicht willkührlich und allein wie er schon schlank im wercke war, Korn und Gemüse zu vertheilen, sondern mit Zuziehung des Bauerrichtern, unter Aufsicht des Kulings beÿ dem alles deponirt worden. – dann ein Register Zu führen, was eingekommen und der Verunglückten die es bedürften – und mir solches vorzulegen und den Auftrag zur Vertheilung zu gewärtiegen. - das schien aber seine sache nicht – so wie Vieles seine Sache nicht ist – indes versicherte ich ihm mir seÿe es nicht mögich darum selbst (226) nach Fullen zu gehen. – der unseliege Gedanke, das zu vertheilende hiehin kommen zu lassen ist mir gar nicht eingefallen. – von der publicierten Collecte ist eigentlich noch nichts eingegangen.
– was aber die benachbarte Bauren aus sich gebracht ist schon sehr vieles. – von denen ist es nicht als Allmosen geschonken sondern nur gebracht unter der Verbindung ausdrüklich es an bringern beÿ ähnlichen Unglüke in selbiegen Maßen zurückzugeben. – nun nehmen auch die Kirchen bauren das Korn. – was Sie als almosen nicht genommen hätten – die leute brauchen nicht zu hungern es ist
genug da. – jeder Verbrandte hat vor erst 5 scheffel Cartoffel erhalten. – daraus sehen Sie daß nicht wenig gegeben wird. – mann sagte mir viele hätten schon
mehr wieder erhalten als Sie verlohren. – es giebt dort keine Noth. – Holz zum Bau wird von allen seiten geschonken und das ist leÿder das einziege was schwer zu schenken

ist, weil unser Amt keines mehr hat. – der Brand Cassen Anschlag betragt im Ganzen 4000 R. ist nicht sehr viel mit 3 Gl. kann es ungefehr getilgt werden. – wir sind hier gezwungen gewesen , unsere pfarr Kirche zum Haver-magazin herzugeben. – es ist hart ohne Krieg von freündschaftlichen Nachbarn gezwungen zu werden. – mann mus sich Vieles gefallen lassen.

Ich bin mit vollerhochachtung Euer wohlgebohren
gehorsamster Diener
Morrien

Bericht des Richters Zu Meppen (226´) wegen der Inquisition wider Fenslage und der Vertheilung der für die abgebranten zu Fullen eingegangenen gelder 1806

Hochwohlgebohrener hochgelehrter (227)
sonders hochgeschetzter Herr geheimer Rath

Euerhochwohlgebohren übermache ich hiebeÿ die vom Richter zu Meppen eingeschickten Verfolg wider die zu Meppen arretirten Eheleute Venslage sammt dessen officiellen Bericht /:worüber hochdieselbe vielleicht ebenso wie ich lachen werden:/ wobeÿ in einer kleinen Tute das Makulaturpapier befindlich ist, womit die Inquisiten zu Versen ein Haus anstecken wollten, dann liegt auch noch des Inquisiten Messer dabeÿ.

Ich verharre mit vollkommenster Hochachtung
Haselünne d. 30ten Julii 1806
Euerhochwohlgebohren gehorsamster Diener
Bues

Wir von Gottes Gnaden Prosper Ludwig (230)
regierender Herzog von Arenberg, des heil. Röm.
Reichs Fürst ec. ec.

Ehrsamer Lieber Getreuer!

Die Uns durch Euch eingeschickten Inquisitions acten der Eheleute Venslage, woraus wir die Viele Mühe, so sich der Ortsrichter in Entwickelung dieser so wichtigen Sache gegeben, nicht verkennen können, haben Wir zu seiner Zeit erhalten, und nach unmittelbahrer Entschließung für gut gefunden, selbe Unserem Hof- und appelations Gerichte zur collegialischen Berathung und Fällung des Endurtheils mit den eingegangenen Nachträgen zustellen zu laßen. Der Referens hat nun diese Sache noch nicht in dem Maaße instruirt gefunden, um sofort das Endurtheil zu faßen. Vielmehr noch verschiedene Punkte ausgezogen, deren Erörterung dem Ortsrichter vorhero noch obliegen will. Ihr erhaltet demnach die vollständige Inquisitions acten mit diesen Punkten wieder hiebeÿ, mit dem gnädigsten Auftrage, letztere in Abschrift nebst den vollständigen acten dem Richter Morrien zuzustellen, mit der Weisung, sich nach diesen Puncten aufs genaueste zu achten, selbige aufs sorgfältigste zu erledigen, und die Hauptbemühung darin zu setzen, die ganze Geschichte zum Besten der Wahrheit, noch weiter rühmlich aufzuklären. Nach Berichtigung dieser Puncte ist das ganze wiederum dem advocato fisci et defensori von Gerichts wegen zuzustellen, um wenn sie wollen die etwa dienlichen ferneren Anträge zu machen (230´); welchem nach wir die solchergestalt instruirten Acten durch Euch obrückerwarten.

Wir sind Euch übrigens in Gnaden gewogen.

Münster d. 22ten aug. 1806

Herzoglich Arenbergische Regierung

Vt. F. v. Olfers

An den AmtsRentmeister

J. C. Bues zu Haselünne

Wohlgebohrener Hochgelarter (232)

Hochzuehrender Herr Amtsrentmeister!

In dem, dem remittirten inquisitions Verfolg wider die Eheleüte Venslage beÿgefügten Pro Memoria des H. Referenten wird § 2 um die Localverhaltnisse, des angelegten Feuers genau bestimmen zu konnen, anverlangt:– die Entfernung des erst gezündeten Hauses, in Gr. Fullen, so wie die Entfernung der Zu Zünden versuchten haußer zu Versen. – von den übrigen gebaüden, der Dörfer genauest auszumitteln. – um bestimmen zu können ob ohne dem ungünstigen Winde ein so großer Brand Möglich und wahrscheinlich gewesen. – auch die Entfernung beÿder Dörfer zu wissen. – wo zu eine simple Relation nicht hinreichen, sondern eine Geometrichen Plan, dem Verfolge beÿ zu legen seÿn wird – um die Ganze lage dem H. Referenten anschaulich zu machen. – Einen solchen plan zu fertigen ist alhier
keiner im Stande als allein der H. Hauptmann Reinkink, den ich auch bereits darum befragt habe ob er solches wohl übernehmen wolle? – Derselbe hat mich darauf erwiedert Er wolle mit Vergnügen die Arbeÿt übernehmen, wenn ich beauftragt seÿe, ihm zu dem Geschäfte requirieren zu können. – Ich habe deswegen Euer wohlgebohren gehorsamst bitten wollen, mir höheren Orts, diesen Auftrag so bald möglich zu bewircken.

Mit schuldieger Hochachtung harrend

Euer wohlgebohren Gehorsamster diener

Meppen d 13ten 7ber 1806

Morrien Richter

Wohlgebohrener Hochgelehrter (233)

Hoch zu verehrender Herr Amtsrentmeister!

In Gefolg Eu. Wohlgebohren schreiben vom 7ten 7ber d. J. habe ich die Berichte von den Inquisitionsverfolg wider die Eheleute Venslage abgenommen, und praesentation die 2 Berichte des H. Richters Morrien, und von Eu. Wohlgeb. mit den papier, worin das angesteckte Maculaturpapier sich befindet, gehorsamst anbei:
Der Inquisitionsverfolg ist nun mehro geschlossen, und wird ersten Tages von H. Richter wiedereingeschicket werden. Die Inquisitinn hat den Mord des Kindes in den letztern ver horen von sich ab und auf den Inquisiten geschoben, derselbe hat solchen auch eingestanden, und was zur Berichtigung des mangelhaften Corp. delicti konnen, ist in den leztern verhoren vorgenommen. Unmasgeblich war es gut, wenn Eu. Wohlgebohren in ihrem abzustattenden Bericht auf die baldige Entscheidung der Sache besonders beÿ den jetzigen zu befürchtenden Umständen, drängen wurden.
Da die Inquisiten beÿ Vorfallen gelegenheit zu entweichen haben konnen.

Ich empfele mich Eu. Wohlgebohren und habe die Ehre mit steter Hochachtung zu seÿn

Eu. Wohlgebohren Gehorsamster Diener

Mulert

Meppen 20ten Octob. 1806

Sr. Wohlgebohren Herren Amtsrentmeister (234)

Doctoren Bues zu Haselunne

Wir von Gottes Gnaden Prosper Ludwig Herzog (235) von Arenberg Recklinghausen Meppen und Düllmen Grand d'Espagne der ersten Klasse etc

Ehrsamer Lieber Getreuer!

Die Uns zum Endurthel zugesandte Criminal Untersuchungssache fisci Amts Meppen wider die Inquisiten Eheleute Venslage ist von Uns dem provisorischen Hofgerichte zugesandt, um darin collegialiter das rechtliche zu verfügen. Selbes hat die anliegende original Sentenz schon am 30ten Jänner d. J. gefället, welche nachdem sie uns beÿ Unserer persönlichen Anwesenheit zu Münster vorgelegt worden, und wir keine Motiva zur Mäßigung dieses Urteils, vielmehr es sowohl der inneren Lage der Sache selbst, als auch der Warnung für andere halber höchstnötig gefunden, ein abschreckendes Beÿspiel zu statuiren – ihres ganzen Inhalts nach, unmittelbahr am 18ten dieses bestättigt und zu vollziehen befohlen.
Zur gemelten Vollziehung haben wir es, theils um des OrtsRichter in der Behandlung derselben eine Erleichterung zu verschaffen, theils auch der Feÿerlichkeit des Gegenstandes selbst angemeßen erachtet – eine förmliche ExecutionsCommission zu ernennen. Wie wir denn hiemit Euch, dann den Richter Helter und des OrtsRichter Morrien, welche ihr ohngesäumt davon zu benachrichtigen habt, hiemit sammt und sonders als unser hochfürstliche Specialcommissarien ernennen, sowohl um alle vor der Vollziehung etwa noch entstehenden Hindernisse, als zur Execution verordnete Criminal-Richter, rechtlicher

Anleitung nach, zu heben und zu entscheiden, die zur ferneren Auf-(235') klärung etwa sich noch ergebende Geständnisse und Depositionen, insoweit sie die Vergehungen des Herman Venslage weiter aufdecken, obsonst eurem rechtlichen Ermessen nach zur Sache dienlich, durch den ferner zu adhibirenden OrtsGerichtsschreiber protocolliren zu lassen, alles gehörig zur Execution zu instruiren und demnach selbe Urtheilmäßig verfügen zu laßen; des Endes habt ihr gemeinschaftlich

1. zur Execution einen schicklichen Platz auszuwählen, welcher da der Galgenberg beÿ Altmeppens Hause vergraben, wohl am füglichsten zwischen Meppen und Füllen im sogenannten Ehster Sand, auf den Anhöhen sich ergeben dörfte.
2. Auf diesen Anhöhen wird eines besonderen Gerüstes wohl nicht bedörfen, vielmehr dörfte ein, auf einem Pfahle im Sande festzumachender Stuhl hinreichen.
3. Ueberlaßen Wir Euch die Auswahl eines zu engagirenden geschickten und in praxi schon geübten Scharfrichters und dessen nötigen Gehülfen, womit das Fernere wegen Anschaffung des Erforderlichen, und besonders der Errichtung des Scheiterhaufens zur nachherigen Verbrennung des todten Körpers zu verabreden ist.
4. Biß zur Vorbereitung des Ganzen, ist beiden Inquisiten alles zu verheimlichen, und demnach der Inquisitinn generaliter der Tod anzukündigen; dieselbe zur Vorbereitung der letzten Tage, an einem schicklichen Orte z. B. auf dem Rathhause, mit Zuziehung erfoderlicher Schützen, ordentlich und schicklich zu ernähren, und ihr der von ihr gewählten, obsonst Amtshalber zugegebene Geistliche zum steten Beÿstande (236) zu belassen.

5. Erst am Tage der Execution ist ihr coram commissione vor der Ausfahrt zum Gerichtplatze, das Urthel in faciem zu publiciren, und demnach unter Nachfolgung und in Beÿseÿn der Commission zu exequiren, über die Excution nachher ein Protocoll abzuhalten und selbes mit dem ExecutionsBerichte, an Uns einzusenden.
6. Zur Assistenz und Aufrechthaltung der Ordnung ist die erfoderliche Mannschaft etwa von 150 Mann, aus den benachbarten Dorfschaften aufzubieten, welche wohl nebst dem, zu alten und schwachen Führer zu Dahlum, am Besten vom Hausvogten Völker anzuführen und zu commandiren sei. Doch dörfte es dienlich seÿn, die Frohnen aus jedem Dorfe mitzubeorderen, damit durch ihre nachherige Vertheilung im Kreise, überall ein Untercommando und gehörige Ordnung verbleibe.
7. Nach der Meinung des Referenten der Urthel dörfte vielleicht noch vor ihrem Tode, die Inquisitinn wichtige Entdeckungen machen, und mit dem Tode /:ohne fernere (wohl überflüßige) Confrontation:/ besiegelen, welche auf das Urthel des Herm Venslage Einfluß haben könnten. Es wird daher den Commissariis anheim gegeben: dass es wohl am Besten seÿn würde, dem Herm Venslage noch zur Zeit kein Urthel zu publiciren, sondern bis nach dem Tode der Inquisitinn damit zu warten, besonders da auch wegen des Ortes seiner Strafe das Gehörige erst arrangirt werden (236') muß.
8. Die zur Execution erfoderliche Kosten hat der insbesondere zur Handhabung der Polizeÿ mit beÿgesetzte commissarius Amtsrentmeister Bues, vorschußweise aus unseren Domainen zu nehmen, und demnächst das geheele Verzeichniß zur Assignation an Uns einzusenden.

Wir erwarten, nach erfolgter Execution der Ehefrau Venslage den commissarischen Bericht und sind Euch in Gnaden gewogen. Münster den 24ten März 1807

Herzoglich Arenbergische Regierung
vt. F. v. Olfers

B. Kentling

An den Amtsrentmeister Bues
Commissorium für den Amtsrentmeister, den Richter Helter und Richter Morrien

Wohlgebohrener Hochgelarter (237)

Hochzuehrender Herr Amtsrentmeister!

Ich habe heut morgen schon mit dem hiesigen Abdecker Knobbe der Execution wegen gesprochen. – Derselbe glaubt, der Scharfrichter Esselmeyer in Rheine seÿe schuldig die Execution zu verrichten, weil er wircklich die Bedienung wie er sagte in hiesiegem Amte habe. – und wo fur er im Jahr 72 Gl. zöge die er /:Knobbe:/ ihm zahlen müsse. – wenn er selbst sich der Sache nicht unterziehen dörfte so müste er einen capablen stellen. z. B. aus Schüttorf, der schon mehrere Executionen der Art verrichtet habe. – Auch glaubt er das hier vorseÿnde Schaffot seÿe zu der Affaire gros genug – er will übermogen selbst nach Rheine, ich werde ihm ein Schreiben an Esselmeyer mitgeben. – Wo von er auch die zeichnung des Stuhls und der notwendigen Größe des Schaffotts mitbringen wird – ich werde ihm den 10ten Aprill als den bestimmten Tag festsetzen wo beÿ es auch bleiben mus wenn von daher keine Hinderungen kommen, - das von Eu. Wohlgebohren uns mitgetheilt P. M. haben wir punctweise erwogen und stimmen allem beÿ und werden darnach verfahren nur dass die Inquisitin nach dem ihr der Todt angekundigt worden zum Rathause geführt werden solte, das scheint uns beÿden etwas unpassend, und finden wir ohnmasgeblich die Verhöhrstube für die dreÿ lezten Tage passender Es wäre freilig feÿerlicher wenn die Publication vor dem (237') Rathhause unter den boegen geschähe – als vor dem Amthause – auch könnte das ohne hin gescheen – wenn Commissio sich aufm Rathhause versammelte, und die Inquisitin durch die Burgstraße dort hin führen ließe, um dort die Urtel zu höhren und an die Schinder abgegeben zu werden. – Vorm Amthause würde es auch für die Inquisitin Venslage einen gewaltigen Schrekken geben – Aber aufm Rathause kann Inquisitin nicht gut sitzen. in der Wache ists unpassend und zu schlegt – auf der gewöhnlichen Rathsstube geht es nicht und wäre auch nicht zu verlangen – und oben auf den großen Sal wo 8 Fenster zur Straße gehen. – würde die Inquisitin der Neügierde des Volkes zu sehr ausgesezt seÿn. – und selbst auch zu ihrer Vorbereitung zum Tode – wäre der Aufenthalt nicht passend, – Eu. Wohlgebohren kennen ja das Rathaus und wissen, dass sonst keine behalter drinnen sind – was meÿnen Sie dahero zur Verhöhrstube? – wo Sie ruhig bleiben kann, sich und dem Nachdenken überlassen? – es würde auch einen gewaltigen Auflauf befördern, wenn Inquisitin zum Rathaus geführt und 3 Tage dort bleiben muste – Am Richtungs Tage ist alles mit einem Lärm gethan. – es müssen an dem Tage sämmtliche Arenberger Jäger notwendig beordert werden um den von den Schützen und Frohnen gemachten Kreis, etwas (238) Militairisch in ordnung zu halten – da werden Eu. Wohlgebohren dieselbe doch wohl und zwar mit Ober und Untergewehr beordern müssen. Da ich nicht weis wo sie liegen. – Auch müssen Sie noch anweisen, wo das Holz zum Scheiterhaufen hergenommen werden solle ich denke wir nehmen nur einen Rand von Holz und füllen das inwendiege mit Torf und Stroh damit es schnell und starck brenne – wenn Richtern Helter oder mir noch was zu bemercken seÿn wird so werde ich Eu. Wohlgebohren, jedes mahl davon benachrichtigen

Ich bin mit schuldiger Hochachtung
Eu. Wohlgebohren

Gehorsamster Diener

Morrien

Meppen d. 30ten Merz 1807

anliegende Atteste bitte zu assigniren.

Wohlgebohrener Hochgelarter (239)

Hochzuehrender Herr AmtsRentmeister!

Der auf Rheine an Esselmeyer gesandte Knobbe ist gestern retournirt und hat mir ein Schreiben von Esselmeyer mitgebracht, worin derselbe die Execution zu verrichten angenommen, wenn seine eigene Krafte es nicht zu ließen, so würde er es durch einen seiner Leüte thuen lassen. – er wolle 2 Tage vorher kommen, damit er alles vorher einrichten könne, das hiesiege Schaffot meint er wäre zu klein, es müsse 14 Fus Quadrat halten, und eine 1 Fus hohe Lehnung haben. – Er ist im Ganzen nicht für ein Schafot beÿ einer der artiegen Execution, und glaubt er es ließe sich auf einen Hügel besser thuen, aus Ursag, der Stuhl ließe sich auf dem Schaffott nicht gut stellen. – Loos dörfe er nicht stehen, dann wäre gefahr dass er wakkele oder gar umstürzte und fest nageln dörfe mann ihn auch nicht, weil gleich nach der Decollation, der selbe mit dem Cadaver umgeworfen werden müsse, damitt das Blut nicht über den ganzen Korper laufe und weil es auch zu gräslich aussähe wenn das Blut so gewaltig hoch sprütze. – Auf einem Hügel würde der Stuhl mit allen 4 Beinen die darnach gemacht würden, in der Erde Gedrückt und nachher wieder ausgezogen. – auch mache es einen wiedriegen Eindruck wenn das Blut über dem Schaffot und von demselben herabströhme – dann waren es große Kosten, da keiner das blutiege Gerüst wieder abbrechen würde, was auch nicht zu (240) gescheen pflege, sondern gewohnlich, wie auch zu Münster, stehen bliebe, bis es gestohlen würde oder verwitterte – wegen eines Geistlichen hab ich mit dem H. Probsten gesprochen, der es nicht übernehmen kann weil er nicht die Gewalt hat die reservata worunter der Mordbrand gehohrt zu absolvieren – ich werde mich also am p. praeses wenden, und wenn der die Gewalt auch nicht haben solte was ich doch glaube dann wären wir ganz verlegen und musten noch einen expressen am Vicariat senden. – oder den Land-dechanten requirieren – der H. Richter Helter ist der Meÿnung mann solle dem künftiegen Geistlichen bestimmen lassen, was ihm am passendsten zur Vorbereitung dünke, der Rathaus saal oder die Verhöhrstube – beÿ ersterem hat sich noch eine inconvenienz geäusert. – das Ganze Rathaus hat keinen Abtritt – und der ist just in der Verhöhrstube – dem Hausvoigten ist alles aufgetragen – Reiser und Kleinholz kann er aus den Ester Dannenkamp genug hauen lassen, – vor diesem haben die Gemeinheiten den Torf dazu liefern müssen – und zwar hauptsäglich vom Humbling weil der Torf mehr Gluth hat – den Platz hab ich und der Hausvoigt bereits ausgesehen. – es ist ein ansehnlicher Hügel – seitwertz Esterhauß – wo mann Versen und Fullen grade vor sich hat und rund um ebene, in einiege entfernung aber hohe Sandberge wo alles ubersehen werden kann, ohne notig zu haben dem Kreise sich anzudrengen. – 150 Man Kreisschützen wird wohl nicht genug seÿn mir deucht er macht die 200 nur voll – die Leute kommen ja doch also ists keine last. –

ich bin mit vollkommener Hochachtung

Eu. Wohlgebohren Gehorsamster Diener

Morrien

Meppen d. 4ten Aprill 1807

Wohlgebohrener (241)

Hochzuehrender Herr AmtsRentmeister!

H. Richter Helter und ich haben uns doch wegen dem Rathhause vereinbahrt und beschlossen die Ehefrau Venslage dorthin zu bringen – ich habe des Endes derselben diesen Morgen schon angedeutet. Sie müste ihren Ostern halten und sich zu Gott bekehren. – der H. Probst wolte selbst sie vorbereiten und der wolle nicht gern zum Amthause kommen und sie auch nicht gern beÿ sich im hause haben. – es ware also besser sie ginge zum Rathhause, da wäre das anständieger ich lies mir so etwas davon dünken, sie müste an die Ewigkeit denken und auf eine bessere Zukunft hoffen hier wäre doch für sie nichts mehr. – da weinte sie hauptsaglich um ihr Kind. – ich sagte ihr dafür würde gut gesorgt werden. Sie würde es aber nicht wieder zu sehen kriegen Sie müsse denken es seÿe ihr gestorben. – Kurz ich glaube Sie wird schon ahnden dass etwas mehr als ostern halten dahinter sitze. – Nun hab ich morgen noch einen sauren Standt – denn Mulert soll mir wohl das ankündiegen im eigentlichen Sinn überlassen. – mit den Geistlichen hatten wir auch zu thuen, der Praeses entschuldiegte sich es seÿe ihm ohnmöglich – er könne ohne übel zu werden nicht mahl Ader lassen sehen – und hätte noch nie einer Execution beÿ gewohnt - bewies aber ex Tridentino, dass jeder Prister in diesem falle reservata absolvieren könne ich muste also wieder den Probsten auf die Haut gehen (242) der es dann auch übernommen mit Zuziehung noch eines Geistlichen. – wahrscheinlich doch des Praeses. – einer allein kann doch nicht immer beÿ der Delinquentin seÿn, das Absolvieren kann auf jeden Fall der Praeses, wenn er auch nicht mit zum Richtplatz geht. – ich meine dass bis itz alles der Ordnung nach besorgt ist. – Schützen werden genug bestellt. – Sie schreiben mit Ober- und Untergewehr, das geht nicht – Seitengewehr hat der Bauer nicht. – Aber der H. Richter Helter hat mich aufmerksam darauf gemacht, dass der Scharfrichter Esselmeyer darauf bestehen werde, mit der Commission zu speisen. – das seÿe so herbringens und Eu. Wohlgebohren hätten noch nichts desfals verordnet, auch meint er ob nicht advocatus fisci, defensor und Fiscus beÿ der Publication des Urtels zugegen seÿn müssen und wenn das wäre ob die dann nicht auch wie die beÿden Geistlichen mit zur Tafel gezogen werden müsten uns ware beÿden viel lieber wenns gar nicht nötig wäre, denn großen Appetit soll mann wohl nicht haben, und es wären noch ansehnliche Kosten, wenn es aber seÿn mus so mus das nichts machen. – der Knobbe den ich beordert hatte beÿm Hausvoigten zu kommen um wegen Stuhl und Leiter nahere rüksprache zu nehmen ist noch nicht da gewesen. – den Torf requirirt der Hausvoigt gegen gewohnliche Zahlung – ich bin in Eile

Eu. Wohlgebohren gehorsamster Diener

Morrien

Meppen d. 6ten Aprill 1807

An das (243) Hertzoglich Arenbergischen
Herrn Amtsrentmeister Bues Wohlgebohren

Niederlangen im Gericht Laten am 7ten April 1807

Eu. Wohlgebohrnen requisitions Schreiben unterm 4ten dieses, betreffent der nach hier im Amte existirenten Hertzoglich-Arenbergischen Jäger, zur Assistenz leitung bei der Hinrichtung des wegen Mordbrands inhaftirten Weibsbild, hatte die Ehre erst heute früh 9 Uhr zu erhalten. Die möglichst zu Entbährente Manschaft sind 2 Corporalen und 5 gemeine, welche ich heute noch beordern werde – dann bleibt mir ein man zur Besetzung der Wache zu Clemenswerth! Nebst den Sieben mann einschließlich den 2 Corporals werde ich, zur bessern Ordnung mit kommen und gesamt der Manschaft von der löbl. Executions commission bei H. Richter zu Meppen, an bestimmtem Tag und Stunde die weitere Anweisung vernehmen. Da die Jägers mehrsten theils weit von Meppen stationirt sind, so werde ich selbe beordern am 9ten des Abends alda einzutreffen, sich quartier geben zu lassen, um des andern Tages die bestimmte Stunde außer in acht zu nehmen; Ich hoffe daher Eu. Wohlgeboren werden nichts dawieder haben

Th. Kreemer Hertzoglich-
Arenbergischer Jäger-
fourier und dermaliger
Depot Commandant im
Amt Meppen stationirt
im Gericht Laten

An den (243')
Hertzoglich-Arenbergischen Herrn
AmtsRenmeister Bues
Wohlgebohren
zu Haselünne

P.ordonanz in Eil
um 11 Uhr morgens von Laten

d. Hr. Obervogt Kosters wolle diesen Brief unversäumt per ordonanz nach Haselünne abschicken, d. 7 April 1807 vormittages 11 Uhr p. T. Nanckeman

Wohlgebohren (244)

Hochzuehrender Herr AmtsRentmeister!

Die saurste Stunde ist vorüber, ich habe der Delinquentin den Todt angekündigt – ich hatte schon gestern sie vorbereitet sie solle ihren Ostern halten und um deswillen zum Rathhause gebracht worden. – Sie war willig – und es geschah dies morgens um 5 Uhr ohne geräusch – heut morgen 1/2 10 brachte ich ihr reine Mütze und – Tuch und Gebettbuch was sie gewünscht und das dem Gerichtschreiber einzeln folgen. – ich war gleich mit ihr fertig, sie ist willig zu sterben. – und wie Mulert kam weinte sie sanft aber sagte selbst, sie wüste ihr geschähe recht. Sie hoffe auf Seeligkeit und Gott wolle dem verzeihen der an ihr ungluk schuld war. – Sie fordert aber bestimmt, den H. Dechanten der ihr zur Communion geholfen der solle sie auch zum Tode führen Ich hab eine expressen dahin verordnet und kann es nicht abschlagen, wegen der Tafel will ich alles besorgen – wer dazu geladen werden mus soll sich ja wohl finden. Ich weis aber bestimmt, dass zu meiner Zeit die Commission beÿ einen ahnlichen Vorfall beÿ Rath Greve zu Munster gespeist hat. – Mann wolte den Scharfrichter durch donceur bewegen daran kein Theil zu nehmen, er war willig und forderte blos 50 Louisdor – und mann lies ihn gern mit speisen. – im Grunde ists ja doch Thorheit, laß den Mann in Gottes nahmen mit uns essen, er ist gar (245) ein artieger Mann. – die Herrn Consistorialen will ich bitten beÿ der Publication zugegen zu seÿn. – Sie können dann mit zum Richtplatz fahren wir müssen doch zweÿ wagen haben. – Der Scharfrichter wird auch wohl fahren wollen. – wer will sich damit einsetzen? – wenn es keiner will so thue ichs. – ich sehe darin nichts empörendes. – es ist seÿn geschäft zu schlagten, was unser geschäft war dazu vorzubereiten. – zum Scheiterhaufen wird kein Torf verlangt nur Holz, zweÿ Theer tonnen und Stroh. – der H. von Olfers schreibt, ich solte Kinder beÿ der Deliquentin lassen, wehrend der Geistliche beÿ ihr ist. – das kann ich nicht – ich kann ihre lezte Stunden nicht verbittern – wollen rechtliche Leute einzeln aufm Zimmer, das laß ich gelten aber pobel zu dringen das werde ich verhüten. – Mit dem Gastwirth Völker werde ich alles verabreden.

Ich bin mit schuldiger Achtung
Eu. Wohlgebohren

Gehorsamster Diener

Morrien

Meppen d. 7ten Aprill 1807

Wohlgebohrner und Hochzugebie- (246)
tenter Herr AmtsRentmeister

Da ich gemäß einem vom H. Ritmeister Reinking erhaltenen Schreiben – und zugleich anbei zustelgtem Commandierpass, den 15ten dieses Monats, auff eine kurze Zeit nach dem Veste Recklinghausen abgehe; So benachrichtige Eu. Wohlgebohren pflichtschuldigst, dass ich während meiner Abwesenheit dem in Dechlingen stationirten Corporal Flemming das Commando, der nach hier im Amte seÿenden Hertzoglich-Arenbergischen Jäger übertragen habe.

Übrigens verbleibe nebst gehorsamsten Respect.

Eu. Wohlgebohrnen gehorsamster

Th. Kreemer
Fourier

Niederlangen am 13ten April 1807

Wohlgebohrner Hochgelarter (247)

Hochzuehrender Herr AmtsRemtmeister!

Das protocoll uber von der Commission vorgenommenen Verhandlungen, beÿ der gescheenen Execution praesentiere ich hierneben, mit bitte solches hoheren Orts gelangen zu lassen und zugleich gütigst anzufragen ob nun mehro nicht denen Damnificaten die ihnen gestohlenen anerkannte Sachen als weil solche vorhanden mögten verabfolgt werden. – Die dem Protocolle von unserm Commissario annoch beÿgefügte Umständlichkeiten, werden Sie hoffentlich nicht ubelnehmen – er wünscht die Regierung zu überzeügen dass mann sich bemühet habe die handlung einen gemessenen Anstandt zu geben. Ich werde wie ich schon die Ehre hatte Eu. Wohlgeb. zu sagen morgen auf Münster reisen und etwa 10 Tage abwesend seÿn. Die Geschäfte! So dringend sind wird der H. Richter Helter für mich vornehmen. – Anliegende Atteste bitte zu assignieren und mir als dann wieder zugehn zu lassen – der Bericht des Fourier Kreemer kommt ebenfals anbeÿ.

Ich bin mit volkommener Hochachtung
Eu. Wohlgebohren

Gehorsamster Diener
Morrien

Meppen, d. 14ten Aprill 1807

Euer Hochwohlgebohren benachrichtigen wir auf dero (248) Schreiben vom gestrigen Datum, dass wir der Zuchthaus Commission dato aufgegeben, den wegen Diebstahl, Mord- und Brandstiftung auf 30 Jahren zum Zuchthaus verurtheilten Delinquenten aus dem Amte Meppen vorerst gegen 30 Rtl. jährlichen Kostgeldes, welche praenumerando zu zahlen sind, und gegen die einzulieferende Sentenz, ins Zuchthaus aufzunehmen, zugleich auch dem Geheimen Rath Mauve instruirt haben, dem Commando beÿ seiner Ankunft sowohl als Rückmarsch Nachtquartier in Bevergern jedoch gegen Zahlung der Zehrungskosten anweisen zu lassen. Sollte in der folge mit jenen 30 Rtl. und dem Arbeitsverdienst, der Unterhalt dieses Züchtlings und überhaupt derer aus den Territorien der Theilhaber des ehemaligen Hochstifts schon admittirten und noch admittirt werdenden Züchtlinge nicht zu bestreiten seÿn: so müssen wir uns die Liquidirung und Erstattung der mehreren Selbstkosten ganz ausdrücklichst vorbehalten.
Münster d. 16 April 1807
AdministrationsCollegium des 1ten Gouvernements

v. Schlechtenthal
v. Druffel
v. Thadden
Goesen

An
den Herzogl. Arenbergischen
Deputirten H. Geheimen Rathen
von Olfers Hochwohlg.
hieselbst

Wir von Gottes Gnaden Prosper Ludwig Herzog (249) von Arenberg, Recklinghausen, Meppen und Düllmen, Grand d'Espagne der ersten Klasse p.p.

Ehrsamer Lieber Getreuer!

Ob uns schon der ExecutionsBericht rücksichtlich auf die Ehefrau Venslage, nach Vorschrift unseres Rescripsts vom 24ten März noch nicht zugekommen ist, so ist doch schon durch den Richter Morrien mündlich referirt, dass die Execution derselben ingefolg unseres Commissarii am 10. april. vollzogen worden, und sich dabeÿ keine fernere Data wider den Herrn Venslage ergeben. Wie nun auch inzwischen von Uns unmittelbahr für den Herrn Venslage, das Zuchthaus zu Münster, zum Orte seiner Strafe bestimmt worden; so erhaltet ihr hiedurch samt und sonders den Auftrag mit der Publication und Execution der Sentenz soviel sie den Herrn. Venslage betrift, ebenfalls keinen ferneren Anstand zu nehmen, sondern ihm selbe, allenfalls in Abwesenheit der übrigen Mitcommissarien, durch den concommissarius Richter Helter publiciren und gleich demnach exequiren zu lassen. Da die Transportirung des Inquisiten von Meppen über Rheine, wegen Requisition der Grosherzoglich Bergischen Behörden, nur neue Schwierigkeit und Aufenthalt verursachen würde, so haben wir gleich wie vormals beÿ Sanders und Conen, den Transport über Bevergern vorgezogen, mithin beÿm Münsterischen Administrations (249') Collegio nicht blos die Anzeige zur Aufnahme ins dortige Zuchthaus, sondern auch zugleich jene pro transitu über Bevergern und die dortige Uebernachtung gemacht. Beides ist schon bewilliget, und ergeht wegen des letzteren das erforderliche an Landrath

Mauve, unter wessen Bezirke seitdem Bevergern mit den umliegenden Orten gefallen ist. Ob nun der Delinquent erst mittelst einer gewöhnlichen Fuhr von Meppen auf Haselünne und dann mit einer gedungenen Fuhr des anderen Tages über Bevergern bis Münster oder gleich ganz durch mittelst einer einzigen gedungenen Fuhr zu bringen ist, überlassen wir eurem weiteren Ermessen; inzwischen ist hauptsächlich dafür, dass der Inquisit wohl verwahrt und unter ganz sicherer Bedeckung transportirt werde, bestens zu sorgen, und dörfte ein commando Jäger den bloßen Schützen vorzuziehen seÿn; wie denn auch die vormaligen Delinquenten durch ein Jäger Commando hiehin gebracht sind, und gegen Zahlung in Bevergern übernachtet haben. Dem Führer des Commando ist ein offener beamtlicher Paß und Instruction, dann die authentische Abschrift der Sentenz quoad clausulam mitzugeben, um letztern beÿ der Ablieferung im Zuchthause mit abzugeben: zu Münster hat er sich am Thor und dann an der (250) Hauptwache respective zugleich beÿ unserem Canzlisten Kentling zu melden, welcher ihm die nähere Anleitung zur geschwindesten Ablieferung geben wird; damit er dahir durch Verweisung an die Französischen ihm unbekannten Behörden nicht unnötiger Weise aufgehalten wird.

Sind Euch in Gnaden gewogen.

Münster den 17ten April 1807

Herzoglich Arenbergische Regierung

vt. F. v. Olfers

B. Kentling

An die Commissarien Amtsrentmeister Bues Richter Helter und Richter Morrien zu Haselünne und Meppen

Wohlgebohrner, Hochgelehrter, (252)

besonders hochzuehrender Herr AmtsRentmeister!

Der Korporal Flemming hat mit 4 Jägern den Fenslage auf Münster zu transportiren übernommen und nach dessen eigenem Gutfinden ist die abführung dieses Delinquenten auf übermorgen d. 23ten früh morgens festgestellet; Hr. Hausvogt Volker hat den hiesigen Burger Immeken fur 24 Gulden holl. dazu verdungen, welcher den Delinquent in einem Tag bis Bevergern zu fahren vermeint; H. Hausvogt hat hier keine Ordonnanzen bereit und es war schon mittag, wie derselbe den Wagen verdungen hat; wie nun Korporal Flemming morgen vormittag beÿ Eu. Wohlgeboren erscheinen wird, um den Paß mit etwa notiger besonderer Instruction und das Reisegeld abzuholen, so glaubt H. Hausvogt mit mir, dass es unnötig seÿ, noch vorlaufig einen Boten an Eu. Wohlgeboren abzusenden. Ich werde morgen die Sentenz dem Delinquenten publiciren und copiam authenticam quoad clausulam concernentem dem Corp. Flemming vor der Abreise uberhandigen.

Ich habe die ehre mit vollkommenster Hochachtung zu seÿn

Eu. Wohlgeboren

Gehorsamster Diener W. J. Helter

Meppen, d. 21 April 1807

Beÿm schlußе meldet sich ein Bote von Haselünne dem ich dieses schreiben werde mitgeben (253)

Instruction (273)

für den Corporal Flemming und beÿ sich habende Mannschaft beÿm Transport des Delinquenten Venslage

1 Der Transport geschieht am ersten Tage von Meppen nach Bevergern nach Inhalt des ihm gegebenen beamtlichen Passes.

2 Beÿ der Ankunft in Bevergern wird solcher beamtlicher Paß dem dasigen H. orthsrichtern oder dem H.gerichts-schreibern oder H. Bürgermeister beÿ alleinhaftiger abwesenheit eines oder den anderen Vorgezeigt und allenfalls ein quartier oder Stube Zur aufbewahrung des Delinquenten über nacht, in welcher Stube die begleitende Mannschaft mit gegenwärtig seÿn kann, requirirt, und wird übrigens auf Verlangen alles mit geld gezahlt.

3 Beÿ ankunft zu Münster meldet sich der Coporal mittels Vorzeigung des Passes beÿ der Wache an und an der Hauptwache, zugleich dann aber auch beÿ den H. Amtscanzlisten Kentling welcher letzter auf der Königsstraße wohnt, und allenfalls beÿm H.geheimen Rathe von Olfers wohnhaft auf Ludgeristraße nachgefragt werden kann, der H.Kentling wird den corporal so dann die nähere anleitung zur ablieferung ansich geben, damit der corporal nicht daselbst durch verweisung in die französische ihm unbedeutende behörden unnöthige weise aufgehalten werde.

4 beÿ der ablieferung am Zucht Hause übergibt den Corporal die ihm von H. Richter Helter ausgehändigt wird und authentische abschrift allenfalls wenn diese nicht dem H. Kentling wenn selber mit zum Zuchthaus gericht gegeben werden, und nimmt der Corporal nach dem erscheinen

besten und ablieferung des Delinquenten die Ketten und boltzen, womit derselbe geschlossen gewesen mit den nächsten Tage wider auf den wegen zurück aufnimmt derselbe welche also der Corporal von dasigen in Meppen beÿ der abreise abzufordern hat.

5 beÿ d. v. rückreise nimmt der Corporal den weg wieder über Bevergern, wo der Corporal, allenfalls mit seiner mannschaft antreten gegen Zahlung „der Kosten aqueriren kann,

Haselünne den 22 sten april 1807
Beammte des amts Meppen

J. C. Bues

Wir von Gottes Gnaden Prosper Ludwig Herzog (254) von Arenberg, Recklinghausen, Meppen und Düllmen Grand d'Espagne der Ersten Klasse p.p.

Ehrsamer Lieber Getreuer!

Mit eurem Berichte vom 21ten april haben wir das ExecutionsProtocoll der Ehefrau Venslage erhalten, zugleich ist anheute das Commando Jägermit dem Inquisiten Herm Venslage dahie angelangt, und hat letzteren dem Zuchthause überliefert. Es hat nunmehr keinen Anstand weiter, den Damnificaten die als gestohlen anerkannten Sachen, rechtlicher Anordnung nach, wieder verabfolgen zu lassen. Zugleich erwarten wir über die sämtlichen Gerichts und Executions Kosten einerseits, sodann über das sämtliche Vermögen der Inquisiten und wie es mit Rücksicht auf das unmündige Kind derselben und die Zahlung der Inquisitions- und Executions- dann Zuchthauskosten, bestens zu verwenden seÿ – den ferneren commissarischen Bericht, unter gelegentlichen Obrückfügung des Verfolgs, um darin das weitere zu verordnen.

Wir sind Euch übrigens in Gnaden gewogen.
Münster d. 24ten April 1807

Herzoglich Arenbergische Regierung
vt. F. v. Olfers

B. Kentling

An den Amtsrentmeister J. C. Bues
zu Haselünne

Hier durch wird bescheinigt dass der Unter- (255)
Officier Flemming den Arrestant Herman Venslage heüte dato im hiesigen Zuchthause richtig abgeliefert hat.

Signatum Münster den 24ten April 1807

Herwig
Wachtmeister des Zucht- und Besserungshauses

Signalement (258)

Der in der Nacht vom 30 Novemb. auf den 1ten Decemb. 1807 aus dem Münstrischen Zuchthause entsprungenen dreÿ Verbrecher.

1. Herman Venslage aus dem Kirchspiel Wesewe Amts Meppen, 38 Jahr alt, hält ungefehr 5 Fus 5 Zoll blassen und pockennarbigen Gesichts; hat röthlich tiefliegende triefende Augen, röthlich blonde Haare und rothen Bart, wie auch Augenbrauen; hatte beÿ seiner Entweichung entweder einen dunkel blauen Rock oder eine hellblaue Jacke oder sogenantes Camisol, eine grobe lange leinene Hose und weise wollene Strümpfe an. Er ist vorzüglich daran kennbar, dass sein rechter Arm am Ellenbogen Gelenke ein wenig gelähmt, wodurch der Arm eine etwa schiefe Richtung beÿm Aufheben hat, Er spricht die gewöhnliche platte holländische Sprache.

2. Wilhelm Terstegge gebürtig aus Heiden Amts Ahaus, 36 Jahr alt, hält 6 Fus ganz schwarzen, blassen Gesichts, nebst schwarzen Haaren, Augenbrauen und Barts, geht ein wenig vorn über gebückt, hat wahrscheinlich, da er mit obigen Venslage zugleicher Zeit entflohen, und die obgenannten Kleidungsstücke, nemlich ein blaues Camisol und blauen Rock mitgenommen:/ entweder den gedachten Rock oder Camisol an; trägt eine schwarz gestreif- (259)
te Manschesteren Hose und Weste vom selbigen Zeuge; nebst hellblauen Strümpfen.

3. Johan Peter Beerenberg, 26 Jahr alt aus Himmelmett in der Grafschaft Mark gebürtig, hält 5 Fus 4 Zoll; hat ein glattes Gesicht, blonde Haare, wie auch Augenbrauen, stößt fast immer im Sprechen mit der Zunge an, und zieht beÿm Sprechen die Augen zusammen; trug beÿ seiner Entweichung eine gestreifte baumseidene Weste, weiße schmutzige lederne Hose und einen Kittel von weißen Drill mit einer gestreiften baumwollenen Mütze

Wir von Gottes Gnaden Prosper Ludwig (260) Herzog von Arenberg, Recklinghausen, Meppen und Düllmen, Grand d'Espagne der ersten Klasse p.p.

Ehrsamer lieber Getreuer!

In vergangener Nacht sind diejenigen dreÿ Verbrecher aus dem hiesigen Zuchthause ausgebrochen und entflohen, deren Signalement näher aus der Anlage zu ersehen.
Da unter diesen auch der, von unserem Hof- und Obergerichte auf 30 Jahre zum Zuchthaus condemnirte, dort persöhnlich bekannte Herman Venslage aus dem Kirchspiel Wesewe befindet; so habt ihr nicht allein durch ein eiliges circulare aus sämtliche dreÿ Entflohenen Herm Venslage, Wilm Terstegge und Joan Peter Beerenberg, sämtliche Gerichte und Amtsunterbediente besonders aufmerksam zu machen, sie im Betretungsfalle sofort zu verhaften und durch Euch darüber an Uns unverzüglich zu berichten, sondern durch fleissige Aufspürung an des Amts Gränzen sowohl als an den Orten seines gewöhnlichen vormaligen

Aufenthalts ganz besonders darauf bedacht zu seÿn, um wenigstens des Herm Venslage wieder habhaft zu werden, weswegen denn auch die ausländische benachbarte Gerichte zu dessen Arretirung durch den Richter Morrien schleunig requiriren sind.

Vom Erfolge erwarten wir den näheren Bericht und sind Euch in Gnaden gewogen.
Münster den 1ten Decemb. 1807.

Herzoglich Arenbergische Regierung
vt. F. v. Olfers

B. Kentling

An den Amtsrentmeister
J. C. Bues
Haselünne

Wir von Gottes Gnaden Prosper Ludwig (257)
Herzog von Arenberg, Recklinghausen, Meppen und Düllmen, Grand d'Espagne der ersten Klasse p.p.

Ehrsamer lieber Getreuer!

Wir gaben euch mit voriger Post von der Entweichung des Herm Venslage mit noch zweÿ andern aus dem Zuchthause Nachricht und zugleich den Auftrag zu ihrer Nachspürung und Arretirung. Aus so eben vom Assessoren Siebel /:welcher darüber die Untersuchung hatte:/ erhaltener Nachricht, sind sie alle dreÿ schon glücklich wieder ertappt und zwar der Venslage mit seinem Compagnon im Kirchspiel Emsdetten; - beide letztere befinden sich im Arrest am Wirthshause Vegesack gegen Schönefliet über, und werden heut Abend wieder zum Zuchthause transportirt, wovon der Richter Morrien mit heutiger Post, gleich benachrichtigt ist.

Sind Euch übrigens in Gnaden gewogen.
Münster den 5. Decemb. 1807

Herzoglich Arenbergische Regierung
vt. F. v. Olfers
B. Kentling

An den Amtsrentmeister J. C. Bues c.
Haselünne

Wohlgebohrener Hochgelarter (262)

Hochzuehrender Herr Amtsrentmeister!

Die Bekanntmachung dass der Venslage aus dem Zuchthause gebrochen, und auf freÿen Füßen seÿe macht in hiesiegem und Haarenschen Gerichte eine schrekhafte Sensation.
Ich hohrte durch einen von Rheine kommenden Fuhrmann Mann habe dort 3 verdächtige Vagabunden eingefangen worunter Venslage wahrscheinlich seÿn konnte. – weil einer derselben sich fur ein Amts Meppischen Scherenschleifer ausgegeben – um mich und die Gegend zu beruhiegen sandte ich sofort einen Eilbothen an das Gericht zu Rheine – und Venslage war der ertapte! – der H. Richter meldet mir in Antwort dass er bereits mit einem seiner ausgebrochenen Cammeraden wieder wohl geschlossen und wohl verwahrt auf Münster transportirt worden. Ich eile Eu. Wohlgebohren von den glüklichen Fang sofort nachricht zu geben. – ich hab fur den Expressen 1 1/2 R. zahlen müssen. – ich hoffe mir wird solches da es zur beruhigung des publicums abzwekte ex … jurisdictionis. – oder sonst aus Amtsmittelen wieder ersetzt werden –

mit schuldieger Hochachtung harrend
Eu. Wohlgebohren

Gehorsamster Diener Morrien Richter

Meppen d. 6ten Xber 1807

Cop. (263) No. 441 eing. 13 Junii 8
Durchlauchtigster Herzog p.p.

Euer Herzogl. Durchlaucht remittiren wir unterthanigst gehorsambst den Verfolg des Gerichts Meppen in Criminal Untersuchungs Sachen fisci c. die Eheleute Venslage und die aus gleichfalls zugestellten RegierungsActen betreffend den durch Feueranlegung am 18. Maÿ 1806 zu Gr. Fullen entstandenen Brand desfalsige Untersuchung, wie auch Unterstützung und Entschädigung der Brandbeschädigten. Zuvordrist haben wir die verzeichnete Gebühren des Gerichts Meppen sub n. p. 68 auf 154 R. 7 ß 8 d sub n. p. 69 auf 16 R. 20 20 ß 6 d und sub n. p. 96 auf 21 R. 24 ß 10 d moderirt. Mit Festsetzung der sub nris. Paq. 72, 73, 74, 75, 76, 77, 78, 79, 80, 81, 82, 83, 84, 85, 86, und 89 befindlichen Taxen und Rechungen welche sich über den Unterhalt der Inquisiten während der Untersuchung und über die Kosten, welche zur Execution des Todes Urteils verwendet sind, verhalten, konten wir uns nicht abgeben, indem sie keine eigentliche Gerichts Gebühren sind, wir müssen dieses deshalb Höchstdero Regierung erfoderlichen falls überlassen; wir sind (263') aber der rechtlichen Meinung, dass diese sub No. P. 72 bis 89 liquidirten Gebühren und Auslagen, weil sie dem Inhaber der Criminaljurisdiction zur Last fallen, auf Euer Herzogl. Domainen Casse anzuweisen und davon auszuzahlen seÿen. Da nun das aus dem veräußerten Vermögen der Inquisiten /:welche in die Kosten verdammet sind:/ herausgekommene Geld Quantum nicht hinreicht, um alles daraus zu zahlende zu bestreiten, so können so wenig die Herzogliche Casse in Rücksicht gehabten, oder noch zu verfügenden Auslagen, als wenig der Zeller Olken, welcher

die ihm gestohlenen aber nicht in natura beÿ den Inquisiten vorgefundenen, und deshalb auch nicht resti-
tuirten Sachen, welcher zu 51 Gülden 12 stbr. angeschlagen, noch zu foderen hat ein VorzugsRecht vor den Gerichts Gebühren foderen, alle haben ein gleiches Recht, und daher ist das depo- situm unter selbe pro rata zu vertheilen, so dass dasjenige, was auf die 51 Gülden 12 stbr. des Zellern Olken fällt, diesem so wie auch dasjenige, was auf die von der Herzogl. Casse verfügte oder noch zu verfügenden Auslagen fällt, an solcher ersetzt werden muß, und blos der Uberschuß für die in taxis sub Nro. 68, 69 u. 96 verzeichnete Gerichts Gebühren überbleibt. Beÿ der Vertheilung ist überhaupt zu errinneren, dass die bisherige Sportulen und sonstige Gebühren dieses provisorischen Hofgerichts mit 75 R. 25 ß 6 d bereits aus der Herzogl. Cass gezahlt sind, und sowohl diese Summe als auch die unten verzeichnete fernere Gebühren dieses Hofgerichts, endlich auch die Verzehrungskosten des Transports des Venslage zum Zuchthause ad 23 Gülden 6 stbr. 4 d unter die von der Herzoglichen Casse verfügte oder zu verfügende Ausgaben zu rechnen sind, wodurch diese und die aus dem deposito zu erstattende Rata erhöhet wird.

Wir ersterben übrigens in tiefester Ehrfurcht

Eu. Herzogl. Dhlcht

Unterthänigste treu Gehorsamste zur provisorischen Hof und Appell. Gericht gdgst verordnete Amtsverwalter und Assessores u. Namens derselben

Nachstehende beÿ dem Verfolge Inquisiten (271) Venslage als noch nicht quitirte Bescheinigung müssen noch von der Domainen Kasse bezahlt werden.

Die Wohnung des wirthschaftern Völcker					
No 74 ad	-	-	-	35	14
des selben No 75 ad	-	-	-	9	4
den Schreinern Schagemann					
N.p. 77 ad	-	-	-	50	-
Schmiedt Coers p.p. 78 ad	3	18	-	-	-
Haus vogten Völcker p.p.79 ad	-	-	-	44	10
desselben No p. 80 ad	1	25	-	-	-
desselben No p. 82 ad	99	17	9	-	-
des Fuhrman Imming für die					
Reise nach Münster N.p.83 ad	-	-	-	24	-
medicina Doctoren Vagedes N.p.84 ad	1	-	-	-	-
apothekern appeldorn N.p.85	1	2	-	-	-
wirthschafter odendahl N.p. 86	-	-	-	1	-

Auf diesen Vorstehenden posten und sonsten von der Domainen Kasse geleisteten vorschuß erhält die Domainen Kasse aus den gerichtlichen Deposito zurück- 265 rt 13ß welche hiebeÿ kommen.

Meppen den 21 sten April 1809.

Mulert
Gerichtsschreiber

„Fragt man mich, wie ich so lange jene schreckliche Aufgabe erfüllen konnte, so habe ich nur dies zu erwidern:

Man möge einen Blick auf die Bedingungen und Umstände werfen, in denen ich geboren wurde."

(Memoires des Sanson I, 1862, S. 22-23)

Charles-Louis Sanson I, 1635-1707, gehörte zu einer Scharfrichter-Dynastie von 1685-1847, deren Mitglieder in Frankreich tausende von Hinrichtungen durchführten

Aus den Akten
des Niedersächsischen Landesarchivs-
Staatsarchiv Osnabrück
StA OS Rep 225 Nr. 163

Acta

betreffend
den durch feueranlegung, am
18ten Maÿ 1806 zu großen Füllen
Kirchspils Meppen, entstandenen Brand,
deßfalsige Untersuchung wie
auch Unterstützung
und Entschädigung der
Brandbeschädigten daselbst.
1806

Extract (1)

Berichtschreiben des Amtsrentmeisters Bues, Haselünne d. 21. Maÿ 1806

Das Abbrennen der Häuser scheint fast an der Tagesordnung gekommen zu seÿn, am vergangenen Sonntag hatten wir das traurige Schicksal, dass zu Groß Füllen beÿ Meppen des Morgens während des Gottesdienstes beÿ einem stark wehenden Nordwinde binnen einer Stunde 22 Wohnungen und überhaupt 32 Gebäude abbranten. Das Unglück ist durch Mordbrenner geschehen, die man auch wirklich zu Meppen arretirt hat, nemlich ein Neubauer Weib von der Colonie am Hebeler Meer, die auch zugleich am nemlichen Tage Versen hat anstecken wollen, und solches zweÿmahl versucht hat, auch beÿm Brande zu Füllen noch dabeÿ gestohlen haben solle. Ich habe darüber noch keine förmliche Berichte, wie mich sehr befremdet, vernehme aber zuverlässig, dass nebst dem Weibe auch ihr Mann schon vorgestern arretirt gewesen, auch sagt man, dass das beÿm Brande zu Füllen geraubte Geld wieder beÿgeschaffet seÿe. Unter den Abgebrannten sind 3 Eigenhörige, nemlich Ahlers, der sein Haus erst vor 2 Jahr neu gebauet und solches Gottlob zu 1000 Rthlr. in die Brandsocietät stehen hat, dann noch Hüser so mit dem Ahlers noch seine Pferde geborgen hat, und endlich (1') Berner, der außer dem herausgehenden Vieh sonst alles übrige mit 3 Pferde dabeÿ eingebüßet hat, da außer einer Magd niemand zu Hause gewesen und diese Anfangs ein kleines Kind ihres Bauren verloren gehabt, und solches gesucht und darüber alles verloren hat.

Sie haben sich sämtlich schon um Unterstützung durch Nachlaß ihrer diesjärigen abgaben an die Rentmeistereÿ, durch zu verstattende zollfreÿe Anführung der Bau-Materialien Anweisung ein oder andern Baumes aus privat oder cumulativ Gehölzen oder beÿ anderen eigenhörigen Bauren, und Consens zur Aufnahme einiger Gelder gemeldet, worauf ich mir vorläufig einige Instruction von Eu. Hochwohl. erbitte, um solche den bedauernswürdige Leuten bedeuten zu können. Es wäre sehr gut, wenn die Leute schon dieses Jahr die Moderation genießen könnten da sie suchen werden, daß sie um Jacobi ihre Erbhäuser wieder stehen haben.

J. C. Bues

Publicandum (2)

Da wir das traurige Schicksal vernommen, welches der Gemeinde zu Großen Füllen Amts Meppen am 18ten d. des Morgens, während den Gottesdienst überkommen, wo wahrscheinlich durch Brandanlegung /: welches aufs schärfeste untersucht werden wird /: 22 Wohnungen und überhaupt 32 Gebäude abgebrannt, und dadurch eine Menge Leuten besonders aber auch viele geringe Einwohner und Heuerleute nunmehro ohne Obdach, ohne Kleidung und Nahrung sind, mithin diese allerdings die erste landesherrliche Vorsorge erheischen, hingegen aber auch unter dem Vorwande dieser Unglücklichen sich schlechte Landstreicher einschleichen und das von der milden Hand für die Unglücklichen bestimmte fortnehmen könten, der Primißarius zu Füllen, sich aber zu einer abzuhaltenden Collecte, Berechnung und Austheilung der Gelder Nahrungsmittel und Kleidungsstücken, behuf der abgebrannten erbothen als wird 1. das einzelen Bettlern und Collectiren von Privaten hiemit gänzlich verbothen, dagegen 2. eine behuf der Unglücklichen öffentlich, in jedem Kirchspiele des Amts von des Ortspfarrern anzustellende Collecte hiemit von Regierungs wegen dergestalt erlaubt dass jeder Ertrag gegen Quitung am primissario zu Füllen /: welcher darüber Annotation und Rechnung zu führen hat :/ abgeliefert und von ihm, mit Zuziehung des Ortsrichtern, an die Meistbedürftige successive ausgetheilet werden soll.

Münster d. 23. Maÿ 1806

Eingegangen d 30 Maÿ 6 (3)

Hochwohlgebohrener Hochgelarter
Hochgebietender Herr Geheimrath

[6 Zeilen später eingefügt: d. 31 daß er ferner alle sorgfalt anwenden möge, damit die Inquisitinn und ihr Mann an deren Unschädlichmachung und Bestrafung dem ganzen Amte gelegen seÿ nicht entwischen nach der Instruction der Sache erwartete ich den Verfolg ohngesäumt rechtens]

Die Abwesenheit des H. Amtsrentmeisters Bues bestimmt mich Eu. Hochwohlgebohren eine hochst unglückliches und unerhört schreckliches Ereignis unmittelbar hierdurch gehorsamst zu berichten. Am vorigen Sontag d. 18ten morgens um 1/2 11 Uhr zu Anfang der hohen Messe entdeckte mann von hieraus Brand in Gr. Fullen, die sämmtliche Bewohner waren in der Kirche einiege weniege nur im Dorfe, es ward in der Kirche Feüer gerufen und unter betaubenden Schrekken, unter Gefahr des erdrükkens ströhmte alles heraus – es wurden die Brandgereitschaften in der möglichsten Eile geordnet, und alles eilte dem Brande zu. Aber alle Eile war vergebens ein heftieger Nordost wind hatte das Feüer so heftig gemacht daß bereits 31 Gezimmerte eingeäschert waren, das ubriege des Dorfs ward aber durch Hülfe der Städter gerettet. – Aus dem Brande ist fast nichts gerettet.- Die Kühe waren glücklich zur Weide. 6 Pferde sind verbrand, Menschen sind sehr viele beschädigt. Keiner verunglückt – der Brand war am ersten Hause des Dorfs an der Windseite begonnen.

Beÿ Leüten die als sehr vorsichtig bekannt, und in ihren kleinen Haüsgen (3') der Zeit kaum Feür am Herd gehabt. Es entstand daher gleich allgemeine Vermuthung der böslichen Anlegung – ein Gerücht es hab auch um 10 Uhr in Versen gebrand seÿ aber glücklich gelöscht vermehrte den Verdacht. – Abends 9 Uhr meldete der Frohne zu Versen, es seÿe in ihren Dorfe aber mahls nachmittags zwischen 2 und 3 Uhr Feür angelegt, und seÿe eine gewisse Goose Sienken sonst Ehefrau Gesina Fenslage vom Hebeler Meer darauf ertapt aber nicht ergriffen. – das Feür aber glücklich nicht zum Ausbruch gekommen. – ich requirierte so fort den H. Hauptman Reinkink durch seine Jäger die persohn und vorsorglich auch ihren Mann greiffen zu lassen, der selbiege fertigte so fort den Befehl an Corporal Staalschmit aus, dem ich die ordre zu stellung von wagen und Schützen am Frohnen Schulte zu Wesewe beÿfügte. – was den brand anging so waren schon die Verordnungen getroffen, dass zur Wache, zur völliegen unterdrükkung des noch glimmenden Feüers, benachbarte Dörfer die Manschaften die ersten Tage stelten, wobeÿ der Frohne Schulte von Klein Fullen die Aufsicht haben solle. – Montag nachmittags 1 Uhr überlieferte schon der Corporal Staalschmitt zum hiesiegen Amthause die glücklich gefangenen Eheleüte Fenslage. – sein dabeÿ bewiesenes kluges Benehmen, und rastloose Thätigkeit verdient alle Belobung. – beÿ der Ablieferung zeigte der Corporal zugleich an, daß die arrestirte Gesina Fenslage (4) ihm und auch dem H. Dechanten Röman zu Wesewe bereits gestanden, daß sie den Brand angelegt habe. – es ward augenbliklich zum summarischen Verhöhr geschritten, wo die Frau zu Anfang hartnekkig leüchnete, nach einiegen Wendungen aber die Greüelthat gestand.– der Mann wolte von nichts wissen, auch waren gegen ihn noch keine Data.

– indes wurden so fort beÿde geschloßen und zwar die Füße zusammen an einen Bolzen und an diesen mit einer kurzen Kette die linke Hand, so dass sie nur eben sich vom Platz bewegen können – ihnen ward auf dem großen Gefangen Zimmer jeder in einer besondern Ecke der Platz angewiesen, damit sie in Beÿsein der Wächter nicht leise unter sich sprechen können, denn beÿden leÿdet die Einrichtung des Hauses nicht, wie es wohl nötig wäre sie ganz zu trennen. – Nun eilte ich dem Frohnen Schulte zu Wesewe und dem Voigten Dieckhoff die ordres zu gehen zulaßen. Augenblicklich das Haus des Herman Venslage am Hebeler Meer mit wache zu besetzen und durch und durch zu visitieren, alles zu inventarisieren und gleich zu berichten. – Dienstag morgen wurde von mir und dem Gerichtschreibern, in loco, die Brandstätte besichtigt, aufgenommen, und über enstehung und sonstiege Umstände das nötiege zum Protocoll genommen, – nachmittags war gewöhnliche Gerichtsaudienz und nach her wurden noch mehrere vernommen, und wegen einen ansehnlichen Diebstahl die inquisitin fruchtlos verhöhrt und confrontiert. Sie blieb das mahl hartnekkig beÿm (4') Leüchnen. – am Mitwoch übersandte der Voigt zu Haaren den ihm abgeforderten Bericht. – ich wuste gar nicht wie mir geschah wie ich ihn las – denken sich Eu. Hochwohlgebohren in dem Bettstroh des Bettes worin noch selbiege nacht die Eheleüte Venslage geschlafen fand mann ein neügebohrenes vollständieges fast vermodertes Kind. – allen umstehenden war die Schwangerschaft der jetziegen inquisitin sichtbar gewesen, sie hatte solche aber immer geleüchnet und ihr hohes Leib einer obstruct: menstrui zugeschrieben – indes zweifelte keiner das Kind seÿe ermordet, – da sie mit vorbedacht die Schwangerschaft verschwiegen. – das sie gebohren ward mehr als wahrscheinlich da sie schon am Dienstag über Milchschmerzen klagte. – und ihr die Brust ungeheür schwoll sie verlangte ihr Kind, was beÿ ihrer Mutter geblieben zum Aussaugen. – selbieges ist bald 3 Jahr alt und da ich bedenken trug das Kind kommen zu lassen, – so ersuchte ich H. Dr. Estinkhausen die inquisitin zu bedienen, welcher auch durch Umschläge ihre schmerzen wircklich schon gelindert. Gleich nach erhaltenem Berichte des Voigten, besorgte ich schleünig daß uber den Cadaver nothgericht gehalten und die Section vorgenommen wurde, – wegen der starcken Hitze und besorgt, wenn es dadurch ganz in Faulnis uberging, das Corpus Delicti nicht mehr verificieren zu können – erlaubte ich mir nicht die Zeit noch erst den H. Amts Medicum und Amts Chÿrurg zu diesen acte zu requirieren, sondern ich wählte den nahe wohnenden approbierten Wundarzten Spindel aus (5) Haaren, der auch wie Protocoll und Relation ausweisen, seine Sachen untadelhaft gemacht und nach gemachter Lungenprobe attestirt: das Kind habe nach der Geburt gelebt. – Da der Voigt in seinem Berichte wahrscheinlich mehreren gestohlenen Sachen erwähnte, so beorderte ich daß die Koffer und Kasten, worin alles gepackt war auf Meppen transportirt würden, welche schon Freÿtag anlangten. – Samstag morgen ward alles inventarisirt – und Nachmittag die Inquisitin wieder verhöhrt. Sie schien erweicht und gestand sogleich die Geburt eines todten Kindes lange führte sie uns herum, es gelang mir ihre Seele zu fassen, und sie gestand den Mord – nun ward ihr leicht, sie weinte Convulsivisch und sie gestand alles worüber sie gefragt wurde. – ich konnte fast nicht mehr fragen so hatte mich das angegriffen, – es ist ein unbegreifliches weibliches Ungeheüer.

– sie leüchnet die Schwangerschaft und weis nicht war um, sie mordet mit eigener Hand ihr Kind um nicht lügen gestraft zu werden, - sie zündet um 10 Uhr in Versen ohne Erfolg, sie zundet um 1/2 11 in Fullen mit dem Schrecklichsten sie stiehlt wehrend der Zeit – geht zurück auf Versen zündet wieder – glücklich ohne aus zu brechen – und gesteht alles nebst mehrere kleine und große Diebstähle – und weis zu all dem mit Kalte verübten Mordbrand keine andere Ursag alls Gelegenheit zum stehlen. Sie hat keinen der Leüte gekannt, denen sie das Feür gelegt. Ihre Reue scheint aufrichtig – allein sie nimmt noch alles (5') auf sich und bleibt beÿ der Behauptung ihr Mann wisse von nichts habe an nichts Antheil, nicht mahl ihre Schwangerschaft soll er gewust haben, und hat doch bis zur Geburt und nach der Geburt beÿ ihr geschlafen, und sie beÿ gewohnt. – so unwahrscheinlich so unmöglich das nun zwar ist, so will sie vorerst nicht davon ab. – er hat noch nicht weiter verhöhrt werden können – ich hoffe aber es wird mir glükken wie mit ihr, und doch sagt das Gerücht er seÿe gefährlicher, abgefeimder und boshafter wie sie. – Sie ist wohl gebildet, und hat einen ruhiegen offnen Blik. – er ist häßlich und vermag nicht jemanden grad anzusehen, - sie hat indes zu viel bekannt, als dass er sich nicht fragen müste. da die inquisiten zu wigtig sind und unser Amthauß nicht im besten festesten Zustande war, so hab ich die für die Fenster im Gange fehlende Stangen ergänzen, die Nebenthürn mit Riegel versehen, und durch den Hausvoigten täglich zweÿ Bauren Schützen zur Assistenz der gewöhnlichen Wächter stellen laßen. – Ich glaube die so wigtiege vieleicht in mehrern hundert Jahre nicht am hiesiegen Gerichte verhandelte inquisition, mit möglicher Vorsicht und notieger Thätigkeit angefangen zu haben, ich werde solche mit ahnlichem ununterbrochenen Eifer fortsetzen, und fals sich etwas merckwürdieges im Verfolg (6) ereignen sollte, so werde ich solches ohne Verzug zu berichten ohnermangelen, - daß ich dießen meinen schuldiegen Bericht erst 8 tage nach dem Ereignisse einschikke mag entschuldiegen, dass ich in den dreÿ ersten Tagen wegen persohnlicher Verwirrung u. wegen Mangel an Bestimmheit des Corporis delicti nicht faslich berichten konnte, und die Abreise des H. Amtsrentmeisters es erst möglich machte die heütiege post zu benutzen um Eu. Hochwohlgebohren von dem vorgefallenen schuldigst zu benachrichtiegen.

Ich harre indes mit schuldiegem Respect
Eu. Hochwohlgebohren

Gehorsamster Diener
C.F. Morrien, R.

Meppen d. 25ten Maÿ 1806

Euer Excellenz (7)

Nr 1. Berufen uns vorliegendes Extract schreibens des Amtsrentm. Bues zu ersehen, daß leider den 18ten Maÿ, zu großen Fullen beÿ Meppen ein Brand entstanden, wodurch während des sontägigen Gottesdienstes, beÿ einem stark wehenden Nordwinde, binnen einer Stunde 22 Wohnungen und überhaupt 32 Gebäude, in die Asche gelegt worden Das schändlichste ist, daß der Brand angelegt worden, daß auch zu zweÿmaalen versucht worden die Bauernschaft Versen in Brand zu stecken, und dem Dorfe Wesewe ein ähnliches schicksal zugedacht worden.
Nr 2. Das Weib, welches den Brand angelegt, ist glücklich erwischt und hat nach anliegendem Gerüchte des Richters Morrien, schon alles bekannt, und daß blos die Absicht: während dem Brande zu stehlen sie hinzu bestimmet haben das abscheulichste ist daß nebstdem, beÿ der Situation der Bettlade wo dieses Weib, mit ihrem Manne geschlafen, sich ein schon in Verwesung übergangenes Kind gefunden. Es war ihr eigenes, sie hatte ihre schwangerschaft verheimlicht es kürzlich gebohren und ermordet. Sie und ihr Mann sitzen beide aufm Amthause zu Meppen, leider aus Mangel ordentlicher Gefängniße auf einem Zimmer.; wodurch die inquisition sehr wird erschwert werden; indem der Mann noch nichts gestanden Höchstnötig war die endliche Einrichtung mehrerer Gefangenenstuben; wozu schon vormals der H.Geh.Rath Daniels, den Plan zu sich genommen.
Nr 3. Da die Leute, so abgebrannt sind, fast ausser dem Viehe, alles eingebüsset, und der missionarius zu Fullen sich zum Empfang der milden Beÿträge für die Unglücklichen anliegenden postscripte des Amtsr. Bues erbothen; so habe

Nr 4. ich gleich mit umgehender Post, durch anliegendes publicandum einer allgemeinen Collecte erlaubet; dagegen alles privat Betteln, unter dem Namen der abgebrannten (welches so oft Missbrauch veranlaßt) untersagt, und dem Orts Richter mit dem Missionario die Aufsicht übergeben. Dem Corporal Stahlschmidt, welcher die Thäter arretirte , gebührte wohl einige Belohnung, dagegen habe ich dem Orts Richter die strengste Bewachung der inquisiten und nach schleuniger Fortsetzung der instruction, die Einsendung der Akten aufgetragen. Die Abgebrannten verdienen auch allerdings die in der Anlage Nr.1. begehrte Unterstützung, und ich habe dem Amtsr. Bues hiezu alle Hofnung gemacht.

Euer Exellenz

Münster d.31.Maÿ 1806.
gehorsamster Die.

Zur Statthaltereÿ

Meppen den 4ten Juni 1806

Hochwohlgeborener Hochgelarter (13)
Hochgebietender Herr Geheimer rath!

Die Berechnung des hiesiegen Amts Cassen-Bestandes pro Januaris Februario u. Martio habe ich die Ehre hierneben zu presentieren. Mit der inquisition war ich auf einem sehr guten Wege, sie hat aber einen kleinen Aufenthalt bekommen. die inquisitin bekannte reuevoll wohl alle ihre Greuelthaten – dreÿ Mordbrände – einen überlegten Kindesmord und mehrere diebstähle, sie lieferte sogar 79 tl. gestohlenes Geld freiwillig ab was sie beÿ der Visitation zwischen die Brüste verborgen gehabt und nicht gefunden worden bekannte die Mitwissenschaft ihres Mannes – ihrer Schwangerschaft, und der Versuche die Frucht abzutreiben – nun glaubte ich von ihm das Geständnis gewärtigen zu können – er blieb aber hartnäkkig beÿm Leuchnen – ich lies beÿde confrontieren und beÿ der Confrontation wider rief das Weib aus Angst und behauptete des Mannes Unschuld ich bin sicher im nägsten Verhöhre wird sie wieder alles sagen wie vorher, denn sie hat nicht so vielen neben umständen und ohngefragt den ganzen Hergang erzählt, daß das leuchnen doch nicht hilft – Sie hofft noch er würde wieder loskommen, wenn Sie den Glauben verliehrt wird Sie sicher noch mehr auf ihn bekommen. – mit ihm werden wir noch last haben, er scheint ein gewaltig durchtriebener Bösewicht zu seÿn. – er hat ein gewalts wiederliches Gesicht das durch aus keinen Blick ertragen kann. Sie hingegen hat ein offenes fast schönes Gesicht, hat nichts scheues und sieht ruhig wie ein leÿdendes Weib es ist unbegreiflich wie sie dem ohngeachtet zu solcher Bosheit kommen konnte, wenn nicht der Mann der Satan war der sie beherrschte. ich sorge möglichst daß sie nicht entkommen, Sie scheinen auch darauf nicht zu denken, weil sie die unmöglichkeit fühlen.

Ich bestehe mit vollkommener Hochachtung

Eu. Hochwohlgeborener
gehorsamster Diener
Morrien

Hochwohlgeborener (15)
Hochzuehrender Herr geheimer Rath !

Ich muß aufrichtig bekennen, daß mich Eu Hochwohlgb. Bericht vom 31ten v. M. , worin Sie mir die gräßlichen Verbrechen der Ehefrau Venslage anzeigten, entsetzt hat. Ich sehe es als ein glückliches Ereignis an, daß man dieses böse Weib nebst ihrem Manne wirklich ergriffen habe ... Der Corporal Stahlschmidt verdient zu seiner Belohnung, und zur Aufmunterung der Jäger ein donceur, so wie die armen Unterthanen, welche durch den Mordbrand fast um alles gekommen sind, alle mögliche Unterstützung verdienen. Sie wollen daher dem Amtsrentmeister gefällig schreiben daß er mit Anforderungen der diesjährigen Vorgaben der Eigenbehörigen Ahlers, Güder und Berner an die Amtsmeisterei bis auf nähere Verordnung an sich halten sollen, so dann wegen der von dieser nach gesuchten zollfreien Ansagung der Bau – Materialien, auch derselben falls es auf ihren Erben ein Holz fallen sollte ein oder anderes Stück aus den Kumulatir gehölzen anweisen lassen, und endlich, wenn sonst wegen anderer Umstände, worin sich die Kolonen, und ihre Güter befinden mögen keine Anstände verwaltung zur Aufnahme einiger Gelder eines auf 6 bis 10 Jahre beschränkten Konsenß ausfertigen laßen ... Auch mögte es gut seÿn wenn die Expedition des argus von Regierungs wegen aufgefordert würde eine Kollekte für die armen Unglücklichen in Füllen zu eröffnen. Das donceur für den Korporal Stahlschmidt kann wohl unter einer Pistole in Golde nicht bestimmt werden. Sie wollen dafür dem Amtsrentmeister die Weisung erteilen, daß er diese dem Hauptmann Reincking mit dem Ersuchen zustellen, solche dem Stahlschmidt zukommen zu lassen und diese Belohnung bei seiner Kompanie zur Aufmunterung bestimmt zu machen.

Ich bin mit aller Hochachtung

Eu. Hochwohlgeborener
ganz ergebener Diener
von Westerholt-Giesenberg

Berge 8te Juni 1806

Wohlgeborener Hochgelarter (21)

Hochzuehrender Herr Amtsrentmeister!

Ich habe die Ehre Eu. wohlgebohren, das Verzeichnis nebst der Presentation der am 18ten Maÿ zu Gr. Fullen abgebrandten Häuser hier anbei zu presentieren, mit der geforderten Bitte höheren Amts zu befördern daß der 1ste Termin denen Leuten assignirt werde. da manche dabeÿ sind die zu anschaffung der Materialien einigen Vorschus sehr nötig haben.

Ich bestehe übrigens mit schuldiegem Respect

Eu Wohlgebohren
Gehorsamster Diener
Morrien

Meppen d. 23ten Junÿ 1806

Wohlgebohrener Hochgelarter (27)

Hochzuehrender Herr Amtsrentmeister!

Ich habe die Ehre Eu. Wohlgebohren den Inquisitions Verfolg wieder die hier aufm Amthause inhaftierte Eheleüte Hermann und Gesina Venslage vom Heebeler Meer, zur gütiegen weiteren Beförderung, gehorsammst hierneben zu praesentieren. Seit meinen 19 Dienstjahren, der wichtigste, ein wircklich unerhöhrter Gegenstand, um so unbegreiflicher wenn man alle inquisiten selbst sieht.
Sie ! die geständiege Thäterin! – Diebin – Kindermörderin Mordbrennerin – nichts aus Zufall! – alles mit uberlegung – aus Wahl! – ist ein junges für eine Baürin mahlerisch schönes Weib – im Wesen die Sanftmuth selbst offen und heiter ihr Gesicht – kein Zug vom Laster entstellt ihr helles Auge nur lächelnd ofter voll Trähnen – wer kann in einem so gut gebauten Körper eine so schwarze Seele ahnden? – Ihre Verbrechen rechnen sich nur von der Zeit ihrer Heÿrath her – als Madgen war sie beliebt und keiner dachte von ihr böses – ihr ruhieges stilles betragen wehrend der inquisition – ihre reuige Bekentnisse, haben mir oft die Verhöhre sauer gemacht – weil ich Noth hatte mich des Mitleÿds zu erwähren – die welt glaubt sie seÿe nur Machiene ihres algemein, und von ihr sklavisch gefürchteten Mannes gewesen, - ich bin nicht abgeneigt der allgemeinen Saage beÿzupflichten. – vom Anfange an , nahm sie alle Schuld auf sich, und scheint auch bis itz ihren Mann auf alle Art schoonen zu wollen, ihre unbegränzte Furcht machte sie ihre Aussagen zweÿ mahl (27') beÿ der Confrontation wiederrufen und zwang sie zu der Erklährung:

es seÿe ihr ohnmöglich in seiner Gegenwart wider ihn zu bekennen; – es vermehrt die aus dem Verfolge hervorgehende Wahrscheinlichkeit er seÿe voller Mitwisser und Theilhaber aller ihrer Missethaten. – Und sie müsse in der Seele wenieger Schuld haben denn Er, Er! Der Inquisit Venslage ist dem äuseren nach völlig das gegentheil der Frau! Abschrekkend, von der Natur entstelt – das Gesicht von Blattern zerrissen, - hat kupferrothes struppieges Haar; ist nicht fahig mit seinen rothen triefenden Augen jemand grad anzusehen – nicht ohne Talent – schreibt und liest – war bald Schuster bald Zimmermann bald Bauer – von Jugend auf ein böser listieger Bube - und schon früh das Schrekken der Gegend, – noch fast Knabe heÿratete er eine Persohn von 60 Jahre – des Vermögens wegen: Der Pfarrer weigerte zu Anfang der Ungleichheit halber die Copulation, sie erfolgte aber doch und er lebte 8 – 10 Jahr mit selber hatte aber stets verdächtiegen Umgang mit anderen Weibspersohnen, – bis seine alte Frau auf einmahl starb ohne daß irgend jemand von ihr krank seÿe gehöhrt. – er sagte am Schlage – die ganze Gegend hatte aber Verdacht: er habe ihren Todt befordert. – er hatte schon der Zeit seine jetziege Frau beÿ sich und nach einiegen Wochen heÿrathete er sie – die Nachbarn hatten zuviel Furcht für ihn als daß sie damals ihre Gedanken darüber laut werden ließen, viel wenieger ihn dem Gerichte denuncüren dorften, und (28) so entging er der Untersuchung. Ich hoffe dass dieser Inquisitions Verfolg für hinreichen instruirt zu halten, ich hab mir wenigstens alle mögliche Mühe gegeben nichts ununtersucht und ungefragt zu lassen, und kann ich nicht verheelen, dass es mir wesentliche Freüde gewesen, beÿde Inquisiten, zum freÿen und ungezwungenen Bekanntnis gebracht zu haben, obwohl ich noch nicht glaube dass diese Geständnisse rein und vollkommen sind vieleicht würden Beÿde noch vieles ergänzen und bekennen, wenn ihnen der unbegreifliche Wahn verließe als würde Er sicher und Sie wahrscheinlich bald wieder los kommen. Ich weis zur Erlaüterung nichts wesentliches hinzu zu fügen, und beziehe mich auf die von Fisci seiten übergegebene Deduction. – und vom Lt. Heyl übergebenen Defentionsschrift – füge nur noch hinzu daß ich das dem Inquisiten beÿ der Arretirung entnommene Messer, [am Rand: NB bleibt zu Ersparung des porto zurück und ist ein gemeines gerades Baurenmesser mit hölzernen Griffe und schwarzer Scheide. v. Olfers] und das von der Inquisitin zum versuchten dritten Mordbrande in Versen gebrauchte anerkannte Maculatur papier – dem Verfolge beÿfüge. Es ist wohl nicht zu befürchten, dass der Inquisit Venslage jemals seiner haft entlassen werde, sonst würde ich mich gedrungen fühlen, nahmens des ganzen Gerichts zu bitten diesen gefurchteten gefahrlichen Menschen, für immer unschädlich zu machen. –

Die Entscheidung dieser so wigtiegen Sache entgegensehend, bestehe ich mit vollkommener Hochachtung

Eu. Wohlgebohren
gehorsamer Diener
C.F. Morrien, R.

Meppen d. 25ten Julÿ 1806

Achtbahrer lieber Getreüer (32)

Mit Entsetzen haben wir den von eüch eingesandten Verfolg in der Untersuchungs Sache wieder die Eheleüte Venslage vom Hebeler Meer gelesen, da wir in den selben eine Menge von Greültathen, die nur der abgehärteste Bosewicht zu begehen vermag, in einer kleinen Zeit Periode von kaum 4 Monathe zu sammen gedrängt finden.

Pro Memoria
des Referenten in Inquisitionssachen Fisci
c. Eheleüte Venslage

Beÿ Durchsicht der Akten findet man die Sache noch nicht soweit instruirt zu seÿn, um darin ein Final Erkäntnüss fällen zu lassen, - denn soviel

1. den Brandt zu Füllen anbelangt, so ist zwarn aus den Gerichts Protocollen ein Verzeichnüss darüber zu den Criminal Acten genommen, wie hoch die Brandtbeschädigte ihre abgebrante Haüsser in den Feüer Cataster haben einrücken lassen. Dieses genüget aber nicht zu der völligen Festsetzung des Corporis Delicti, weil in den Verfolg genugsame Spuhren anzutretten sind, dass die Abgebrandte an ihren Mobilien und Moventien, einen bedeütenden Schaden erlitten haben. (32') Die Sache des Inquirenten wird es dahero seÿen, die einzelne Damnificaten annoch auf zu forderen, den durch den Brand an ihren Mobilien und Moventien erlittenen Schaden eidlich angeben zu lassen; und ist so dann aus diesen einzelnen Angaben ein Designation zu den Acten zu

nehmen, woraus die Total Summe des Schadens ersichtlich wird. Mögte es bekant seÿen, dass beÿ Gelegenheit des Brandes jemand an seinen Körper beschädiget worden, so würde auch hierauf die
gehörige Rucksicht genommen werden müssen.

2. beÿ einer Brandt Stiftung kömt es auf die Local Verhältnüsse des angelegten Feüers an. Wenn nun in den Besichtigings Pro[toco]ll vom 20ten Maÿ dieses Jahrs von dem Gerichte referirt wird, dass das
Heüer Hauss des Zelleren Boven zu Füllen, worin Inquisitin das Feüer gelegt, unmittelbahr an der Straße nach Versen, und noch außerhalb des Schlagbaums des Dorffs gelegen seÿe. So wird es noch darauf ankommen, wie weit dann dieses von den übrigen Gebaüden des Dorffs entfernt, und ob ein so großer Brandt zu befürchten gewesen ware, wenn nicht der ungünstige Nord (33) Ostwind gewehet hätte. Eben so müssen die Local Verhältnüsse des Otten und Bollen Hauss zu Versen zu den übrigen Gebaüden des Dorfs ausgemittelt werden, weil die Inquisitin am nemlichen Tag an diesen beÿden Haüsseren die Brandt Stiftung versucht hatt.
3. Im Verhoer vom 27ten Maÿ gibt die Inquisitin an, dass sie den zur Brandt Stiftung gebraüchten Zunder unterweges gefunden habe. Daß der Zufall ihr dieses Mittel in der Handt gegeben habe, kann mit ihrer nacherigen Aussage im Protocoll vom 28ten Junii nicht bestehen, wonach sie schon am Freÿtag zuvor den Entschluss gefasset gehabt, einen Brandt anzulegen, um während derselben Gelegenheit zum stehlen zu haben. Es ist vielmehr glaüb-lich, dass sie um die Tath zu vollbringen am 18ten absichtlich ausgegangen seÿe, und sich mit den dazu nöt-

higen versehen habe. Der Inquisitin muss diese vorgehalten, und sie angehalten werden sich über die Art, wie sie zu den Zunder und den übrigen Geraitschaften gekommen, näher auszulassen. Moge hiebeÿ eine andere Antwort wie die vorherige erfolgen, so muß (33') Inquisitin mit Ernst angehalten werden den Grund ihrer früheren unwahren Angabe, und ihre Absicht, die sie dabeÿ gehabt, zu offenbahren.

4. der Bollen Sohn hatt im Verhöer vom 28ten Maÿ eidlich ausgesagt, dass die Inquisitin am Tage des Füllener Brandes an seinem Hausse gewesen, und einen großen Packen beÿ sich gehabt habe. Diese Aussage gewinnet um so mehr an Wahrscheinlichkeit, da die Inquisitin diesen Brandt um zu stehlen angelegt, und nach der Versicherung des Bernd Heüman im Protocoll vom 18ten Maÿ ihm ein drillenes Oberbette entwendet ist, welches seine Frau, um es zu retten, aufm Esch getragen hatte. Wenn nun gleich die Inquisitin durch verschiedene Zeügen nachgewiesen hatt, dass sie auf den Ruckweg zu ihren Hause keinen Packen gehabt, so wird hierdurch das Zeügnüss des Bollen Sohns nicht gehoben, da es leicht seÿen kann, dass Inquisitin diesen Packen nicht gänzlich bis zu Hausse getragen, sonderen unterweges versteckt habe, wie dieses unter anderen von der Inquisitin zu folge ihres Geständnüsses im Verhoer vom 6ten Junii ad (34) Art. 56 mit den beÿm Olcken gestohlenen Speck geschehen ist, die Inquisitin ist dahero mit des Ottens Sohn hierüber zu confrontiren. In Absicht der intendirten FruchtAbtreibung hatt
5. der Richter den Amts Medico Nieman einen Bericht darüber zu gesinnen; welche Würkung das Johan und Peter Öhl hervorbringe, welche Würkung solches wahrschein-

lich auf die Frucht der Inquisitin gehabt, und ob solches zu jenen Medicamenten gerechnet werden könne, die ein Apothequer unbedenklich jederman ohne Verordnung eines Artzes verabfolgen dörffe. Hiebeÿ ist dem Amts Medico die Zeit wo diese Mittel gebraucht rucksichtlich der Schwangerschaft der Inquisitin, und die Portion die jedesmahlen gehohlt und genommen worden, bekant zu machen. – es liegt hiebeÿ

6. noch ins dunkle, wie oft die Frucht abtreibende Mittel genommen sind, da Inquisitin ad art. 6 Protocoll vom 27 Maÿ angibt, dass ihr Ehemann schon im vorigen Herbst das Johan und Peter Öhl gehohlt habe, wo sie nachhero angibt, dass diese um Fastnacht geschehen, und sie überdem noch (34') niemahl durch den Schulte diese nemliche Medicamente haben hohlen lassen. Beÿde Inquisiten sind daher naher zu vernehmen, wie oft, und wann jedesmahl die Medicin gebraucht, zu gleich müssen sich selbe darüber aüseren, ob sie über haupt beÿ den Gebrauch dieser Medicin, und auch schon beÿ den ersten Gebrauch derselben von den verspührten Leben der Frucht unterrichtet gewesen sind. Vorzüglich ist hierauf beÿ der Vernehmung des Inquisiten Venslage Rucksicht zu nehmen; da er sich hierüber noch gar nicht ausgelassen hatt. Lezterer muß zugleich über die Aussage seiner Frau im Verhoer vom 17ten Junii ad Art. 3, zufolge welcher er beÿ den jedesmahligen Einnehmen des Abtreibungs Mittels zugegen gewesen. und beÿde Inquisiten über die Deposition des Zeügen Meyer im Protocoll vom 16ten Junii, wornach sie schon um Weinachten diesen begehrt, für ihr etwas aus der Apotheque mit zubringen, damit das Geblüth der Inquisitin wieder im Gange käme, vernommen werden.

Der Inquisit Venslage hatt ubrigens (35) im Verhoer vom 27 Maÿ art 11

7. vorgeben wollen, als wenn er von der Würkung des Peter und Pauls Öhls von den Johan Niemyer unterrichtet gewesen. Dieses ist aber von den Niemeyer im Pro[toco]ll vom 10ten Junius gelaügnet, ohne dass der Inquisit hierüber vernommen, und zu einer naheren Angabe in Hinsicht des erhaltenen Unterrichts angehalten ist. In betreff des Kinder Mordes ist

8. nothwendig, dass das Protocoll sub N Paq. 7 und das Visum repertum des Chyrurgi Spindel sub N P. 8 dem Amts Medico Nieman zugestellet worden, um darüber zu berichten, in wie ferne die von den Chyrurgus Spindel in Hinsicht das Leben des Kindes behauptete Wahrscheinlichkeit gegründet, und ob die von den Inquisiten angegebene Ermordungs Art /: welche dem Nieman bekannt zu machen ist :/ mit den protocollirten Befund übereinstimmend seÿe. Es findet sich

9. darüber, wer von den beÿden Inquisiten zuerst die Abtreibung der Frucht und den Mord des Kindes in Anregung gebracht, keine befriedigende Auskunft in den (35') Acten – man kann sich beÿ der simplen Angabe des Inquisiten, dass seine Frau die Uhrheberin gewesen, und beÿ dem Geständnüss der Inquisitin, dass sie, wie ihr vorstehe, zuerst den Gedanken geaüsert habe, die Frucht abzutreiben und dass sie zuerst den Mord des Kindes vorgeschlagen habe, nicht beruhigen, indem leztere ihren Mann überhaupt so wenig als möglich in die Sache zu verwickelen sucht. – Beÿde Inquisiten müssen vielmehr, dass was über diese Gegenstände unter sie gesprochen worden, angeben, und sie dörfften mit der Ausflucht, dass ihnen dieses nicht möglich seÿe, nicht durchgelassen wer-

den, indem die Gegenstände des Gesprächs zu wichtig waren, als dass nun totale Vergessenheit über das gesprochenen eingetretten seÿen kann. Dann weichen

10. die Angaben der Inquisiten über die Ursachen des versuchten Abortus und des begangenen Infanticidii von ein ander ab, und die von jeden Theil angegebenen Ursache hatt alle Wahrscheinlichkeit gegen sich Diese Wiedersprüche sind um so (36) auffallender, da die Arrestaten lange zuvor die FruchtAbtreibung und den Mord gemeinschaftlich beschlossen hatten, und hiebeÿ die gemeinschaftliche Ursache der Rath zur Sprache kommen muste. Der Richter muß dahero bemühet seÿen, durch eine nähere Vernehmung der Arrestaten diesen auf die Straffe Einfluß habenden Wiederspruch zu heben. Zugleich findet man sich
11. um des willen, weil die Geständnüsse der Inquisiten zum Theil auf sugestivische Fragen abgegeben sind, bewogen hierdurch darauf anzutragen dass die Inquisiten angehalten werden die jenige Tathsachen, die sie allein begangen respec[iv]e woran sie theil genommen haben in einer vollständigen Erzahlung nochmahls anzugeben. Dann ist es erforderlich
12. dass die Inquisitinn über die dem Defensor angezeigte und von solchen in den exhibitis vom 25ten und 26ten Julii angegebenen Theilnahme der Ehefrau Meyer an den Verbrechen vernommen werde. Da indessen diese Anzeige die Wahrscheinlichkeit gegen sich hatt, so ist mit der grosten Behuth- (36') samkeit zu verfahren, und wenn nicht die Inquisitinn ihre Angabe besonders wahrscheinlich machen kann, gegen die Ehefrau Meyer ohne höhere Authorisation vom Ortsrichter nichts vorzunehmen. Die Pflicht des Inquirenten hiebeÿ ist es, der

Inculpatinne dringend vorzustellen, dass sie sich und der Obrigkeit die Entdeckung jeder Theilnahme zwarn schuldig seÿn, sie aber auch das Maaß ihrer Verbrechen nur vermehren würde, wenn sie es sich erlauben solte, eine unschuldige Persohn mit in der Untersuchung zu verwikkelen, und dass sie hierdurch selbst im Lauffe der Untersuchung sich eine körperliche Züchtigung zu ziehen würde. Im übrigen ist es nicht zu laüchnen, dass der Inquisit Venslage wo nicht in Hinsicht der Brandt Stiftung, doch wenigstens der Diebereÿen einer Mitwissenschaft verdächtig seÿe. Beÿ Fortsetzung der Untersuchung muß dahero der Richter sich bemühen, hinter die Wahrheit zu kommen, mithin alle die Verdachts Gründe die der Verfolg darbietet, beÿden Inquisiten vorhalten, - In dieser Hinsicht ist es zugleich nothwendig den Inquisiten annoch über (37) die Aussage seiner Frau in betreff des dem Olken gestohlenen Specks und in specie mit Beziehung auf die Antwort im Verhoer vom 6ten Junii ad art. 56, darüber dass er solches selbst nach Hausse getragen habe, zu vernehmen; beÿde über die verschiedene im 7ten §ph. der fiscalischen Imploration vorkommende Wiedersprüche zu confrontiren, und des endes unmittelbahr vor der Confrontation die Inquisitin ihre vorherige Aussagen vorzuhalten, auch ihn zu bedeüten, dass er fort eine korperliche Züchtigung eintretten würde, wenn sie sich wiederum, wie in den vorherigen Confrontationen geschehen, eines ungegründeten Wiederruffs zu Schulden kommen lassen solte; welche Drohung dann nöthigen Falss zu realisiren ist. Da indessen nach den Bericht des Richters vom 25 Julii der Wahn der Inculpaten, dass er sicher, und sie wahrscheinlich bald wieder loeskommen würde, den erwünschten

Fortgang der Untersuchung hemmet, so muß er es versuchen den Inculpaten und vorzüglich der Ehefrau Venslage durch eine ernstliche Vorhaltung der Größe ihrer Ver- (37') brechen, und dass es gewiß zu der gehofften Arrest Entlassung nicht kommen werde diesen Wahn zu benehmen. Ihr habt dahero unseren Richteren zu Meppen unter Remission des hiebeÿ kommenden Verfolgs und des dazu gehorenden Messers anzuweisen hiernach die Untersuchung zu vervolständigen, und zu gleich hat der Richter wieder jenen Wächter, welcher die Inquisiten dem strengsten Verboth zu wieder uber die Sache gesprochen, und selben erzählt, dass sie verbrant, und er gehenkt würde, fiscalisch zu verfahren. So dann dient dem Richter auf seine in Absicht des Kindes der Inquisiten getahene Anfrage zur Nachricht, dass diesem wegen den angezeigten Unvermögen der Großmutter ein Vormund bestellet, und dass dieses Kind, in soweit das Vermogen seiner Elteren nicht hinreicht, aus den Armen Fond, und in dessen Ermangelung aus den Mittelen des Kirspiels unterhalten werden müsse. Schlieslich kann es keines weges gebilliget werden dass das Nothgericht über das gefun- (38) dene todte Kind nicht von dem Gerichte selbst unter Zuziehung eines Arzten und Wund Arzten abgehalten. – Daß zu den Verhöer in dieser Inquisitions Sache der dazu nicht vereidete Notarius Volker adhibirt – und dem Defensori der unbedingte Zutritt zu den Inculpaten ohne Anwesenheit des Richters oder wenigstens des Actuarii verstattet seÿe.

Wohlgebohrener Hochgelarter (40)

Hochzuehrender Herr AmtsRentmeister

Ich habe die Ehre nunmehr den inquisitionverfolg wider die Eheleute Venslage nach gesinnen des Hr. Referenten, vermöge von demselben mir zugestelten pro Memoria, vollkommen instruirt wieder zu praesentieren, mit der gehorsamen Bitte solchen zum Spruch rechtens wieder an die Behöhrde gelangen zu lassen. - Beÿ diesen weiteren Verhöhren ist es mir geglückt auch von dem inquisiten Venslage ein reines Bekänntnis zu erlangen, worauf wir so lange fruchtlos inquirierten – er hat sich zum Mörder des Kindes bekannt, und ist dadurch die furcht hiesiger unterthanen, als wäre seine Befreÿung möglich, glücklich verschwunden, noch scheint mir dem ohngeachtet der inquisit Venslage mit wissen aller von der inquisitin begangenen verbrechen – und bin ich der vermuthung – wenn ihm sein urtheil dereinst eröfnet worden, wird er uns das übrige was noch verdeckt ist wohl aufdecken,

Mit Schuldiger hochachtung Bestehend

Ew Wohlgebohren

Gehorsamster Diener

C.F. Morrien

Meppen den 22ten October 1806

Hochwohlgeborener (51)
Hochzuehrender Herr Geheimer Rath!

Der Venslage geniert uns immer mehr, indess wird nichts übrig bleiben als für ihn im dasigen Zuchthause Quartier zu suchen; weshalb ich Sie bitte, die Anfrage wegen seiner Aufnahme zu beschleunigen, und den Akkord so wohlfeil als möglich zu treffen. Da derselbe seine Kost immer verdienen wird, und Meppen zum ehemaligen Münsterlande gehört, so hoffe ich, daß man billigere Bedingungen, als jüngst wegen, den Christian Kemper akkordieren werde. Meines dafürhaltens möchte es nicht schaden wenn nach vollzogener That der summarische Hergang der Sache dem argus einbringen würde. Ich finde wenigstens nichts dagegen zu erinnern.

Hochachtungsvoll harre ich

Eu. Hochwohlgeborener
ganz ergebenster Diener
Graf von Westerholt-Giesenberg

Berge 12. April 1807

Eu. Hochwohlgeborener benachrichtigen wir (53) auf dero Schreiben vom gestrigen Datum, daß wir der zuchthaus Commission dato aufgegeben, den wegens Diebstahl, Mord und Brandstiftung auf 30 Jahre zum Zuchthaus verurtheilten Deliquenten aus dem Amte Meppen vorerst gegen 30 rth jährlichen Kostgeldes, welche praenumerando zuzahlen sind, und gegen die einzuliefernde Sentenz, ins Zuchthaus aufzunehmen, zugleich auch dem Geheimen Rath Mauve instruiert haben, den Commandeo beÿ seiner Ankunft sowohl als Rückmarsch Nacht-Quartier in Bevergern jedoch gegen Zahlung der Zehrungs- Kosten anreisen zu lassen. Sollte in der Folge mit jenen 30 rth. und dem Arbeits-Verdienst, der Unterhalt dieses Züchtlings und überhaupt derer aus den Derritorien der Theilhaber des ehemaligen Hochstifts schon admitirten, und noch admittirt werdenden Züchtlingen nicht zubestreiten seÿn: so müßten wir aus der Liquidirung und Erstattung der mehreren Selbst Kosten ganz ausdrücklich hiermit vorbehalten.

Münster den 16ten April 1807
Administrations Collegium des 1sten Gouvernemente
v. Schlechtenthal v. Druffel v. Tadden

An
den Herzoglich Arenbergschen
Deputierten Herrn Geheimen Rath von Olfers
Hochwohlgeborenen Hierselbst Goesen

P. No 55 A Q. 2. Cetissime

Protocollum Executionis in Criminal (58) Untersuchungs sachen hoher Obrigkeit Fisci des landes Meppen gegen und wider die Inquisiten Herman Venslage und dessen Ehefrau gebohrene Gesina Brink vom Hebeler Meer

1807 den 10ten April 10 Uhr wurde die Gesina Brink Ehefrau Venslage vom großen Saale oder so genannten pfingster Bühne des hiesigen Rathhauses, wo sie dienstags den 7ten des morgens hingesetzet, selbigen Morgens ihr die bevorstehende Todesstrafe generaliter angekündiget, und vom hiesigen Hw Propsten Bödiker mit Assistenz des Premissarii zu Fullen P. Kuper zum Tode genugsam vorbereitet worden, wieder ab, und in den vor dem Bogen des Rathhauses abgeschlossenen Kreis der Commission Amtsrentmeistern Bues Richtern Morrien, und Richtern Helter vorgeführet, dort ihr von Ketten entlediget in gegenwart des Advocati Fisci, des fiscal procuratoren des Defensors, des vom Scharfrichter Esselmeyer zu Rheine ad hunc actum substituirten Scharfrichters Leisner von Münster und der außerhalb des Kreises versamelten Menge von Zuhörern durch mich unterschriebenen actuarium das vom Herzoglich Arenbergischen provisorischen Hofgerichte unterm 30ten Januar d.J. abgesprochene und von Sr (58′) Regierenden Herzoglichen Durchlaucht unterm 18ten März d.J. gnädigst bestätigte Urteil in Sachen H O fisci des Amtes Meppen wider die Eheleute Venslage deutlich vorgelesen und publiciret, darauf die verurteilte Gesina Brink Ehefrau Venslage dem gedachten Scharf Richtern Leisner zur

Vollziehung der Execution übergeben, mithin die Selbe unter begleitung und beistande obgedachter beider Hw. Geist lichen nach dem in Eesterfelde zubereiteten Gerichtsplatz abgeführet, alda praesentibus DD. Commissariis, Advocato et procuratore Fisci, Defensore etc unter einem großen Zusammenfluß von Menschen enthaubtet, sodan der Körper auf dem angelegten Scheiterhaufen geworfen, und verbrannt. Übrigens wird von Commissions wegen referiret, daß Hr Richter Morrien die Verurteilte während ihres 3tägigen aufenthalts aufm Rathhause mehrmals besuchet, und sich mit der selben unterredet, Sie aber keine neue Entdeckungen gemacht habe.

In Fidem
Mulert

Wohlgebohrener Hochgelarter (68)

Hochzuehrender Herr Amtsrentmeister!

Die anverlangte Vorstellung zur Sache wegen Venslage praesentiere ich hierneben; ich hoffe sie wird so hinreichen Hr Richter Helter und ich wissen weiter nichts zu sagen ... Daß wir hier zum Verkauf der Möbel und der platze geschritten ohne vorher darüber noch anzufragen, wird mann hoffentlich nicht übel deüten. Wir konnten nicht umhin, die

Kleider waren dem Verderbewn nahe und wegen den bau der Gefängnisse, musten die Kisten und Kasten auch vom Amtshause, und die platz selbst muste notwendich vor den winter verkauft werden, theils um wieder bearbeitet werden zu können theils weil sonst vom hause nicht viel geblieben wär, weil sich, was transportabel war, wie thüren fenster planken itz schon allmahlig verlohren hatte, den winter über wär nichts davon geblieben. Der verkauf ist, mit überlegung vorgenommen und haben wir das interesse wohl dabeÿ erwogen.

ich bin mit vollkommener hochachtung
Euer wohlgebohren
Gehorsamster Diener
Morrien
Meppen den 18ten xber 1807

Durchlauchtigster Herzog (69)

Gnädigster Fürst und Herr!

(Auszug:)

Die Mutter der hingerichteten Gesine Venslage hat das nachgebliebene Kind zu sich genommen, diese aber läuft aufm lande herum, und bettelt, mithin ist zu besorgen, daß das

Kind mit ihr eine bettlerin werde, weswegen wir in unterthänigsten Vorschlag bringen müssen, daß bei ermangelung eines andern Fonds das Kind vom lande unterhalten, und für eine gute Erziehung gesorgt werde, entweder das Kind (71) beÿ guten leuten gegen ein ggst zu bestimmendes jährliches quantum bis zu den Jahren, wo es sich selbst etwas zu verdienen im stande ist, unter Oberaufsicht des Herrn Dechanten als Ortspfarrers gestellet werde.
Eu. Herzogliche Durchlaucht geruhen also nach höchstem Ermessen in der sache entscheiden zu lassen,

und wir ersterben in tiefster Erniedrigung

Eu Herzogliche Durchlaucht
untertänigst treugehorsamste

W. Helter *C.F. Morrien*

Meppen den 16ten Xber 1807

Wohlgeborener, Hochgelehrter (76)

Hochzuehrender Herr Richter!

Die Wittwe Brink, Mutter der hingerichteten Gesina Fenslage, lebt mit dem übergebliebenen Kinde derselben in Armuth, und sammelt Allmosen für sich und ihren Mündel, da sie wegen Engbrüstigkeit nicht ihr Brod durch Arbeiten verdienen kann. Wenn nun in diesen ärmlichen Zeiten die Allmosen zu ihrem beiderseitigen Auskommen nicht immer hinreichend sind, und die selben aus hiesigen Armenmitteln, welche sich jährlich kaum auf 40 Rthl belaufen, kein starker Zuschuß gegeben werden kann; so ist zu wünschen, daß dem unglücklichen Kinde die übrig gebliebene Nachlassenschaft seiner Älteren zu theil werden möge. Es ergeht daher an Eu. Wohlgeboren meine gehorsamste Bitte, Hochdieselben wollen bei der Hochpreislichen Landes-Regierung zur Erreichung des gemeldeten Endzweckes dero bona officia gütigst anwenden.

Ich habe die Ehre mit vollkommenster Hochachtung zu verharren

Eu. Wohlgeboren
Gehorsamster Diener

B.H. Römann

Wesuwe den 26 October 1808

Begriffsdefinitionen:

Frohnen
„Dienste, welche die Einwohner sowohl des gutsherrlichen als auch des Staatsgebietes dem Herrn (oder dem Ganzen) entweder ganz unentgeltlich oder gegen Vergütung zu leisten schuldig sind.“ (Allgemeine Deutsche Real-Encyklopädie für die gebildeten Stände, Brockhaus, Leipzig 1827)

Donceur
Belohnung, Geschenk, Trinkgeld, Annehmlichkeit

Konvulsivisch
„Über den ganzen Körper verbreitete, rasch aufeinander folgende Zuckungen“ (Wahrigs Fremdwörterlexikon)

Consistoralen
Kirchenvertreter

Decollation
„Ablösung des Kopfes vom Stamme“ (Universal Lexikon der praktischen Medizin und Chirurgie, Leipzig 1837)

Bilderteil

Nur wenige Abbildungen stammen aus der Zeit, bevor und während Goose Sienken lebte. Da die Fotografie erst lange danach entstand, können viele Fotos nur andeuten, wie es hier ausgesehen haben mag. Die meisten der Gebäude werden jedoch schon zu ihren Lebzeiten existiert haben.

Am 24.September 1784 wurde Goose Sienken geboren und am folgenden Tag in der Kirche St. Georg zu Steinbild von Pfarrer Nadorf getauft. Der Taufstein stammt aus dem 13. Jahrhundert.

Folgende Seiten:

Madonna der Fahrensleute in der Kirche St. Georg (15. Jh.)

Auf dieser Empore stand früher der Taufstein (um 1200) in der Kirche St. Clemens zu Wesuwe. Hier wurde Joseph, Goose Sienkens und Herm Fenslages Sohn, getauft.

Links:
Ein Hügel im Esterfelder Forst diente als Richtplatz für Goose Sienken. Damals gab es in diesem Bereich noch keinen nennenswerten Baumbestand.

Oben:
Vom Hügel blickt man rundum auf flachere Emsdünen. Hier konnten die Zuschauer die Hinrichtung, abgesperrt von 200 Arenberger Jägern, verfolgen.

Das Sendschwert wurde am Rathaus zu Münster außen ausgehängt, um Besucher des Send (Jahrmarkt) und Schausteller zu ermahnen, Ruhe zu bewahren und die Gesetze einzuhalten. Es wurde im Jahre 2000 gestohlen.

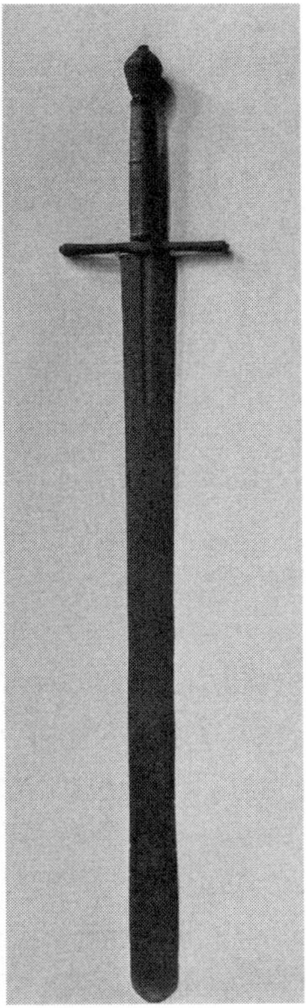
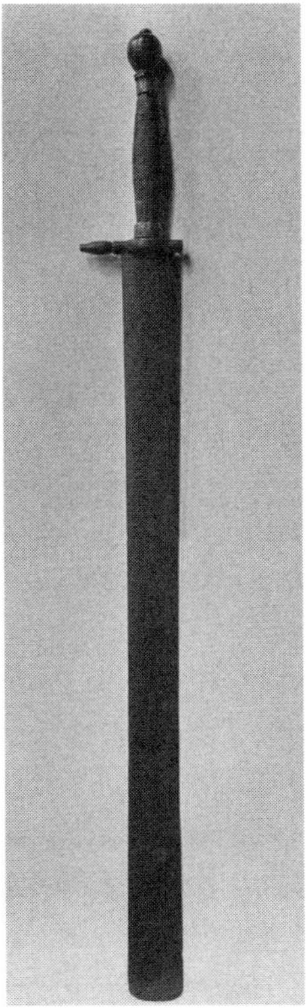
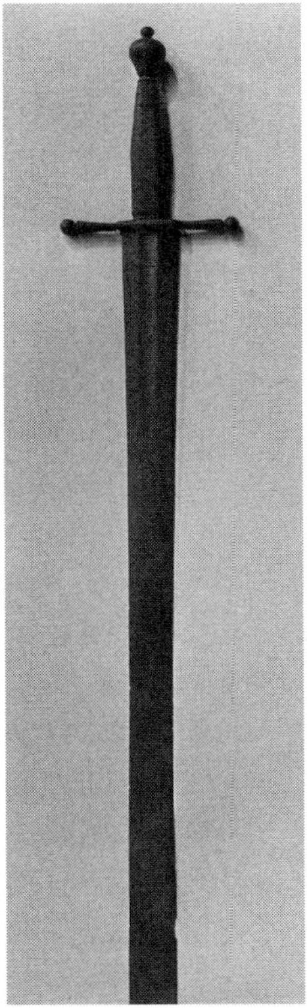
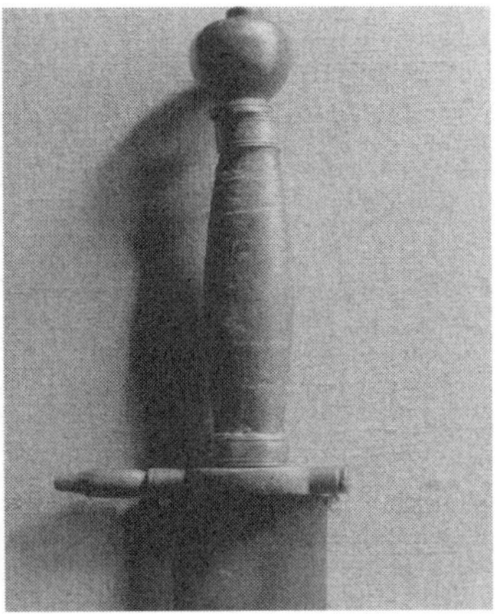
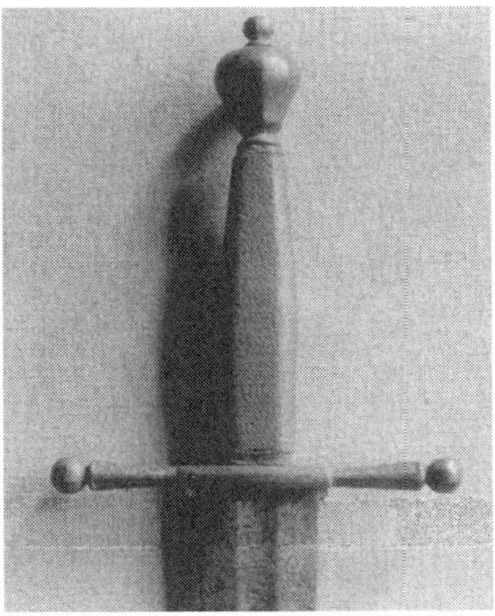

Vorhergehende Seite:

Erstes Richtschwert (um 1550):

Die 82 cm lange Klinge ist oben 5,4 cm und unten 6 cm breit, dabei oben abgerundet. Die Blutrinne ist 18,7 cm, die runde Parierstange 19,5 cm lang. Der birnenförmige, 16 cm lange und mit Leder bezogene Griff hat einen 6,2 cm hohen Eisenknauf. Auf der Klinge finden sich ein Schmiedezeichen sowie das Motiv eines auf einem Pfahl aufgerichteten Rades.

Zweites Richtschwert (um 1600):

Die 82,8 cm lange Klinge ist oben 6 cm und unten 6,5 cm breit und hat keine Blutrinne. Die oberen Ecken sind abgerundet. Der Rest der Messing-Parierstange ist 12 cm breit, den 19 cm langen Holzgriff schließen Messingringe ab.
Auf dem birnenförmigen, 5,5 cm hohen Knauf findet sich ein Knopf. Jede Seite der Klinge ist mit einem Schriftzug versehen, mit Kupfer tauschiert, eingefasst von zwei Linien und kleinen Ornamenten. Auf der Vorderseite beginnt der Schriftzug mit „(wann) ICHT DAS SCHWERT THUE AUFHEBEN", darüber wurde ein 5,6 cm hoher und 4 cm breiter Galgen eingraviert. Auf der Rückseite wird der Text fortgesetzt „(wünsche ich) DEM ARMEN SUNDER DAS EWIGE LEBEN", darüber befindet sich ein 7,5 cm hohes, auf einem Pfahl aufgerichtetes Rad.
Die Anfänge der Schriftzeichen sind verwischt.

Drittes Richtschwert (1690):

Die Klinge mit Blutrinne ist 86 cm lang, oben 5,2 cm und unten 6,3 cm breit und hat eine abgerundete, stumpfe Spitze. An der vierkantigen, 20 cm breiten Parierstange befinden sich Knöpfe an den Enden. Der Holzgriff, mit Faden umsponnen, ist 16 cm lang. Ein achtkantiger, 6,5 cm hoher Knauf, trägt oben einen Kopf. Der Schriftzug auf der Vorderseite lautet „wen ich thu Das schwert Auf heben, so wunsche“, so wie auf der Rückseite „Ich Dem Armen Sünder Das Ewig Leben 1690“. Auf beiden Seiten ist zwischen den Buchstaben FB ein achtstrahliger Stern eingraviert.

Unten links:

Holzgriff mit abschließenden Messingringen
Zweites Richtschwert

Unten rechts:

Holzgriff, mit Faden umsponnen
Drittes Richtschwert

Da Scharfrichter Hermann Leissner aus Münster anreiste, ist es möglich, dass Goose Sienken mit einem dieser drei Schwerter hingerichtet wurde.

Oben:
Die leichte Erhebung links und rechts des Weges heißt im Volksmund „Waterberg“, weil er früher immer feucht war.

Links:
Einzelne alte Eichen, parallel zur Sommerfeldstraße, deuten noch vom Fuller Kirchsteig, der über Jahrhunderte von Fullen nach Meppen führte.

Vom ehemaligen Baumbestand an der Versener Straße ist eine alte Eiche übrig geblieben.

Prosper Ludwig Herzog von Arenberg,
Recklinghausen und Dülmen,
Grand d´Espagne der ersten Klasse p.p.

Verlobungsfoto von Thekla Bräsken und Johann Hermann Esters

Nachfahren der Familie Esters um 1910
Obere Reihe von links:
Helena Schulte, geb. Esters, Josef Heinrich Esters,
Margarete Esters
Untere Reihe von links:
Gerhard Hermann Esters, Thekla Esters, geb. Bräsken,
Gerhard Esters, Johann Hermann Esters, Heinrich Esters
(Vater des heutigen Hofbesitzers)

Der Zwinger (Kerker, heute Mahnmal) in Münster war bereits im 16. Jh. Teil der Stadtbefestigung.
Das Zucht- und Arbeitshaus, in dem Herm Fenslage untergebracht war, stand in unmittelbarer Nähe.

Leben im
Moor
1805-1930

Vorhergehende Seite: Moorkate um 1910

Oben: Torfstechen um 1930

Rechts: Torfstechen um 1900

Oben: Torfabfuhr um 1920

Rechts: Moorbrennen um 1900

Oben: Pferdefuhrwerk um 1930

Links: Torfabfuhr und Weißtorfbülten um 1900

Das Gefängnis zu Meppen

Oben:
Rentei, Amtshaus und Torhaus der ehemaligen Burg um 1865
(im Volksmund wird das Torhaus noch heute Alte Burg genannt)

Links:
Das ehemalige Torhaus der Paulsburg, erbaut 1374,
beherbergte das Gefängnis. Es stand in der Kurve der Burgstraße
in Meppen und wurde 1969 abgerissen. Zuletzt diente es als
Wohnhaus. Auf dem Schornstein befand sich ein Storchennest.
(Aufnahme um 1900)

Zichorien-Handel in Meppen´s Goldener Zeit 1763-1803

Bürgermeister und Zichorienhändler Joseph Lüleff
(26. März 1750 - 12. Dezember 1840)
und seine Ehefrau Johanna, geb. Bering
(1742 - 31. Oktober 1792)

Ehemaliges Packhaus der Familie Lüleff an der Emsstraße in Meppen (Abriss 2003)

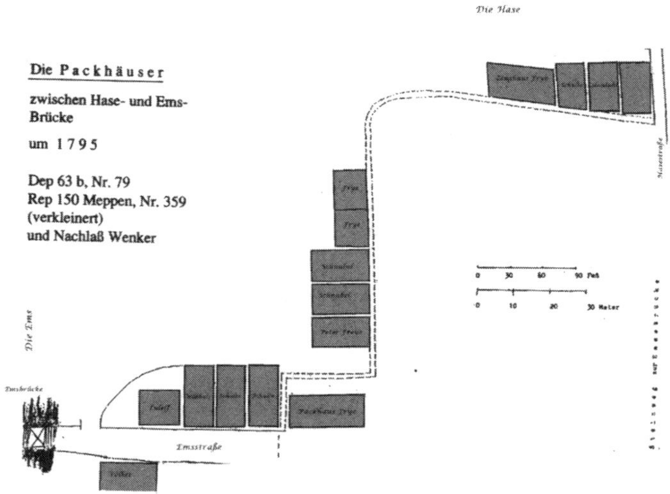

Die in Meppen im Jahr 1 7 9 3 vorhandenen

Z i c h o r i e n - D a r r e n :

(Entwurf: K.Pardey
(nach StA Osnabrück,Dep 63 b Nr. 1o4, 124)
(Rep 150 Meppen Nr. 566)

etwa
0 100 150 Meter
Stadtplan von 1783

Es gibt in diesem Jahr in der Stadt
3 3 Trocknungsanlagen, die vermutlich
an den folgenden Plätzen liegen :

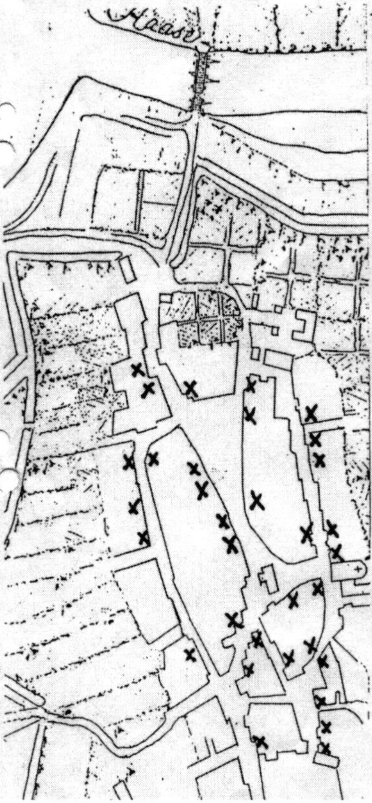

Hinterstraße 3
Hinterstraße 10
Hinterstraße 14
Hinterstraße 19
Hinterstraße 22

Markt 5
Markt 11
Markt 12
Markt 14
Markt 15
Markt 24
Markt 28
Markt 42
Markt 44
Markt 47

Hasestraße 3
Hasestraße 4
Hasestraße 19
Obergerichtsstraße 6

Burgstraße 21
Burgstraße 4
Burgstraße 7
Burgstraße 8
Burgstraße 14
Burgstraße 15

Kirchstraße 28

Gymnasialstraße 11
Gymnasialstraße 16

Domhof 27
Domhof 24
Domhof 21
Domhof 20

Kuhstraße 30

(Hausnummern nach der alten Zählung,
(festgelegt 1865 durch den Magistrat
(der Stadt

Neben den Zichoriendarren sind (im Bild links) die Gärten erkennbar, die nach der Schleifung der Festung neu angelegt werden konnten.

Impressionen
aus Meppen
1865-1920

Das Meppener Rathaus um 1865

Nach der Renovierung um 1910

Rathaus (Postkarte) um 1900

Vorhergehende Seiten:
Marktplatz mit Rathaus und Turm der Propsteikirche um 1895

Rechts:
Das ehemalige Wohnhaus der Familie Frye
(Rentei, heute Stadtmuseum) um 1906 und 1920,
rechts daneben das ehemalige Amtshaus

Der Grundstein für die vom Architekten August Reinking entworfene Rentei wurde 1805 gelegt. Hier lebte Johann Ferdinand Frye mit seiner Frau Josefine Mulert. Wie auch das Zeughaus wurde es auf dem Gelände des ehemaligen Burggrabens errichtet.

Oben und rechte Seite:
„Langer Jammer" (Hahnenbieters Gang) und
armselige Behausungen am Nagelshof
um 1900

Folgende Seiten links und rechts oben:
Nagelshof um 1910

Folgende Seiten rechts unten:
Gaststätte Up´n Bült um 1930

DAB

BISCHÖFLICHES - KNABENKONVIKT MEPPEN HANNOVER

Linke Seite oben:
Bischöfliches Knabenkonvikt um 1900, dahinter der Wall
(heute Krankenhaus Ludmillenstift)

Linke Seite unten:
Gymnasialkirche mit Jesuitenresidenz um 1910

Oben:
Das Zeughaus (erbaut 1751, Abb. um 1920) steht auf dem
Grundstück bzw. auf dem ehemaligen Graben
der Paulsburg

Folgende Doppelseiten:
Domhof mit Brunnen um 1915

Domhof.

Meppen.
Städt. Bleiche und Ems-Brücke.

Kanal von Dortmund nach den Emshäfen.
Verkauf einer holländischen Windmühle auf Abbruch.

Die von der Staatsbauverwaltung angekaufte, auf massivem Unterbau ruhende holländische Windmühle, in der Stadt Meppen am Zusammenflusse der Hase und Ems belegen, enthaltend zwei vollständige Mahlgänge mit Beutelbetrieb und einen Graupengang (Pellstein mit Kupe ohne Spindel) soll im Ganzen oder auch getrennt von dem massiven Unterbau, welcher aus rund 30 cbm Fundament-Mauerwerk und 113 cbm Ziegelmauerwerk besteht, öffentlich meistbietend auf Abbruch verkauft werden.

Der Versteigerungstermin ist auf

Sonnabend, den 15. December d. J., morgens 10 Uhr, im Streckenbureau zu Meppen, Burgstraße Nr. 9 angesetzt.

Die näheren Bedingungen sind ebendaselbst während der Dienststunden einzusehen und können auch von unserem technischen Büreau in Münster, sowie von dem Streckenbaumeister, Königlichen Wasserbauinspektor Thiele in Meppen, gegen Einsendung von 0,25 *M.* in baar bezogen werden.

Die Mühle ist im Betriebe zu sehen und wird den Kauflustigen von dem bisherigen Eigenthümer, Müller Weiß zu Meppen, gezeigt werden. Die für den Ankauf maßgebend gewesenen eingehenden Sachverständigen-Gutachten können ebenfalls in dem Streckenbüreau eingesehen werden.

Münster i/W., im November 1894.

Königliche Kanal-Kommision.

Großer Saal im zweiten Stock des Rathauses zu Meppen

Vorhergehende Doppelseiten:
Weißmühle um 1890

Vorhergehende Seiten:

Links oben Weißmühle mit Klappbrücke über die Hase
(1894 zum Abbruch verkauft, siehe Anzeige rechte Seite)

Links unten Bleiche an der Ems um 1910

Karten, Stadtpläne, Grundrisse und Zeichnungen 1630 - 1861

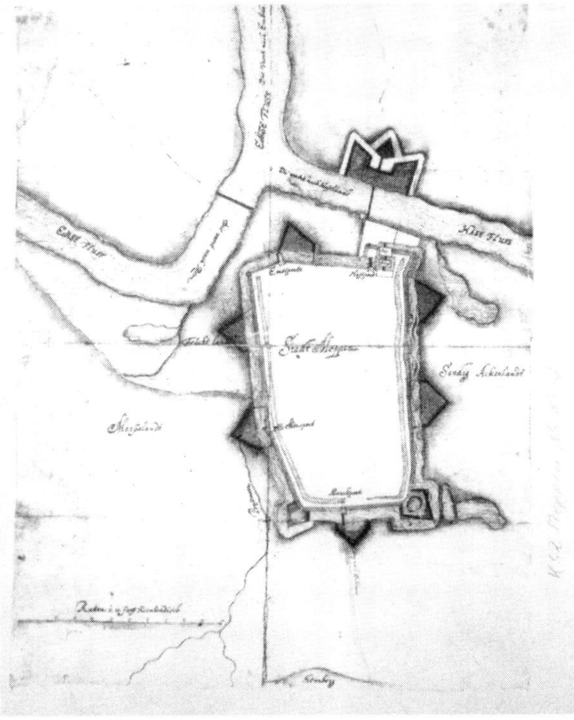

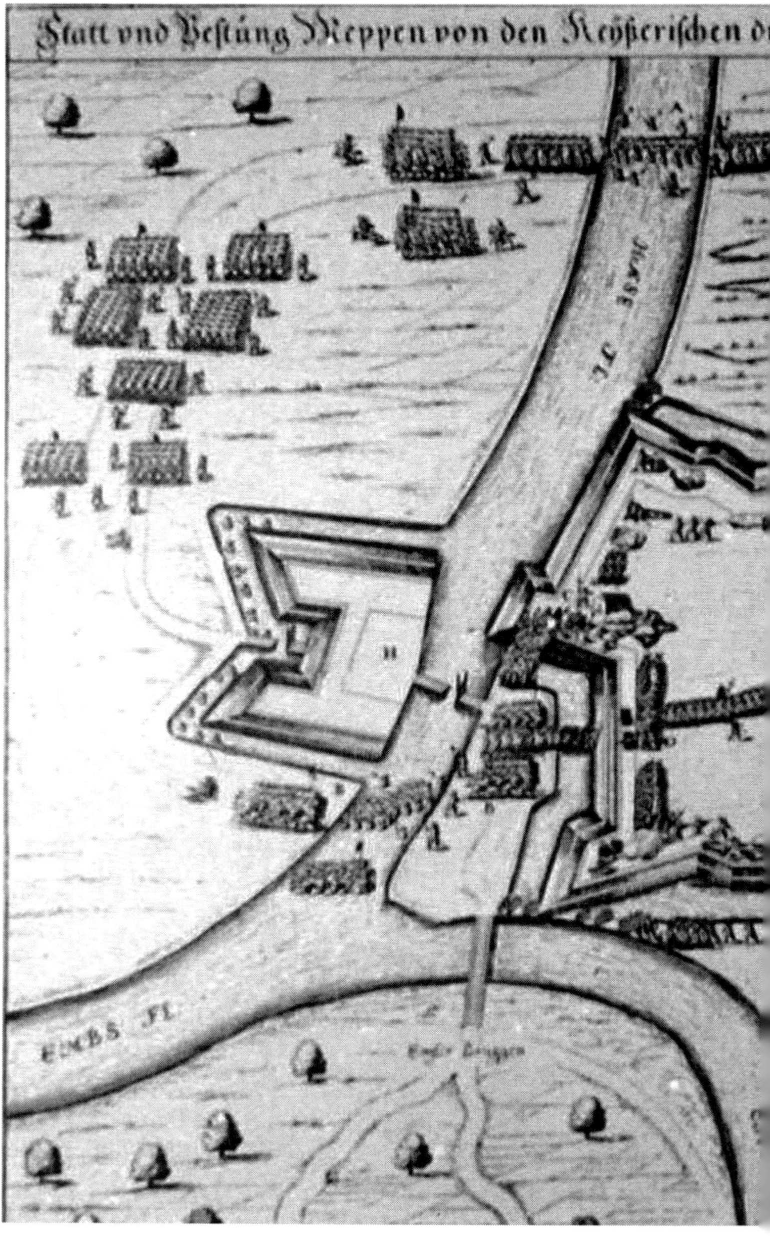
Statt vnd Vestung Meppen von den Keyserischen d
EMBS FL

Anschlag erobert welches geschehen den [illegible] Mey Anno 1638.

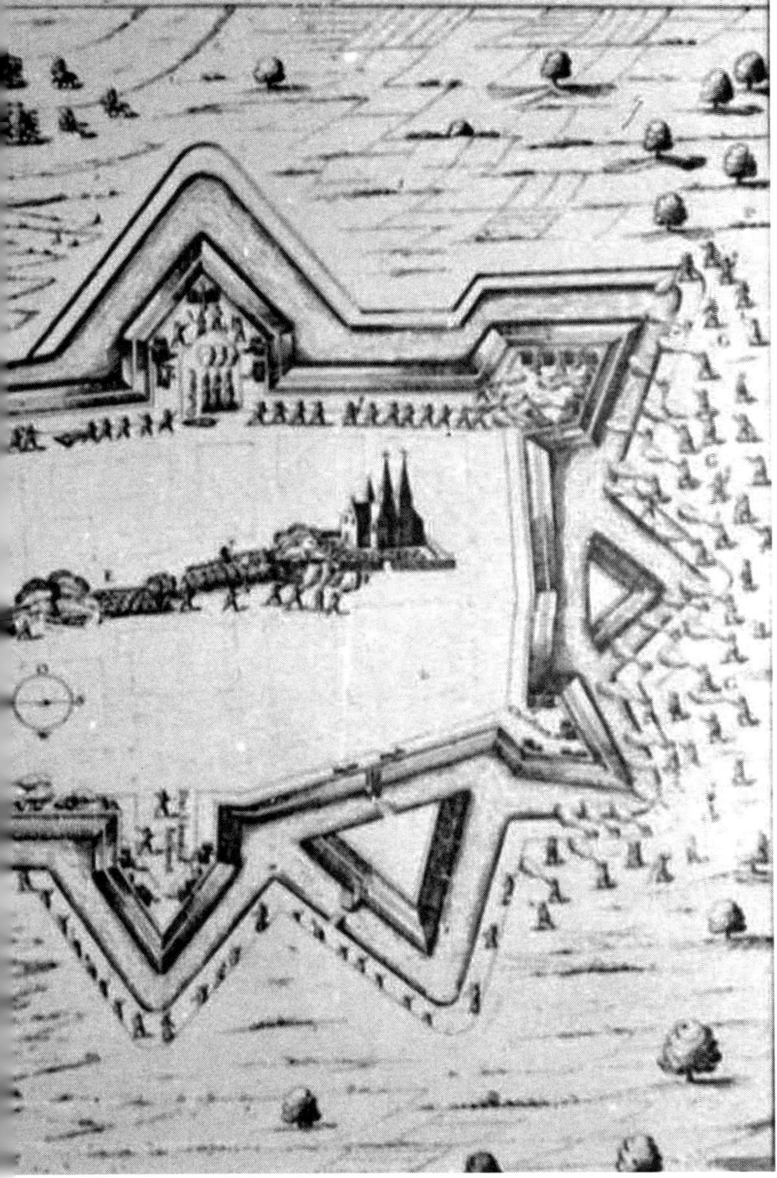

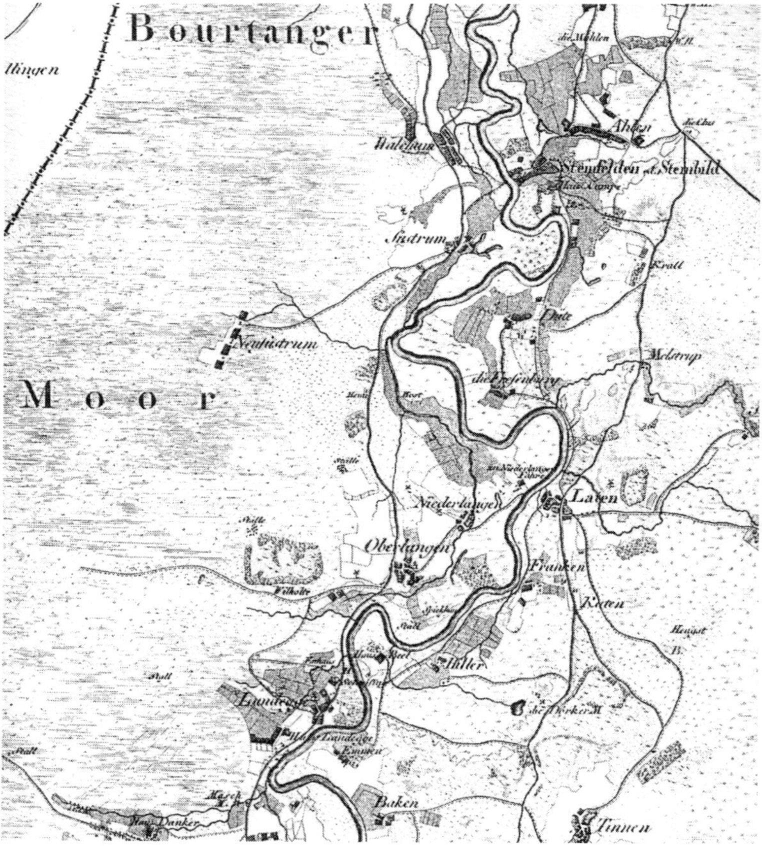

Karte von General Major von Le Coq 1805
Ausschnitt Ahlen und Steinbild (oben)

Vorhergehende Doppelseite:
Stadt und Festung Meppen (1. Hälfte 17. Jh.)

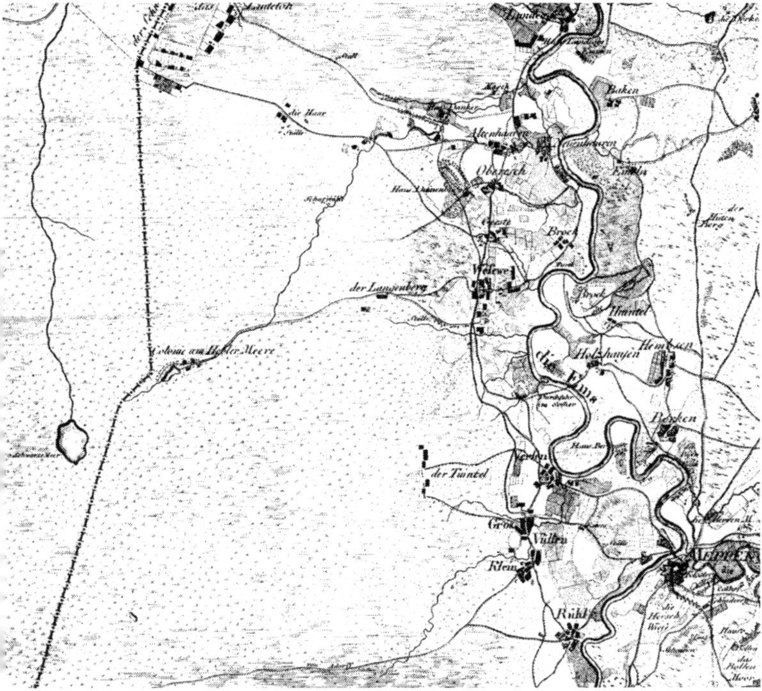

*... sowie Ausschnitt Dankern, Altharen, Wesuwe,
Wesuwe-Geest, Wesuwe-Brook, Meppen, Fullen, Versen,
das Zwarte Meer (Holland) und die „Colonie am Hebler Meere"*

Herzogtum Arenberg 1842-1861
Gaußsche Landesaufnahme
Ausschnitt Meppen, Versen und Fullen
mit • Hof Esters und • „Ferdinands Lust"

Rechte Seite:
„Ferdinands Lust" nach einem Entwurf von
August Reinking, 1802

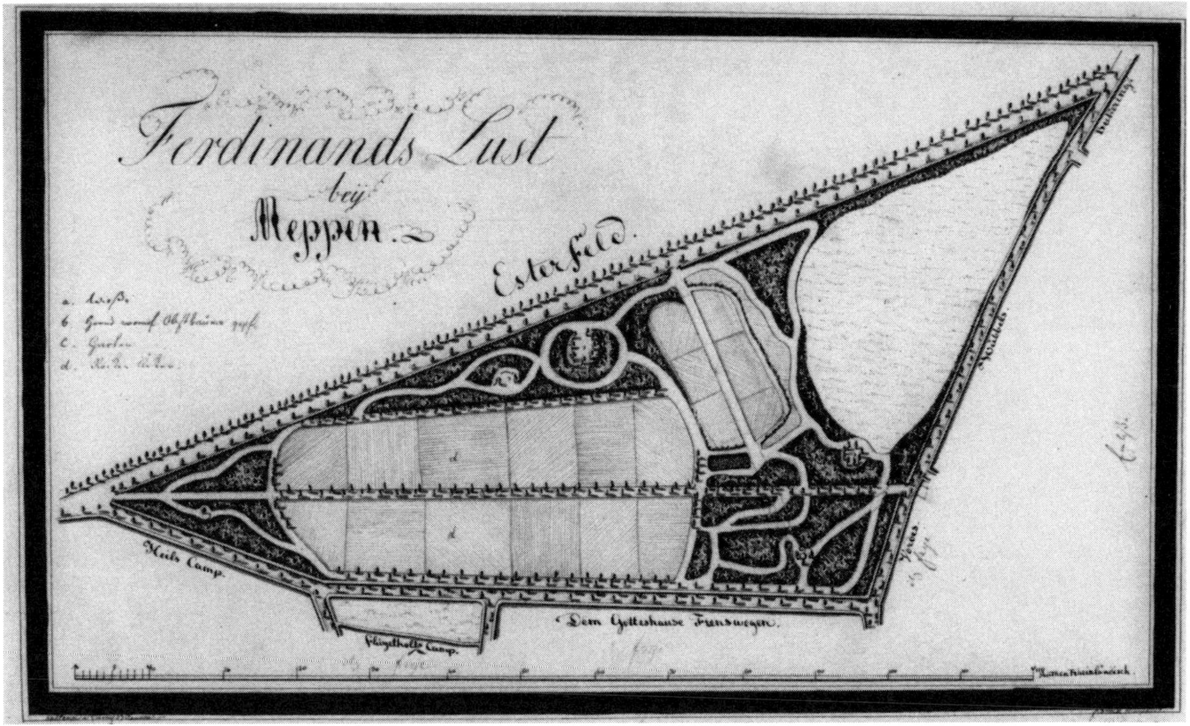
Ferdinands Lust
bey
Meppen
Esterfeld
Heils Camp
Dem Gotteshause Frenswegen

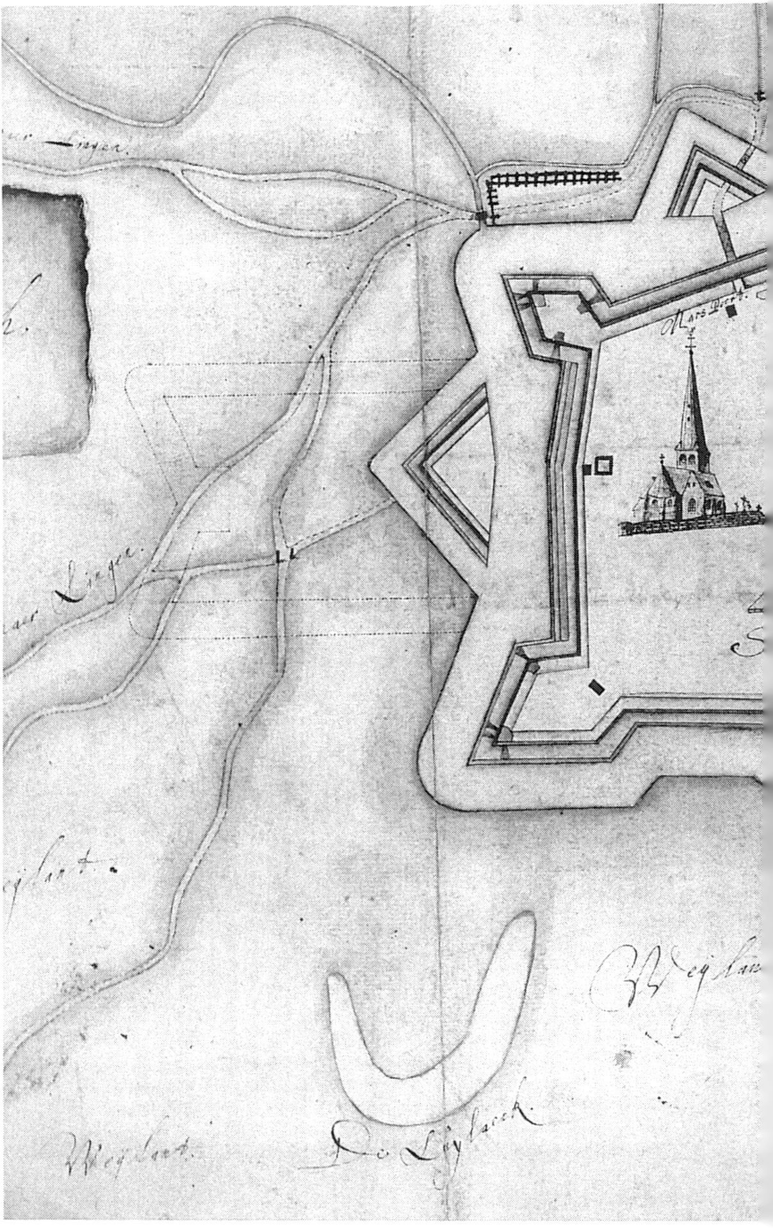

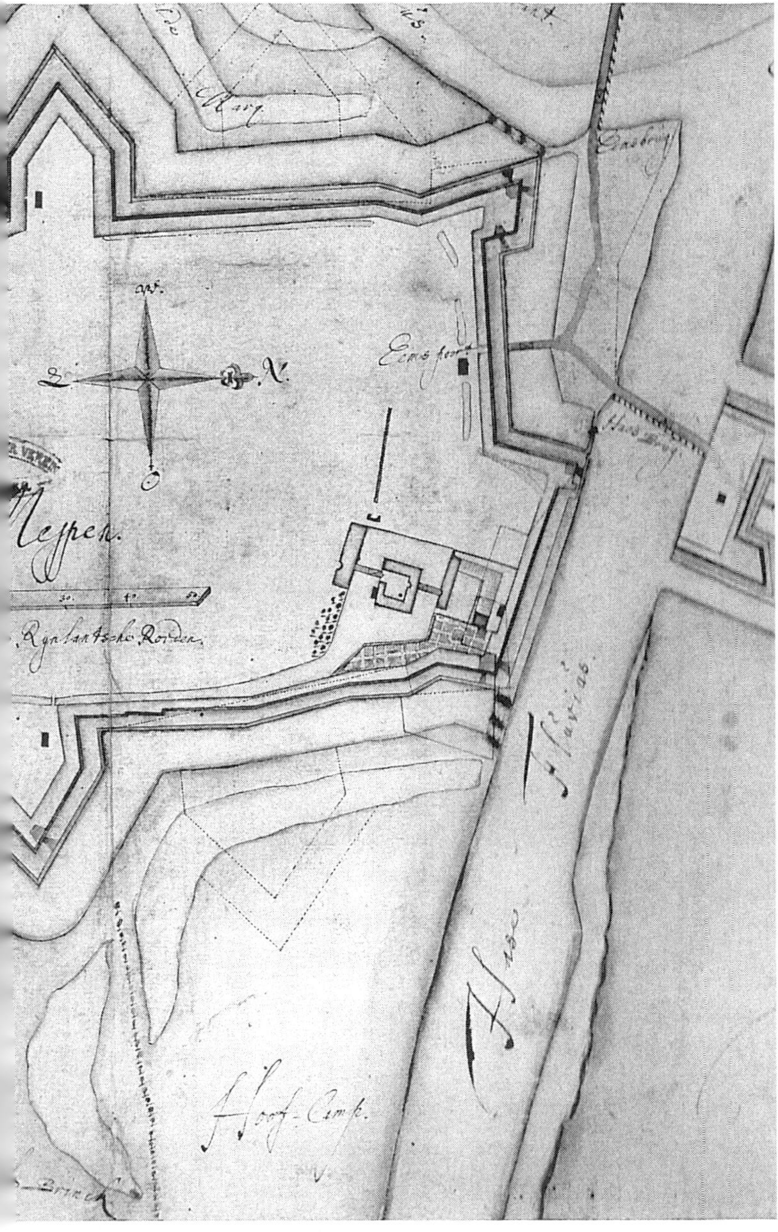

Meppen.
30. 40. 50.
Rynlantsche Roeden
Hoof-Camp

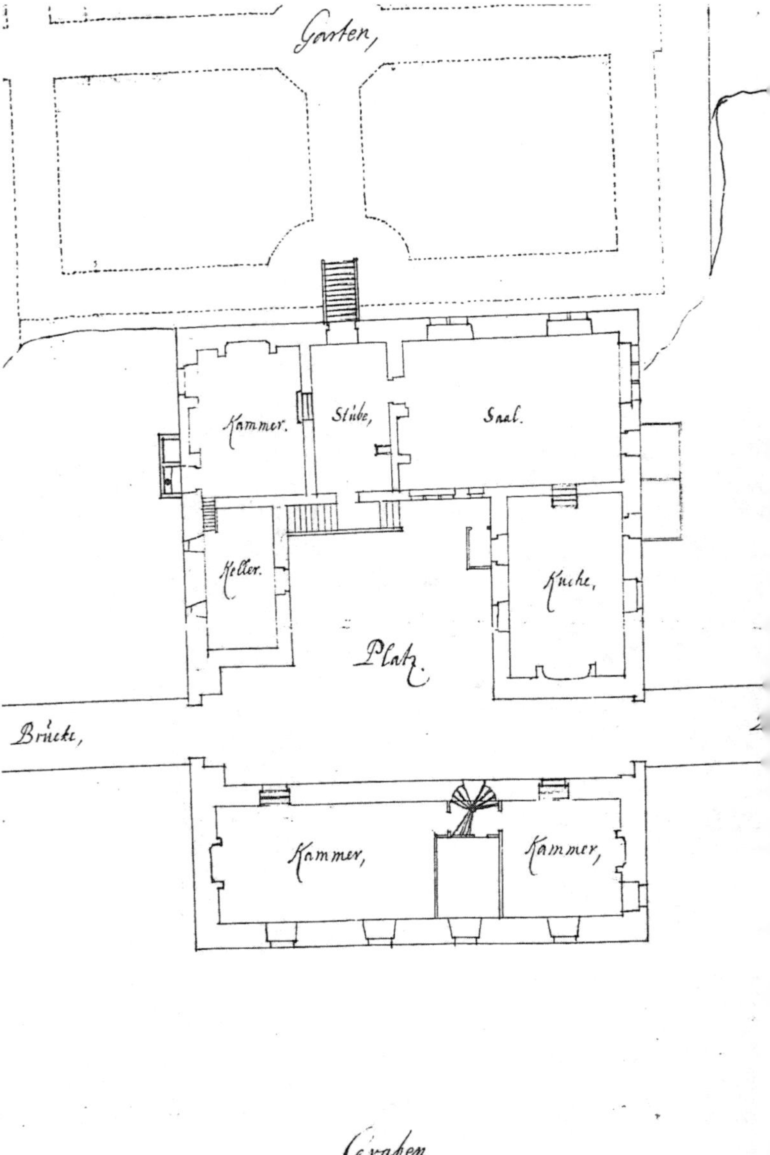
Garten,
Kammer.
Stübe,
Saal.
Keller.
Kuche,
Platz.
Brücke,
Kammer,
Kammer,
Graben,

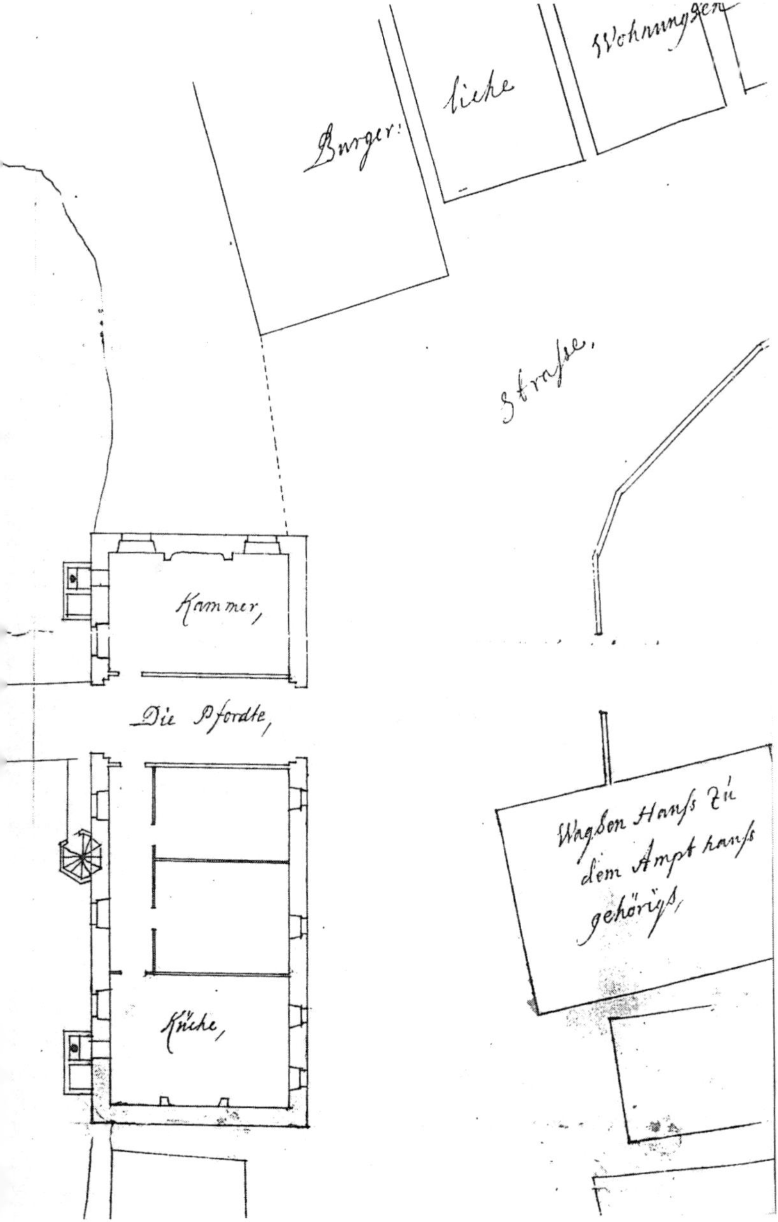
Burger: liche Wohnungen
Strasse,
Kammer,
Die Pfordte,
Wagben Hauss Zu dem Ampt hauss gehörigs,
Küche,

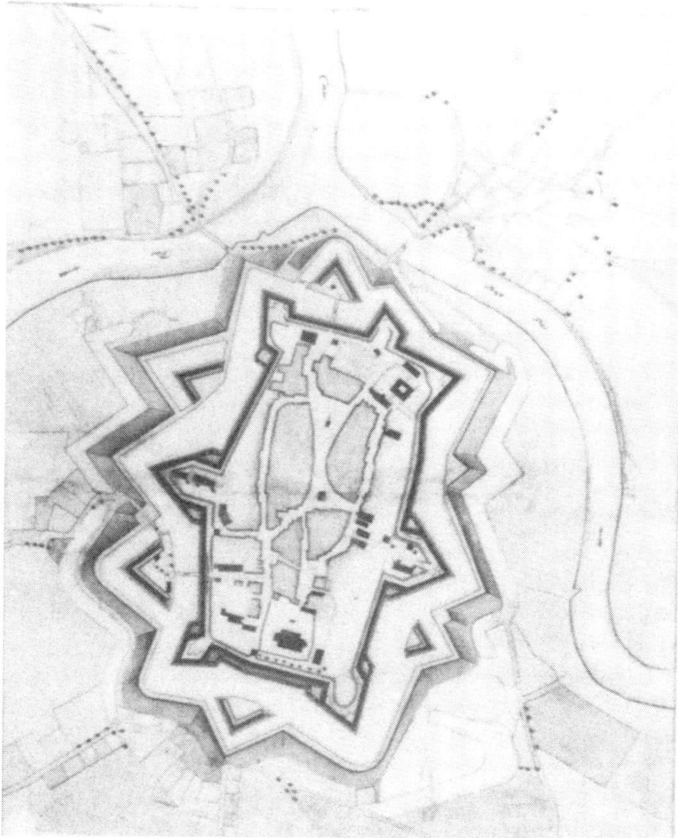

Plan de la ville de Meppen
Die befestigte Stadt Meppen um 1760.

Nach der Schleifung 1761 blieb nur die Contrescarpe,
der äußere Wall, stehen.

Oben rechts sind Burg und Torhaus erkennbar.

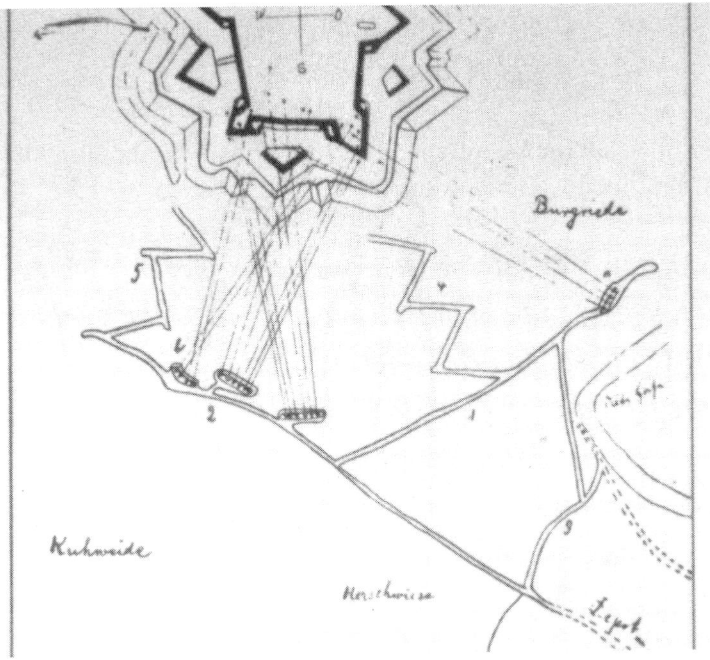

Die Beschießung Meppens durch die Franzosen
im 7-jährigen Krieg (1761)

Vorhergehende Doppelseiten:

Bamberger Festungsplan um 1630 mit Propsteikirche, Burg und Torhaus (später Gefängnis), aus östlicher Richtung gesehen.

Grundriss Burg und Torhaus an der Burgstraße, aus westlicher Richtung gesehn. Der Abbruch der Burg erfolgte 1750/51.

Für alle Heimatverbundenen,
Verstorbene und Lebende,

die mit außergewöhnlichem persönlichen Einsatz Geschichte für kommende Generationen lebendig erhalten.

„Stets war es mir ein schmerzliches Gefühl, wenn die so leicht veranlaßten Fragen über das verschwundene Einst unbeantwortet blieben. Fortgesetztes Forschen, durch erhaltene Winke geleitet, brachte nicht selten die erfreulichsten Resultate, die meine Lehrer durch ermunternden Beifall lohnten. Nach vollendeter Studienzeit zum Lehrer an das Gymnasium zu Meppen berufen, in einem mir unbekannten Landestheil des ehemaligen Fürstenthums Münster, fragte ich auch hier vergeblich nach der früheren Beschaffenheit und Geschichte des Herzogthums; ich entschloß mich daher, alles Historische über das Land zwischen Ems und Hase zu erforschen und zu sammeln, um dem zerstörenden Strome der Zeit, wenn nicht zu gebieten, doch mit schwacher Stimme entgegen zu rufen: So weit und nicht weiter!...“

„Das Mühselige solcher Arbeiten, den Aufwand von Zeit und Geduld kann nur derjenige beurteilen, der aus eigener Erfahrung redet; ich will gerne die Stunden und Nächte vergessen, welche das Durchlesen trockener Chroniken, Urkunden, fliegender Blätter, Akten, Rechnungen, Protokolle und dergleichen erforderte, und mich in der Erinnerung mit dem Gefühl der Freude bescheiden, das den Zaghaften erquickte, wenn sich solche Stücke darboten, aus welchen die Hoffnung zur Erhellung der umnachteten Vergangenheit freundlich entgegenblickte."

(Zitat Dr. h. c. Johannes Bernhard Diepenbrock, 1796 – 1884, Lehrer am Gymnasium zu Meppen, Pfarrer und Landdechant des Dekanates Lingen, Verfasser der „Geschichte des vormaligen münsterschen Amtes Meppen oder des jetzigen hannoverschen Herzogthums Arenberg-Meppen, mit besonderer Berücksichtigung der frühern Völkersitze und Alterthümer zwischen der Ems und Hase, der Einführung des Christenthums, des Religionswechsels zur Zeit der Reformation, der Leistungen der Jesuiten: erstens als Missionäre im Emslande, Saterlande, Ostfriesland, den Grafschaften Bentheim und Lingen, dann als Stifter und Lehrer des Gymnasiums zu Meppen")

Literaturhinweise

Die Geschichte der Stadt Meppen (Stadt Meppen 2006)

Meppen 1750-1826 / Geschichten zur Geschichte einer Stadt, Karl Pardey (Verlag A. Gels)

Meppen, Abriß einer Stadtgeschichte, Verfasser: Studienrat Geppert (A.Fromm KG Osnabrück 1951)

Meppen im Spiegel historischer Quellen, Hrsg. Michael Herrmann im Auftrag der Stadt Meppen, 2003

Das nördliche Emsland unter Münsters Hoheit, Lebenswelten zwischen 1680 und 1795, Heinz Jacobs (Burgtor-Verlag)

Emsländische Lebensbilder aus vergangener Zeit (Edition Tammen)

Jahrbuch, Band 6 (Emsländischer Heimatbund 1959)

Jahrbuch, Band 16 (Emsländischer Heimatbund 1969)

Jahrbuch, Band 41 (Emsländischer Heimatbund 1995)

Jahrbuch Band 52 (Emsländischer Heimatbund 2006)

Städte + Dörfer im Emsland (Emsl. Heimatbund e. V.)

Wasser im Emsland (Emsl. Heimatbund e. V.)

Emsländische Geschichte, Band 3 (Studiengesellschaft für Emsländische Regionalgeschichte)

200 Jahre Hebelermeer-Wesuweermoor, 1788-1988, Bernhard Ottens (Hrsg. Festausschuß)

1150 Jahre Groß & Klein Fullen (Heimatverein und Arbeitskreis 2004)

St. Maria zum Frieden, Meppen-Esterfeld, Geschichte einer Kirchengemeinde und eines Stadtteils, 1995

Zigeuner und Scherenschleifer im Emsland, Holger Lemmermann (Emsl. Heimatbund Sögel)

Praktisches Kochbuch für die gewöhnliche und feinere Küche unter besonderer Berücksichtigung der Anfängerinnen und angehenden Hausfrauen, Henriette Davidis / Luise Holle (Verlag von Velhagen & Klasing, 1925)

Bauernregeln, Bauernmedizin und Brauchtum, Friederike Fuchs (Weltbild)

Das neue Naturheilverfahren / Lehr- und Nachschlagebuch der naturgemäßen Heilweise und Gesundheitspflege, F.E. Bilz, Dresden-Radebeul, 1894

Richtstätten-Ärchäologie, Jost Auler (archaeotopos)

Scharfrichter und Abdecker im Hochstift Osnabrück, Gisela Wilbertz (Verlag Wenner Osnabrück 1979)

Hexen, Barbara Berewinkel (Pattloch)

Versuch über die recht- und zweckmäßigste Einrichtung öffentlicher Sicherungsinstitute deren jetzigen Mängel und Verbesserungen, nebst einer Darstellung der Gefangenen-Zucht- und Besserungshäuser Westphalens, Justus Gruner (Verlag Friedrich Eßlinger, Frankfurt am Main 1802)

Nachrichten über die Henker (Büttel, Scharfrichter) in Münster, Klaus Gimpel, Westfälische Zeitschrift 141/1991

Die Stadt Münster, 2. Teil: Die Dom-Immunität - Die Marktanlage - Das Rathaus, Münster 1933 (Bau- und Kunstdenkmäler von Westfalen 41,2), Max Geisberg

Aufsatz über die Scharfrichter-Dynastie der Sansons Anne Lore Poljasevic

Abbildungen Quellenangaben

Für die Bereitstellung von Fotomaterial bedanke ich mich bei der Kirchengemeinde Steinbild (Kirche Madonna der Fahrensleute, Taufstein), bei Bernhard Wermes (Kirche Wesuwe, Taufstein), bei Familie Esters (Vorfahren), beim LWL-Amt für Denkmalpflege in Westfalen/Bildarchiv (Richtschwerter, Fotos von 1931), bei Silke Koers (Zwinger), Andreas Müller (Rathaussaal) und beim Heimatverein Meppen (alle weiteren Abbildungen).

Eigene Fotos: Aufnahmen im Esterfelder Forst

Für die Auszüge aus Kirchenbüchern bedanke ich mich bei den Kirchengemeinden St. Georg Steinbild, St. Clemens Wesuwe, St. Dionysius Rheine und der Familien-Forschungs-Stelle Meppen.
Abbildung Seite 210 : StA OS Rep 491 Nr. 2053 Blatt 18

Inhaltsverzeichnis

Deutsche Meilen 15 auf 1 Grad.
Westphälische Meilen 10 auf 1 Grad.
OST FRIES LAND
Rhede
Aschendorf
Herbrum
Börger Wald
Bourtanger Fort
Dörpen
Borsel
Walchum
Steenfeld
E M S L Æ
Lathen
Sogel
Amt Emsland
Landegge
Haren
U
Wesuwe
Q A R T
1761
Meppen
Haselünne
Groote Wullen
Lingen
LINGEN
ZU MÜNS.
BENTHEIM
53
52

Des
HOCHSTIFTS
MÜNSTER
NŒRDLICHE
QUARTIERE.
Nro. 266.
OLDENBURG
Garrel
Molbergen
Gemeinschaft
Diephol
Vechta
Damme
Vörden
NABRÜCK